L'OR DU ROI

Rentrés des Flandres, Alatriste et son page Iñigo de Balboa débarquent à Cadix, où ils retrouvent leur vieil ami, le poète Francisco de Quevedo. L'affaire que celui-ci leur propose est cette fois de grande envergure. S'étant rendu compte qu'une partie de l'or des Indes est détourné par des membres du pouvoir, le comte de Guadalmedina cherche à reprendre le trésor dissimulé dans les cales d'un galion. Ce galion doit arriver quelques jours plus tard avec la flotte espagnole. Alatriste va donc constituer un groupe capable de s'emparer du bateau, cherchant ses recrues à Séville, parmi les truands, spadassins et galériens retranchés dans la cour des Orangers de la ville andalouse.

On retrouve avec plaisir dans cet épisode tous les personnages qui peuplent les précédentes aventures du capitaine Alatriste : Quevedo et ses vers assassins, le traître Malatesta, le comte d'Olivares, favori du roi, et la belle Angelica d'Alquézar dont le petit page Iñigo de Balboa est follement épris.

Arturo Pérez-Reverte est né à Cartagena, Espagne, en 1951. Licencié en sciences politiques et en journalisme, il a travaillé longtemps comme grand reporter et correspondant de guerre pour la télévision espagnole, notamment pendant la crise du Golfe et en Bosnie. Ses romans sont des succès mondiaux, et plusieurs d'entre eux ont été portés à l'écran. Il partage aujourd'hui sa vie entre l'écriture et sa passion pour la mer et la navigation.

LES AVENTURES DU CAPITAINE ALATRISTE
4

Arturo Pérez-Reverte

L'OR DU ROI

ROMAN

Traduit de l'espagnol
par François Maspero

Éditions du Seuil

TEXTE INTÉGRAL

TITRE ORIGINAL
El Oro del rey
ÉDITEUR ORIGINAL
Grupo Santillana de Ediciones, S. A.

ISBN original : 84-204-4240-2
© 2000, Arturo Pérez-Reverte

ISBN 2-02-060655-0
(ISBN 2-02-051393-5, 1ʳᵉ publication)

© Éditions du Seuil, avril 2002, pour la traduction française

www.seuil.com

À ANTONIO CARDENAL,
pour dix années d'amitié,
de cinéma et d'épée.

Que tire-t-on de tout cela ?
Gloire, fortune ou dégoût ?
Qui lira notre histoire le saura.

GARCILASO DE LA VEGA.

I

LES PENDUS DE CADIX

Nous voici humiliés, car ceux qui doivent nous respecter nous méprisent. Le seul nom d'Espagnol, que jadis le monde entier combattait en tremblant, nous l'avons aujourd'hui presque perdu par nos péchés.

Je fermai le livre et regardai dans la direction où tous regardaient. Après être resté plusieurs heures encalminé, le *Jesús Nazareno* entrait maintenant dans la baie, poussé par le vent de ponant qui gonflait la toile en faisant gémir le grand mât. Rassemblés le long de la lisse du galion, sous l'ombre des grandes voiles, soldats et matelots se montraient les cadavres des Anglais, fort gracieusement pendus sous les murs du château de Santa Catalina ou à des potences dressées sur le rivage, à la limite des vignes qui faisaient face à l'océan. On eût dit des grappes de raisin attendant la vendange, à cette différence près qu'elles avaient déjà été vendangées.

— Les chiens, dit Curro Garrote, en crachant dans la mer.

Il avait la peau luisante de crasse, comme nous tous : guère d'eau ni de savon à bord et des lentes grosses comme des pois chiches, après cinq semaines de navigation depuis Dunkerque, en passant par Lisbonne, avec les vétérans rapatriés de l'armée des Flandres. Il tâtait avec amertume son bras gauche, à demi estropié par les Anglais dans le réduit de Terheyden, en contemplant, satisfait, la basse de San Sebastián ; là où, face à l'ermitage et sa tour de la lanterne, fumaient encore les restes du bateau que le comte de Lexte avait fait incendier avec tous les morts qu'il avait pu ramasser, avant de rembarquer, lui et ses gens, et de s'escamper.

— Correction méritée, commenta quelqu'un.

— Elle eût été plus complète, tint à préciser Garrote, si nous étions arrivés à temps.

Il était inconsolable de n'avoir point accroché lui-même quelques-unes de ces grappes. Car Anglais et Hollandais s'étaient présentés devant Cadix une semaine plus tôt, sûrs comme toujours de leur invincibilité, avec cent cinq navires de guerre et dix mille hommes, bien décidés à mettre la ville à sac, brûler notre armada dans la baie et s'emparer des galions des flottes du Brésil et de la Nouvelle-Espagne qui étaient sur le point d'arriver. Leur suffisance, le grand Lope de Vega devait la raconter plus tard dans sa comédie *La Servante et la Cruche*, avec le sonnet célèbre :

> *De perfidie armé, l'Anglais s'était risqué,*
> *voyant le lion d'Espagne en son nid retiré...*

C'était ainsi qu'était arrivé le De Lexte, rusé, cruel et pirate, en bon Anglais qu'il était – même si ceux de sa nation se bardent toujours d'arrogance et d'hypocrisie –, débarquant une multitude d'hommes et s'emparant du fort du Puntal. En ce temps-là, ni le jeune Charles Ier ni son ministre Buckingham ne pardonnaient l'affront qu'ils avaient reçu lorsque le premier avait prétendu épouser une infante d'Espagne et qu'on l'avait fait lanterner interminablement à Madrid, jusqu'au moment où il avait dû repartir pour Londres, Gros-Jean comme devant – je parle ici de cette affaire, dont vos seigneuries doivent garder souvenance, où le capitaine Alatriste et Gualterio Malatesta furent à un doigt de lui trouer le pourpoint. Quant à Cadix, à la différence de ce qui s'était passé trente ans plus tôt lors du sac de la ville par Essex, Dieu, cette fois, en avait décidé autre-

ment : nos gens étaient sous les armes, la défense
avait été farouche, et aux soldats des galères du
duc de Fernandina s'étaient joints les habitants de
Chiclana, de Medina Sidonia et de Vejer, en plus
de l'infanterie, de la cavalerie et des vétérans qui se
trouvaient dans les murs ; et à eux tous ils avaient
administré une telle raclée aux Anglais que ceux-ci,
bien saignés, avaient dû ravaler leurs prétentions. Si
bien que, après avoir subi de lourdes pertes sans
pouvoir avancer d'un pas, Lexte s'était rembarqué
sans tambour ni trompette quand il s'était aperçu
que, au lieu des flottes chargées d'or et d'argent des
Indes, c'étaient nos galions qui arrivaient, six grands
navires et d'autres de moindre taille espagnols et
portugais – en ce temps, nous partagions empires et
ennemis grâce à l'héritage maternel de notre grand
roi Philippe II d'Autriche –, tous portant bonne
artillerie, soldats de régiments réformés et vétérans
licenciés, gens bien aguerris au feu des Flandres ; et
que notre amiral, ayant appris la chose à Lisbonne,
faisait force de voiles pour arriver à temps.

De fait, les voiles des hérétiques n'étaient plus
maintenant que des petits points blancs sur l'horizon. Nous les avions croisés la nuit précédente, de
loin, retournant chez eux après leur tentative infruc-
tueuse de renouer avec la fortune de l'année quatre-
vingt-seize, quand Cadix avait entièrement brûlé et
qu'ils avaient emporté jusqu'aux livres des biblio-

thèques. Il ne laisse pas d'être plaisant que les Anglais
se vantent tellement de la défaite de ce qu'ils appellent ironiquement notre Invincible Armada, de l'ex-
ploit d'Essex et autres choses du même genre ; mais
qu'ils se gardent bien de jamais évoquer les occasions où ils ont pris une déculottée. Car si cette malheureuse Espagne était déjà un empire en déca-
dence, avec tous ces ennemis prêts à mordre dans le
gâteau et à en ramasser les miettes, il restait encore
au vieux lion des dents et des griffes pour vendre
chèrement sa peau avant que les corbeaux ne se par-
tagent son cadavre avec les mercantis à qui la dupli-
cité luthérienne et anglicane – le diable les a engen-
drés, ils se sont accouplés – a toujours permis de
conjuguer sans scrupules inutiles le culte d'un dieu
aux idées larges avec la piraterie et le profit ; car, chez
les hérétiques, le vol a toujours été pratiqué comme
un respectable art libéral. De sorte que nous, les
Espagnols, à en croire leurs chroniqueurs, faisions la
guerre et pratiquions l'esclavage par superbe, cupi-
dité et fanatisme, tandis que tous les autres, qui nous
mordaient les talons, pillaient, trafiquaient et exter-
minaient au nom de la liberté, de la justice et du pro-
grès. Bref, des sottises de ce genre. Quoi qu'il en
soit, ce que les Anglais laissaient derrière eux, dans
cette grandiose expédition, c'étaient trente navires
perdus à Cadix, des étendards humiliés et un bon
contingent de morts à terre, près d'un millier, sans

compter les retardataires et les ivrognes que les
nôtres pendaient sans pitié aux remparts et dans les
vignes. Cette fois, les arquebuses de ces enfants de
putain avaient lâché leurs balles par la culasse.

De l'autre côté des forts et des vignes, nous
pouvions distinguer la ville aux maisons blanches et
ses hautes tours semblables à des beffrois. Nous dou-
blâmes le bastion de San Felipe pour arriver tout
près du port, en humant l'odeur de la terre d'Espagne comme les ânes sentent le pré vert. Des
canons nous saluaient par des salves à blanc, et les
bouches de bronze dépassant de nos sabords leur
répondaient. A la proue du *Jesús Nazareno*, les matelots préparaient les ancres de fer pour le mouillage.
Et quand, dans la mâture, la toile faseya, carguée par
les hommes juchés sur les vergues, je rangeai dans
mon sac le *Guzmán de Alfarache* – acheté à Anvers
par le capitaine Alatriste pour avoir une lecture pendant la traversée – et allai rejoindre mon maître et ses
camarades sur le bord du tillac. Presque tous étaient
en grande agitation, heureux d'être si près de la
terre, sachant que, dans un moment, c'en serait fini
des angoisses du voyage, du danger d'être drossés à
la côte par des vents contraires, de la puanteur de la
vie dans l'entrepont, des vomissements, de l'humi-

dité, de l'eau croupie et rationnée à un demi-quart par jour, des fèves sèches et du biscuit grouillant de vers. Car si, à terre, la situation du soldat est misérable, elle est encore pire en mer ; aussi bien, si Dieu avait voulu y voir l'homme, ne l'aurait-Il pas doté de mains et de pieds, mais de nageoires.

Toujours est-il que, quand j'arrivai près de Diego Alatriste, mon maître sourit un peu en posant une main sur mon épaule. Il avait l'air songeur, ses yeux glauques observaient le paysage, et je me souviens d'avoir pensé que ce n'était pas l'aspect qu'eût dû prendre un homme qui rentrait en son pays.

– Nous voici revenus, mon garçon.

Il dit cela sur un ton étrange, résigné. Dans sa bouche, être là plutôt que n'importe où ailleurs semblait n'avoir aucune importance. Je regardais Cadix, fasciné par le jeu de la lumière sur ses maisons blanches et la majesté de son immense baie vert et bleu ; cette lumière si différente de celle de mon Oñate natal, et que, pourtant, je ressentais aussi comme mienne.

– L'Espagne, murmura Curro Garrote.

Il avait un sourire mauvais, l'air méprisant, et il avait prononcé le nom entre ses dents, comme s'il crachait.

– Cette vieille chienne ingrate, ajouta-t-il.

Il tâtait toujours son bras estropié comme si celui-ci le faisait soudain souffrir, ou comme s'il se demandait en lui-même au nom de quoi il avait failli le laisser, et tout le corps avec, dans le réduit de Terheyden. Il allait ajouter encore quelque chose ; mais Alatriste lui lança un regard en dessous, l'air sévère, l'œil pénétrant, avec ce nez en bec d'aigle dominant la moustache qui lui donnait l'aspect menaçant d'un faucon dangereux et impitoyable. Il le dévisagea un instant puis revint à moi, avant de river à nouveau son regard glacé sur l'homme de Malaga qui referma la bouche sans poursuivre.

Pendant ce temps, les ancres étaient jetées à la mer et notre navire s'immobilisa dans la baie. Vers la bande de sable qui unissait Cadix à la terre ferme, on voyait monter la fumée noire du bastion du Puntal, mais la cité avait peu souffert des effets de la bataille. Sur le rivage, les gens nous saluaient en agitant les bras, se pressant entre les magasins royaux et le bâtiment de la douane, tandis que des felouques et de petites embarcations nous entouraient au milieu des vivats de leurs équipages, comme si c'était nous qui avions chassé les Anglais de Cadix. J'ai su ensuite qu'on nous avait pris par erreur pour l'avant-garde de la flotte des Indes, dont, tout comme de Lexte étrillé et ses pirates anglicans, nous devancions l'arrivée de quelques jours.

Et, par le Christ, on ne peut pas dire que notre voyage n'avait point été, lui aussi, long et hasardeux ! Surtout pour moi, qui n'avais jamais connu les froides mers septentrionales. Depuis Dunkerque, en convoi de six galions, auxquels s'ajoutaient d'autres navires marchands et divers corsaires basques et flamands, au total seize voiles, nous avions forcé le blocus hollandais vers le nord, où personne ne nous attendait, et nous étions tombés sur la flotte des pêcheurs de hareng néerlandais auxquels nous avions donné belle et bonne chasse, avant de contourner l'Écosse et l'Irlande, et de descendre ensuite vers le sud par l'océan. Les navires marchands et un galion s'étaient détachés pour gagner Vigo et Lisbonne, tandis que le reste des grands navires poursuivait sa route vers Cadix. Quant aux corsaires, ils étaient restés plus haut, rôdant en face des côtes anglaises, faisant fort bien leur ouvrage qui était de piller, brûler et désorganiser les activités maritimes de l'ennemi, tout comme celui-ci le faisait dans les Antilles et partout où il le pouvait. Car on prend ce qu'on peut où l'on peut, et toujours à la grâce de Dieu.

C'est dans ce voyage que j'avais assisté à ma première bataille navale, lorsque, passé le canal entre l'Écosse et les Shetland, à quelques lieues à l'ouest d'une île appelée Foula, ou Foul, noire et inhospitalière comme toutes ces terres au ciel gris, nous étions tombés sur une grande flottille de ces bateaux de pêche au hareng que les Hollandais nomment *buizen*, escortée de quatre navires de guerre luthériens, dont une hourque énorme et de belle prestance. Et tandis que nos navires marchands restaient à l'écart, louvoyant face au vent, les corsaires basques et flamands avaient fondu comme des vautours sur les pêcheurs, et le *Virgen del Azogue*, qui était notre navire amiral, avait conduit le reste sus aux bateaux de guerre hollandais. Comme à leur habitude, les hérétiques avaient voulu jouer de leur artillerie en tirant de loin avec leurs canons de quarante livres et leurs couleuvrines, forts de l'adresse de leurs équipages, mieux formés aux manœuvres sur mer que les Espagnols ; habileté dans laquelle – comme l'a démontré le désastre de la Grande Armada – Anglais et Hollandais nous étaient toujours supérieurs, car leurs souverains et gouvernants ont encouragé la science nautique et pris soin de leurs marins en leur offrant bonne solde ; tandis que l'Espagne, dont l'immense empire dépendait de la mer, a vécu en lui tournant le dos, habituée à donner plus d'importance au soldat qu'au navigateur. Car alors même que les prostituées du port ne juraient que par les Guzmán et les Mendoza, la milice était tenue ici pour un corps de nobles hidalgos et les gens de mer pour de la racaille. Avec ce résultat que, face à un ennemi réunissant de bons artilleurs, des équipages habiles et des capitaines expérimentés, nous qui pouvions pourtant compter sur de bons amiraux, de bons pilotes et des navires meilleurs encore, nous n'avions à bord qu'une infanterie très courageuse et pas grand-chose d'autre. Quoi qu'il en soit, il reste patent qu'à cette époque les Espagnols étaient très redoutés dans le corps à corps ; raison pour laquelle, dans les combats navals, les Hollandais et les Anglais tentaient toujours de se maintenir à distance, de déchaîner leur feu sur nous et de faucher nos ponts pour tuer beaucoup de monde et nous mener à reddition, tandis que nous essayions, au contraire, de nous approcher assez près pour passer à l'abordage, car c'était là que l'infanterie espagnole donnait le meilleur d'elle-même et savait se montrer féroce et invincible.

Tel avait été le déroulement du combat de l'île de Foula, les nôtres s'efforçant de réduire la distance, comme nous en avions l'habitude, et l'ennemi tentant de s'y opposer par un feu nourri, comme il le faisait toujours lui aussi. Mais l'*Azogue*, malgré le coup qui avait mis bas une partie de son gréement et couvert son pont de sang, avait réussi à entrer hardiment au milieu des hérétiques, si près de leur navire amiral que les voiles de sa civadière balayaient le tillac du hollandais ; et, après avoir jeté des grappins d'abordage, un fort parti d'infanterie espagnole s'était jeté dans la hourque sous le feu des mousquets en brandissant piques et haches. Et bientôt, nous autres qui, sur le *Jesús Nazareno*, nous tenions vent debout en arquebusant l'autre bord de l'ennemi, nous avions vu comment les nôtres parve-

naient jusqu'au château du navire amiral hollandais
et rendaient très cruellement aux autres tout le mal
que ceux-ci leur avaient fait de loin. Il suffit, pour
résumer, d'indiquer que les plus fortunés des hérétiques furent ceux qui s'étaient jetés dans l'eau glacée pour ne pas être égorgés. Tant et si bien que
nous leur avions pris deux hourques et coulé une
troisième, la quatrième s'échappant en fort piteux
état, tandis que les corsaires – nos Flamands catholiques de Dunkerque n'étaient pas restés à la traîne –
pillaient et incendiaient tout à leur aise vingt-deux
bateaux de pêche, qui fuyaient en tirant des bords
désespérés dans toutes les directions comme des
poules quand des goupils se sont glissés dans le pou-
lailler. Et, à la tombée de la nuit, qui sous cette lati-
tude et sur ces mers arrive à l'heure où, en Espagne,
c'est encore le milieu de l'après-midi, nous avions
fait voile au sud-ouest en laissant à l'horizon un paysage d'incendies, de naufrages et de désolation.

Il n'y avait pas eu d'autres incidents, hors les
désagréments inhérents à la navigation et si nous
tenons pour négligeables trois jours d'une tempête, à
mi-chemin de l'Irlande et du cap Finisterre, qui nous
avait tous tenus ballottés dans l'entrepont, Pater
Noster et Ave Maria aux lèvres – un canon détaché
avait écrasé plusieurs d'entre nous comme des
punaises contre les cloisons avant que nous puissions
le réarrimer –, et qui avait causé de si fortes avaries

au galion *San Lorenzo* qu'il avait dû finalement nous quitter pour se réfugier à Vigo. Puis était venue la nouvelle que l'Anglais attaquait une fois de plus Cadix, apprise par nous à Lisbonne où elle causait grande alarme ; aussi, tandis que plusieurs navires affectés à la garde de la route des Indes appareillaient pour les Açores, allant à la rencontre de la flotte du trésor afin de la prévenir et de la renforcer, avions-nous fait force de voiles vers Cadix ; où nous étions arrivés juste à temps, comme je l'ai dit, pour apercevoir le cul des Anglais.

Tout ce voyage, enfin, je l'avais passé à lire avec grand plaisir et profit le livre de Mateo Alemán, et d'autres que le capitaine Alatriste avait emportés ou que j'avais pu me procurer à bord – lesquels étaient, si ma mémoire est bonne, *La Vie de l'Écuyer Marcos de Obregón*, un Suétone et la seconde partie de *L'Ingénieux Hidalgo don Quichotte de la Manche*. Le voyage avait eu aussi pour moi un aspect pratique qui, avec le temps, devait s'avérer très utile ; à savoir qu'après mon expérience des Flandres, où je m'étais formé à toutes les façons de se comporter à la guerre, le capitaine Alatriste et ses camarades m'avaient exercé au véritable maniement des armes. J'allais rapidement sur mes seize ans, mon corps prenait de bonnes proportions, et les fatigues flamandes m'avaient endurci les membres, forgé le tempérament et cuirassé le cœur. Diego Alatriste savait mieux que personne qu'une lame d'acier fait du plus humble des hommes l'égal du plus haut des monarques ; et que, dans l'adversité, la rapière est le meilleur recours pour qui veut gagner son pain, ou se défendre. C'est pourquoi, afin de compléter mon éducation âprement commencée dans les Flandres, il avait décidé de m'initier aux secrets de l'escrime ; et ainsi, chaque jour, nous cherchions sur le pont un lieu dégagé où les camarades nous ménageaient un espace, voire se rassemblaient pour observer d'un œil expert et prodiguer avis et conseils, en les agrémentant du récit d'exploits et de rencontres souvent plus inventés que réels. Dans cette ambiance de connaisseurs – il n'est point de meilleur maître, ai-je dit un jour, qu'un bon bretteur –, le capitaine Alatriste et moi pratiquions estocades, feintes, engagements, dégagements, bottes, parades, moulinets et tous les *et cætera* qui composent la panoplie d'un escrimeur patenté. J'ai appris ainsi à me battre farouchement, à retenir l'épée de l'adversaire et à lui planter la mienne droit dans la poitrine, à le prendre à revers, à frapper de taille et blesser d'estoc avec l'épée et la dague, à aveugler avec la lumière d'une lanterne, ou avec le soleil, à m'aider sans faire d'embarras de coups de pied et de coude, ou les mille artifices pour entraver la lame de l'adversaire avec la cape et envoyer celui-ci *ad patres* le temps d'un soupir. Bref, tout ce qui fait l'adresse d'un spadassin. Et nous étions loin alors de soupçonner que j'aurais très vite l'occasion de mettre ce savoir en pratique ; car à Cadix nous attendait une lettre, à Séville un ami, et à l'embouchure du Guadalquivir une incroyable aventure. Toutes choses que, prenant mon temps, je me propose de conter à vos seigneuries par le menu.

Cher capitaine Alatriste,

Peut-être serez-vous surpris par ces lignes, dont le premier usage est de vous donner la bienvenue pour votre retour en Espagne qui, je l'espère, se sera heureusement conclu.

Grâce aux nouvelles que vous m'envoyâtes d'Anvers où, vaillant soldat, vous vîtes le pâle Escaut, j'ai pu suivre vos pas ; et j'espère que vous vous maintenez en forte et bonne santé, ainsi que notre cher Iñigo, en dépit des embûches du cruel Neptune. Si ces souhaits sont fondés, sachez que vous débarquez au moment opportun. Car au cas où, à votre arrivée à Cadix, la flotte des Indes n'y aurait point encore touché, je dois vous prier d'accourir sur-le-champ à Séville par les moyens les mieux appropriés. Le Roi Notre Maître, qui visite l'Andalousie en compagnie de Sa Majesté la Reine, se tient en la ville du Betis ; et comme je continue de jouir des gracieuses faveurs de Philippe le Quatrième et de son Atlante le comte et duc (bien qu'hier ne soit plus et que demain *ne soit pas encore, et qu'un sonnet ou une épigramme inopportuns puissent me coûter quelque autre exil en ce Pont-Euxin qu'est pour moi la tour de Juan Abad), je suis ici en leur illustre compagnie, faisant un peu de tout, et en apparence beaucoup de rien; au moins en forme officielle. Quant à l'officieuse, je vous en ferai part en détail dès que j'aurai le bonheur de vous serrer dans mes bras à Séville. Jusque-là, je ne puis vous en dire davantage. Si ce n'est que, la chose ayant à voir avec vous, cher capitaine, il s'agit (naturellement) d'une affaire d'épée.*

Je vous mande ma plus affectueuse accolade, et le salut du comte de Guadalmedina; lequel se trouve également en ce lieu, aussi gracieux d'allure qu'à son habitude, séduisant les Sévillanes.

Votre ami, toujours,

Fran.co de Quevedo Villegas

Le capitaine Alatriste glissa la lettre dans son pourpoint et sauta dans le canot pour s'installer près de moi, au milieu des sacs de notre bagage. Les voix des matelots retentirent tandis qu'ils se courbaient sur les rames, celles-ci clapotèrent, et le *Jesús Nazareno* fut derrière nous, immobile dans l'eau calme, près des autres galions, de leurs flancs imposants, noirs de la poix du calfatage, la peinture rouge et les dorures brillant dans la clarté du jour, et la mâture s'élevant dans le ciel entre ses manœuvres emmêlées. Un instant plus tard nous étions à terre, sentant le sol osciller sous nos pieds incertains. Nous marchions étourdis dans la foule, avec tout l'espace que nous voulions pour nous déplacer après trop de temps passé sur le pont d'un bateau. Nous étions émerveillés par les denrées exposées à la porte des boutiques : les oranges, les citrons, les raisins secs, les prunes, l'odeur des épices, les salaisons et le pain blanc des boulangeries, les voix familières qui vantaient des marchandises et des produits singuliers, tels que papier de Gênes, cire de Berbérie, vins de Sanlúcar, de Xérès et de Porto, sucre de Motril... Le capitaine se fit raser, tailler les cheveux et la moustache à la porte d'un barbier ; et je restai près de lui, à observer les alentours, tout content. En ce temps-là, Cadix ne supplantait pas Séville sur la route des Indes, et la ville était petite, avec cinq ou six auberges et hôtelleries ; mais la rue, fréquentée par des Génois, des Portugais, des esclaves nègres et maures, était baignée d'une lumière aveuglante, l'air était transparent, et tout était joyeux et très différent des Flandres. Il y avait peu de traces du récent combat, même si l'on voyait partout des soldats et des habitants en armes ; et la place de l'église Majeure, à laquelle nous arrivâmes après le passage chez le barbier, fourmillait de gens qui allaient rendre grâce de ce que la ville n'eût pas été livrée au pillage et au feu.

Le messager, un nègre affranchi envoyé par don Francisco de Quevedo, nous y attendait, comme convenu ; et tandis que nous nous rafraîchissions dans un estaminet en mangeant des tranches de thon avec du pain de froment et des haricots bouillis arrosés d'huile, le mulâtre nous mit au courant de la situation. Tous les chevaux ayant été réquisitionnés à cause de l'attaque des Anglais, nous expliqua-t-il, le moyen le plus sûr d'aller à Séville était de gagner par mer le port de Santa María où étaient mouillées les galères du roi, et de trouver place sur l'une de celles-ci pour remonter le Guadalquivir. Le nègre tenait prête une barque avec un patron et quatre matelots ; aussi retournâmes-nous au port et, chemin faisant, il nous remit des papiers dûment signés par le duc de Fernandina, passeports stipulant que toutes facilités de circulation et d'embarquement à destination de Séville devaient être données à Diego Alatriste y Tenorio, soldat du roi en congé des Flandres, et son valet Iñigo Balboa Aguirre.

Au port, où s'amoncelaient sacs de matelots et équipements de soldats, nous avons pris congé de plusieurs camarades qui traînaient là, absorbés autant par le jeu que par les racoleuses louches qui profitaient de leur débarquement pour trouver des proies faciles. Quand nous dîmes adieu à Curro Garrote, il était déjà redevenu un terrien, accroupi devant une table de jeu, trichant et mentant à l'envi, surveillant ses cartes comme si sa vie en dépendait, le pourpoint défait et la main droite posée sur le pommeau de sa biscaïenne pour faire face à toute éventualité, la gauche passant constamment d'un pot de vin aux cartes qui allaient et venaient au milieu des blasphèmes, des jurons et des imprécations, car il voyait déjà la moitié de sa bourse entre les doigts d'autrui. Malgré tout cela, l'homme de Malaga interrompit son affaire pour nous souhaiter bonne chance, en ajoutant que nous nous reverrions tôt ou tard, en un lieu ou un autre.

– Et sinon, en enfer, conclut-il.

Après Garrote, nous fîmes nos adieux à Sebastián Copons qui, comme vos seigneuries s'en souviendront, était de la province de Huesca et vieux soldat, petit, sec, dur, et encore moins prodigue en paroles que le capitaine Alatriste. Copons nous dit qu'il pensait mettre son congé à profit pour rester quelques jours dans la ville et qu'il monterait ensuite, lui aussi, à Séville. Il avait cinquante ans, beaucoup de campagnes derrière lui et trop de coutures sur le corps – la dernière, celle du moulin Ruyter, le balafrait de la tempe à l'oreille ; et il était peut-être temps, expliqua-t-il, de penser à Cillas de Ansó, le petit village où il était né. Il s'accommoderait fort bien d'une jeunesse et d'un peu de terre, si seulement il parvenait à s'habituer à étriper des mottes en place de luthériens. Mon maître et lui convinrent de se revoir à Séville, à l'auberge de Becerra. Et, tandis que nous nous quittions, j'observai qu'ils se donnaient une accolade silencieuse, sans démonstrations inutiles, mais d'une fermeté qui correspondait bien à leurs caractères.

Je regrettais de me séparer de Copons et de Garrote ; oui, même de ce dernier que, pourtant, je n'avais jamais réussi à trouver sympathique tout le temps que nous avions vécu ensemble, avec ses cheveux en broussaille, son anneau d'or à l'oreille et ses dangereuses manières de ruffian du Perchel. Mais ils étaient les seuls camarades de notre ancien escadron de Breda à nous avoir accompagnés jusqu'à Cadix. Le reste était resté là-bas, dispersé un peu partout : le Majorquin Llop et le Galicien Rivas à deux pieds sous la terre flamande, l'un au moulin Ruyter, l'autre dans la caserne de Terheyden. Le Biscaïen Mendieta, s'il était encore de ce monde, gisait prostré par le typhus dans un sinistre hôpital pour soldats de Bruxelles ; et les frères Olivares, emmenant avec eux comme valet mon ami Jaime Correas, s'étaient engagés pour une nouvelle campagne dans le régiment d'infanterie espagnole de don Francisco de Medina – le nôtre, celui de Carthagène qui avait tant souffert durant le long siège de Breda, ayant été temporairement réformé. La guerre des Flandres menaçait d'être longue ; on disait que, après tant de dépenses en argent et en vies, le comte et duc d'Olivares, favori et ministre de notre roi Philippe IV, avait décidé de mettre, là-haut, l'armée en position défensive, afin de combattre de façon économique, réduisant les troupes d'assaut à l'indispensable. Ce qui est sûr, c'est que six mille soldats s'étaient vus congédiés, de gré ou de force ; voilà pourquoi beaucoup de vétérans étaient revenus en Espagne sur le *Jesús Nazareno*, les uns trop vieux ou malades, les autres ayant dûment reçu leur dernière solde après avoir accompli leur temps de service réglementaire ou ayant été affectés à différents régiments ou détachements dans la Péninsule ou en Méditerranée. La plupart fatigués, enfin, de la guerre et de ses périls ; qui pouvaient dire, comme le personnage de Lope de Vega :

> *Mais tout bien vu, qui me dira*
> *ce que m'ont fait ces luthériens ?*
> *Car le Seigneur qui les créa*
> *ne peut-Il pas, et aussi bien,*
> *les tuer tous s'Il veut, ma foi,*
> *beaucoup plus aisément que moi ?*

Le nègre envoyé par don Francisco de Quevedo nous fit aussi ses adieux sur le port de Cadix, après nous avoir indiqué, au capitaine Alatriste et à moi, notre embarcation. Nous montâmes à bord, nous nous éloignâmes de la terre à la force des rames, et

après être passés de nouveau entre les galions imposants – ce n'était pas spectacle courant que de les
voir ainsi au ras de l'eau – le patron fit hisser la voile,
le vent étant propice. Nous traversâmes ainsi la baie
en direction de l'embouchure du Guadalete et, à la
tombée de la nuit, nous nous rangions au flanc de la
Levantina, une svelte galère mouillée parmi beaucoup d'autres au milieu du fleuve, toutes avec leurs
antennes et leurs vergues arrimées sur le pont, face
aux grands monticules neigeux des salines qui se
dressaient sur la rive gauche. La ville blanche et
brune s'étendait sur la droite, le haut donjon du château protégeant l'entrée du mouillage. Le port de
Santa María était la base principale des galères du roi
notre seigneur, et mon maître le connaissait depuis
l'époque où il y avait été embarqué pour lutter
contre les Turcs et les Barbaresques. Quant aux
galères, ces machines de guerre mues par les muscles
et le sang humains, il en savait également beaucoup
plus que ce que la plupart des gens veulent savoir.
Aussi, après nous être présentés au capitaine de la
Levantina, qui, au vu du passeport, nous autorisa à
rester à bord, Alatriste chercha un endroit conve-
nable près d'un sabord, graissa la patte au garde-
chiourme avec un doublon de huit et s'installa avec
moi, adossé à notre bagage et gardant la main sur la
dague toute la nuit. Car, ajouta-t-il en esquissant un
sourire sous sa moustache, chez les gens de sac et de

corde, c'est-à-dire aux galères, du capitaine au dernier forçat, le plus honnête n'obtient congé pour la Gloire qu'après au moins trois cents ans de purgatoire.

Je dormis enroulé dans mon manteau, sans que les cafards et les poux qui couraient dessus n'ajoutent rien de neuf à ce dont j'avais pris l'habitude au cours du long voyage sur le *Nazareno* ; car entre les rats, les punaises, les puces et autres vermines, il n'est point de bateau ni autre chose flottante qui ne renferment une légion de ces bestioles, si vaillantes qu'elles sont capables de dévorer un mousse sans respecter vendredi ni carême. Et chaque fois que je me réveillais en train de me gratter, je rencontrais les yeux ouverts de Diego Alatriste, si clairs qu'ils semblaient faits de la lumière de la lune qui se déplaçait lentement au-dessus de nos têtes et des mâts de la galère. Je me souvenais de sa plaisanterie sur le congé du purgatoire. En fait, je ne l'avais jamais entendu commenter la raison du congé demandé à notre capitaine Bragado au terme de la campagne de Breda et, ni alors ni depuis, je n'avais pu lui arracher une syllabe à ce sujet ; mais j'avais l'impression que je n'avais pas été étranger à cette décision. C'est plus tard, seulement, que j'ai su qu'Alatriste avait un moment envisagé, parmi d'autres, l'éventualité de passer avec moi aux Indes. J'ai déjà raconté que depuis la mort de mon père dans un bastion de Jülich, en l'an vingt et un, le capitaine s'occupait de moi à sa manière ; et, à cette époque, il était arrivé à la conclusion que, l'expérience flamande achevée, utile pour un garçon de mon siècle et de ma condition s'il n'y laissait pas sa santé, sa peau ou sa conscience, il était temps de pourvoir à mon éducation et à mon avenir en rentrant en Espagne. L'emploi de soldat n'était pas celui qu'Alatriste jugeait le meilleur pour le fils de son ami Lope Balboa, même si je l'ai démenti par la suite, quand, après Nordlingen, la défense de Fontarabie et les guerres de Portugal et de Catalogne, j'ai été fait sous-lieutenant à Rocroi ; et si, après avoir commandé une compagnie, je me suis hissé au rang de lieutenant des courriers royaux puis de capitaine de la garde espagnole du roi Philippe IV. Mais pareille biographie donne totalement raison à Diego Alatriste ; car si j'ai honorablement combattu sur nombre de champs de bataille en bon catholique et bon Basque, je n'en ai guère tiré profit ; et je dois plus mes avantages et mon ascension à la faveur du roi, à mes liens avec Angélica d'Alquézar et à la chance qui m'a toujours accompagné qu'aux effets de la vie militaire proprement dite. Parce que l'Espagne, rarement mère et plus souvent marâtre, paye toujours mal le sang de qui le verse à

son service ; d'autres, qui avaient plus de mérite, ont
pourri dans les antichambres d'agents royaux indifférents, dans les asiles d'invalides ou à la porte des
couvents, de la même manière qu'auparavant ils
avaient pourri dans les assauts et les tranchées. Et si
j'ai eu une chance exceptionnelle, dans le métier
d'Alatriste et le mien, le sort commun, après toute
une vie passée sous le harnois à voir grêler les balles,
est de finir

> *de mille blessures rompu,*
> *encore heureux si tu as pu*
> *présenter dans les hôpitaux*
> *tes états de service et mourir aussitôt,*

ou de quémander, pas même un avantage, ou un
bénéfice, ou une compagnie, voire du pain pour
ses enfants, mais une simple aumône, pour être
revenu manchot de Lépante, des Flandres ou de
l'enfer, quand on vous ferme la porte au nez en
disant :

> *Si vous servîtes Sa Majesté*
> *et si le sort contraire fit*
> *qu'en Flandres perdîtes le bras,*
> *avons-nous à payer ici*
> *le prix de vos lointains combats ?*

Et puis j'imagine que le capitaine Alatriste se sentait devenir vieux. Pas un vieillard, que le lecteur me comprenne bien ; car à cette époque – à la fin du premier quart de ce siècle – il devait avoir dans les quarante ans, ou un peu plus. Je parle d'un vieillissement intérieur, chose qui arrivait aux hommes qui, comme lui, avaient combattu dès le sortir de l'enfance pour la vraie religion sans rien obtenir d'autre en échange que cicatrices, travaux et misères. La campagne de Breda, en laquelle Alatriste avait placé quelques espérances pour lui et pour moi, avait été ingrate et dure, avec des chefs injustes, des officiers cruels, beaucoup de sacrifices et peu de bénéfices ; et, si l'on excepte le sac d'Oudkerk et quelques petites rapines çà et là, au bout de deux ans nous étions tout aussi pauvres qu'au début, hormis la solde du congé – celle de mon maître, car les valets comme moi ne recevaient rien –, qui, sous les espèces de quelques écus d'argent, devait nous permettre de survivre quelques mois. Malgré cela, le capitaine a dû encore repartir au combat, quand la vie nous a imposé, inéluctablement, de retourner sous les drapeaux espagnols ; jusqu'au jour où, chevelure et moustaches devenues grises, je l'ai vu mourir comme je l'avais vu vivre : debout, le fer à la main et les yeux calmes et indifférents, à Rocroi, en cette journée où la meilleure infanterie du monde s'est laissé anéantir, impassible, sur un champ de bataille, par fidélité à son roi, à sa légende et à sa gloire. Et avec elle s'est éteint le capitaine Alatriste, loyal à lui-même, de la manière que je lui ai toujours connue, tant dans la fortune qui fut mince, que dans la misère qui fut grande. Silencieusement, comme toujours. En soldat.

Mais n'anticipons pas sur les épisodes ni sur les événements. Je disais donc à vos seigneuries que, bien avant que tout cela n'arrive, quelque chose se mourait chez celui qui était alors mon maître. Quelque chose d'indéfinissable, dont je n'ai commencé à prendre réellement conscience qu'au cours de ce voyage maritime qui nous avait ramenés des Flandres. Et même sans bien comprendre ce qu'était cette partie de Diego Alatriste, je la voyais, moi qui atteignais quelque lucidité avec la vigueur des ans, dépérir lentement. Plus tard, je suis arrivé à la conclusion qu'il s'agissait d'une foi, ou des restes d'une foi : peut-être en la condition humaine, ou en ce que les incroyants hérétiques appellent hasard et que les hommes de bien appellent Dieu. Ou encore qu'il s'agissait de la douloureuse certitude que notre pauvre Espagne, et Alatriste lui-même avec elle, glissait dans un gouffre sans fond et sans espoir dont personne ne pourrait la sortir, ni nous sortir, avant que de nombreux siècles ne s'écoulassent. Et, aujourd'hui encore, je me demande si ma présence à ses côtés, ma jeunesse et mon regard – je le vénérais encore, alors – n'étaient pas ce qui l'obligeait à maintenir les apparences. Des apparences qu'en d'autres circonstances, peut-être, il eût noyées comme moucherons dans du vin, dans ces pichets qui, parfois, se succédaient trop vite. Ou dans le canon noir et définitif de son pistolet.

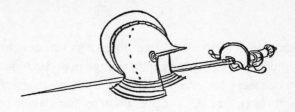

II

UNE AFFAIRE D'ÉPÉE

– Il faudra tuer, dit don Francisco de Quevedo. Et peut-être beaucoup.

– Je n'ai que deux mains, répondit Alatriste.

– Quatre, rectifiai-je.

Le capitaine ne quittait pas des yeux son pot de
vin. Don Francisco ajusta ses lunettes et le regarda
d'un air pensif, avant de se tourner à nouveau vers
l'homme assis à une table, à l'autre bout de la salle,
dans un coin discret de l'auberge. Il y était déjà à
notre arrivée, et notre ami le poète l'avait appelé
messire Olmedilla, sans présentations ni détails, en
ajoutant simplement le mot « comptable » : le comptable Olmedilla. C'était un petit homme maigre,

chauve et très pâle. Il avait un aspect timide, cha-
fouin, malgré son vêtement noir et sa petite moustache aux pointes recourbées surmontant une barbe
courte et rare. Des taches d'encre maculaient ses
doigts : il avait l'air d'un homme de loi ou de cabinet,
vivant à la lumière des chandelles entre dossiers et
paperasses. Nous le vîmes faire un signe d'assenti-
ment prudent en réponse à la question muette que
lui adressait don Francisco.

— L'affaire a deux volets, confirma Quevedo au
capitaine. Pour le premier, vous l'assisterez dans certaines démarches… – Il indiqua le petit homme qui
restait impassible sous nos regards scrutateurs.
— Pour le second, vous pourrez recruter les gens
nécessaires.

— Les gens nécessaires se font payer une avance.

— Dieu y pourvoira.

— Depuis quand mêlez-vous Dieu à ce genre
d'affaires, don Francisco ?

— Vous avez raison. De toute manière, avec ou
sans Lui, ce n'est pas l'or qui manquera.

Il avait baissé la voix, sans que je puisse savoir si
c'était parce qu'il mentionnait l'or ou parce qu'il
parlait de Dieu. Les deux longues années écoulées
depuis nos démêlés avec l'Inquisition – quand don
Francisco de Quevedo, par son adresse à piquer des
éperons, m'avait sauvé la vie en plein autodafé –
avaient posé quelques rides de plus sur son front. Et

puis il paraissait fatigué, tandis qu'il faisait de fréquents emprunts à l'inévitable pichet de vin, cette fois un blanc vieux de Fuente del Maestre. Le rayon de soleil passant par la fenêtre éclairait le pommeau doré de son épée, ma main posée sur la table, le profil à contre-jour du capitaine Alatriste. L'auberge d'Enrique Becerra, fameuse pour son agneau au miel et son ragoût de joue de porc, était proche de la maison close du Rendez-Vous de la Lagune, non loin de la porte de l'Arenal ; et du premier étage on pouvait voir, au-delà des murailles et du linge blanc que les catins étendaient sur la terrasse pour le faire sécher au soleil, les antennes, les mâts et les flammes des galères amarrées de l'autre côté du fleuve, sur la rive de Triana.

– Ainsi capitaine, ajouta le poète, encore une fois il va falloir se battre… Mais, ce coup-ci, je ne vous accompagnerai pas.

Maintenant, il souriait, amical et rassurant, avec cet air affectueux qu'il nous avait toujours réservé.

– A chacun son destin, murmura Alatriste.

Il était vêtu de brun, avec un pourpoint en chamois, un col plat à la wallonne, des grègues de toile et des guêtres, à la militaire. Ses dernières bottes aux semelles trouées étaient restées à bord de la *Levantina,* échangées avec le sous-maître de la chiourme contre des œufs de mulet séchés, des fèves bouillies

et une outre de vin destinés à nous sustenter pendant
la remontée du fleuve. Pour cette raison, entre autres,
mon maître ne semblait pas trop désolé que la première affaire qu'il rencontrait, à peine le pied posé
sur la terre d'Espagne, fût une invitation à renouer
avec son ancien métier. Peut-être parce que la commande lui venait d'un ami, ou parce que l'ami disait
la transmettre de plus haut et de plus grand que lui ;
et surtout, j'imagine, parce que la bourse que nous
rapportions des Flandres ne tintait plus quand on la
secouait. De temps en temps, le capitaine me regardait d'un air rêveur, se demandant quelle était la
place exacte, dans tout cela, des seize ans que j'allais
avoir et de l'habileté qu'il m'avait lui-même ensei-
gnée. Je ne portais pas l'épée, naturellement, et seule
ma bonne dague de miséricorde pendait de ma ceinture à la hauteur de mes reins ; mais j'étais maintenant un valet qui avait fait ses preuves à la guerre,
éveillé, rapide, courageux et prêt à faire bonne figure
si l'occasion se présentait. Pour Alatriste, j'imagine,
la question était de savoir s'il devait me garder avec
lui ou me laisser à l'écart. Pourtant, de la manière
dont se présentaient les choses, il n'était déjà plus
maître de décider seul ; pour le meilleur ou pour le
pire, nos vies étaient liées. Et puis, comme il venait
de le dire lui-même, à chacun son destin. Quant à
don Francisco, je déduisis de la façon dont il m'observait, admirant l'épanouissement de ma jeunesse

et le duvet sur ma lèvre supérieure et sur mes joues, qu'il pensait de même : j'avais atteint l'âge où un garçon est autant capable de donner des coups que d'en recevoir.

— Iñigo aussi, ajouta le poète.

Je connaissais assez mon maître pour savoir me taire ; et c'est ce que je fis, en contemplant fixement, comme lui, le pot de vin – pour cela aussi, j'avais grandi – posé devant moi sur la table. Don Francisco n'avait pas prononcé ces mots comme une question, mais comme une remarque à propos d'un fait évident ; et, après un silence, Alatriste acquiesça lentement, résigné. Il le fit sans même me regarder, et j'éprouvai une jubilation intérieure, très lumineuse et très forte, que je dissimulai en portant le pot à mes lèvres. Le vin eut le goût de la gloire et de la maturité. Et de l'aventure.

— Buvons à Iñigo, dit Quevedo.

Nous bûmes et, de sa table, le comptable Olmedilla, ce personnage en deuil, mince et pâle, nous accompagna d'une sèche inclinaison de la tête, sans toucher à son pot. Quant au capitaine, à don Francisco et à moi, ce n'était pas le premier godet de la journée, après la rencontre qui nous avait réunis tous les trois dans une accolade sur le pont de bateaux reliant Triana à l'Arenal, à peine débarqués de la *Levantina*. Nous avions longé la côte depuis le port de Santa María, en défilant devant Rota avant de remonter par la barre de Sanlúcar vers Séville, d'abord entre les grandes pinèdes des plages, ensuite entre les futaies, vergers et jardins qui, plus en amont, poussaient dru sur les rives du célèbre cours d'eau que les Arabes appelaient Ouad el Quevir, ou grand fleuve. Par contraste, je me rappelle surtout de ce voyage le sifflet du maître de la chiourme marquant la cadence de la nage des rameurs, l'odeur de saleté et de sueur, les ahans des forçats accompagnés du tintement de leurs chaînes tandis que les rames entraient dans l'eau et en sortaient avec une précision rythmique, poussant la galère contre le courant. Le maître de la chiourme, le sous-maître et l'alguazil parcouraient la coursie en surveillant leurs paroissiens ; et, régulièrement, le fouet s'abattait sur le dos nu d'un traînard pour y tisser un pourpoint sanglant. C'était pitoyable de contempler les rameurs, cent vingt hommes répartis sur vingt-quatre bancs, cinq par rame, crânes rasés et faces hirsutes, torses luisants de sueur, se dressant et se laissant retomber en arrière pour manœuvrer les longs madriers sur chaque flanc. Il y avait là des esclaves maures, d'anciens pirates turcs et des renégats, mais aussi des chrétiens mis aux rames comme forçats, accomplissant les peines d'une justice qu'ils n'avaient pas eu assez d'or pour acheter.

— Ne te laisse jamais traîner ici vivant, m'avait dit Alatriste en aparté.

Ses yeux clairs et froids, inexpressifs, regardaient ramer ces malheureux. Mon maître, je l'ai déjà dit, connaissait bien ce monde, pour avoir servi comme soldat sur les galères du régiment de Naples au temps de La Goulette et des Querquenes ; et, après s'être battu contre les Vénitiens et les Barbaresques, il avait bien failli, en 1613, être mis lui-même à la chaîne sur une galère turque. Plus tard, quand j'ai été à mon tour soldat du roi, j'ai moi aussi navigué à bord de ces navires sur la Méditerranée ; et je puis assurer que peu de choses ont été inventées sur mer qui s'apparentent à ce point à l'enfer. Car, pour montrer combien était cruelle la vie quand on était attaché à la rame, il suffit de dire que même les pires criminels, quand ils étaient condamnés à la chiourme, ne faisaient pas plus de dix ans de peine, parce qu'on estimait que c'était le maximum qu'un homme pouvait supporter sans laisser sa santé, sa raison ou son existence entre punitions et coups de fouet.

> *Si la chemise leur quittez*
> *et si la peau vous leur lavez,*
> *les signatures y verrez*
> *en grandes lettres bien gravées.*

Toujours est-il que de la sorte, remontant le Guadalquivir à coups de sifflet et de rames, nous étions arrivés dans la ville qui était la cité la plus fascinante, chambre de commerce et marché du monde, galion d'or et d'argent ancré entre gloire et misère, entre opulence et dilapidation, capitale de la mer océane et des richesses qui entraient par elle avec les flottes annuelles des Indes, peuplée de nobles, de commerçants, de clercs, de filous et de femmes superbes, si riche, si puissante et si belle que même Tyr ou Sidon ne l'égalèrent point en leur temps. Patrie commune, pâture franche, globe infini, mère des orphelins et refuge des pécheurs, comme l'était l'Espagne elle-même en ce temps magnifique et misérable à la fois, où tout était dénuement, et où nul pourtant n'en souffrait s'il usait d'expédients. Où tout était richesse, et où il suffisait d'un moment de distraction pour la perdre – comme aussi la vie.

Nous continuâmes à discuter un long moment dans l'auberge, sans échanger un mot avec le comptable Olmedilla ; mais, lorsque celui-ci se leva, Quevedo nous dit de partir derrière lui en le suivant de loin. Il était bon, précisa-t-il, que le capitaine Alatriste se familiarise avec le personnage. Nous prîmes la rue des Teinturiers, admirant la quantité d'étrangers qui fréquentaient ses auberges, puis nous nous dirigeâmes vers la place de San Francisco et l'église Majeure, et de là, par la rue de l'Huile, nous arrivâmes à l'Hôtel de la Monnaie, près de la tour de l'Or, où Olmedilla avait à faire. Moi, comme le lecteur peut le supposer, je regardais tout en ouvrant grands les yeux : les porches fraîchement balayés où les femmes jetaient l'eau des bassines et disposaient des pots de fleurs, les boutiques de savons, d'épices, de bijoux, d'épées, les cageots des marchandes de fruits, les plats à barbe étincelants accrochés au-dessus de la porte de chaque barbier, les camelots qui vendaient à tous les coins de rue, les dames accompagnées de leurs duègnes, les hommes qui discutaient négoce, les graves ecclésiastiques montés sur leurs mules, les esclaves maures et nègres, les maisons peintes d'ocre et de chaux, les églises avec des toitures ornées d'azulejos, les palais, les orangers, les citronniers, les croix dans les rues pour rappeler quelque mort violente ou interdire aux passants de faire leurs besoins dans les coins… Et tout cela, malgré que l'on fût en hiver, brillait sous un soleil splendide, si bien que mon maître et don Francisco allaient la cape ou le manteau plié en trois sur l'épaule, et les ganses et les boutons de leur pourpoint défaits. A la beauté naturelle de cette cité si fameuse s'ajoutait la présence des rois : aussi Séville et les cent mille habitants et plus qui la peuplaient bouillonnaient-ils d'animation et de festivités. Cette année-là, événement exceptionnel, Sa Majesté le roi Philippe IV se disposait à honorer de son auguste présence l'arrivée de la flotte des Indes, laquelle signifiait un déferlement d'or et d'argent qui, de là, était réparti – plus pour notre disgrâce que pour notre bonheur – dans le reste de l'Europe et du monde. L'Empire d'outre-mer créé un siècle plus tôt par Cortés, Pizarre et autres aventuriers de peu de scrupules et de grande témérité, qui n'avaient rien à perdre sauf la vie et tout à gagner, alimentait maintenant un flux de richesses qui permettaient à l'Espagne de soutenir des guerres ; lesquelles, pour défendre son hégémonie militaire et la vraie religion, lui faisaient affronter la moitié du globe. Cet argent était plus indispensable encore, s'il se peut, sur une terre comme la nôtre où – comme je l'ai fait remarquer ailleurs – tout chrétien se donnait de grands airs, où le travail était mal vu, le commerce avait mauvaise réputation et le rêve du dernier des manants était d'obtenir des lettres d'hidalgo, de vivre sans payer d'impôts et de ne jamais travailler ; de sorte que les jeunes gens préféraient tenter fortune aux Indes ou dans les Flandres plutôt que de languir sur des champs stériles à la merci d'un clergé oisif, d'une aristocratie ignare et avilie, et d'agents royaux corrompus qui leur suçaient le sang et la vie : car c'en est à coup sûr fini de la chose publique, quand les vices des uns se transforment en mœurs de tous ; cessez de tenir le vicieux pour infâme, et toute bassesse devient naturelle. Ainsi, grâce aux riches gisements

d'Amérique, l'Espagne a maintenu pendant longtemps un empire fondé sur l'abondance d'or et d'argent, et sur la qualité de sa monnaie qui servait aussi
bien pour payer des armées – quand on les payait –
que pour importer produits et marchandises d'ailleurs. Parce que, si nous pouvions envoyer aux
Indes farine, huile, vinaigre et vin, nous dépendions
de l'étranger pour tout le reste. Ce qui obligeait à
chercher les approvisionnements au-dehors, et c'est
à cela qu'ont servi principalement nos doublons d'or
et les fameux réaux de huit en argent qui étaient très
appréciés. Nous nous maintenions ainsi grâce aux
énormes quantités de pièces et de lingots qui voyageaient du Mexique et du Pérou à Séville, pour
repartir ensuite dans tous les pays d'Europe et même
en Orient, et aller jusqu'en Inde et en Chine. Le fait
est que cette richesse a fini par profiter à tout le
monde sauf aux Espagnols : avec une Couronne toujours endettée, elle était dépensée avant d'être arrivée ; de sorte que, à peine débarqué, l'or sortait d'Espagne pour être dilapidé dans les régions en guerre,
dans les banques génoises et portugaises qui étaient
nos créancières, et même dans les mains des ennemis, comme l'a fort bien conté don Francisco de
Quevedo lui-même, dans son immortel rondeau :

> *Il naît honnête aux Indes*
> *sous le regard du monde entier ;*

il vient mourir en Espagne,
et à Gênes est enterré.
Qui le porte sur lui est beau,
même laid comme un corbeau,
car c'est un seigneur puissant
que messire l'Argent.

Le cordon ombilical qui maintenait en vie la pauvre – quoique paradoxalement riche – Espagne était la flotte de la route des Indes, menacée sur mer par les ouragans autant que par les pirates. C'est pour cela que son arrivée à Séville était une fête indescriptible, car outre l'or et l'argent du roi et des particuliers, elle apportait la cochenille, l'indigo, le bois de Campeche, les grumes du Brésil, de la laine, du coton, du cuir, du sucre, du tabac et des épices, sans oublier l'ail, le gingembre et la soie de Chine venue des Philippines par Acapulco. Ainsi, nos galions naviguaient en convoi de la Nouvelle-Espagne et de la Terre ferme pour se rassembler à Cuba où ils formaient une flotte gigantesque. Et l'on doit reconnaître que, malgré les carences, l'adversité et les désastres, les marins espagnols n'ont jamais cessé de faire leur travail avec honneur. Même dans les pires moments – une fois seulement les Hollandais nous ont pris une flotte entière –, nos navires ont continué à traverser la mer au prix de moult efforts et sacrifices ; et ils ont toujours tenu en respect – sauf en quelques occasions malheureuses – la menace des pirates français, anglais et hollandais, dans ce combat que l'Espagne a livré seule contre de puissantes nations décidées à se partager ses dépouilles.

— On ne voit pas beaucoup le guet, observa Alatriste.

C'était vrai. La flotte était sur le point d'arriver, le roi en personne honorait Séville de sa présence, des services religieux et des cérémonies publiques se préparaient, et pourtant on ne voyait que très peu d'alguazils et d'argousins dans les rues. Les quelques-uns que nous croisâmes allaient tous en groupe, portant plus de fer qu'on n'en trouve dans une fonderie de Biscaye, armés jusqu'aux dents et se méfiant de leur ombre.

— Il y a eu un incident, voici quatre jours, expliqua Quevedo. La justice a voulu se saisir d'un soldat des galères qui sont amarrées à Triana, les soldats et matelots ont accouru à son secours, et la mêlée a été générale… A la fin, les argousins ont réussi à l'emmener, mais les soldats ont assiégé la prison et menacé d'y mettre le feu si l'on ne leur rendait pas leur camarade.

— Et comment cela s'est-il terminé ?

— Le prisonnier avait trucidé un alguazil, aussi

l'ont-ils pendu à la grille avant de le leur rendre...
– Le poète riait tout bas en racontant cela. – Si bien
que, maintenant, les soldats veulent harrier les
argousins, et la justice n'ose plus sortir qu'en détachements serrés et avec d'infinies précautions.

– Et que dit le roi de tout cela ?

Nous étions à l'ombre du bastion du Charbon,
juste devant la tour de l'Argent, tandis que le dénommé
Olmedilla réglait ses affaires dans l'Hôtel de la Monnaie. Quevedo indiqua les murailles de l'ancien château arabe qui se prolongeaient vers le clocher très
haut de l'église Majeure. Les uniformes jaune et rouge
de la garde espagnole – je ne pouvais imaginer que,
bien des années plus tard, je porterais le même – se
dessinaient sur les créneaux décorés aux armes de Sa
Majesté. D'autres sentinelles, portant des hallebardes
et des arquebuses, veillaient à la porte principale.

– Sa Majesté catholique, sacrée et royale ne sait
que ce qu'on lui raconte, dit Quevedo. Le grand
Philippe est logé à l'Alcazar, et il n'en sort que pour
aller à la chasse, aux fêtes et visiter un couvent la
nuit... Naturellement, notre ami Guadalmedina l'escorte. Ils sont devenus intimes.

Ainsi prononcé, le mot « couvent » me rappelait
de cruels souvenirs ; et je ne pus réprimer un frisson en
repensant à la pauvre Elvira de la Cruz et au danger
que j'avais couru de griller sur un bûcher. Pour
l'heure, don Francisco observait une dame de belle

allure, que suivaient sa duègne et une esclave maure chargée de paniers et de paquets, et qui découvrait ses mollets en retroussant le bas de sa robe pour éviter d'énormes crottins de cheval tapissant la rue. Lorsque la dame passa près de nous pour se diriger vers une voiture attelée à deux mules qui attendait un peu plus loin, le poète ajusta ses lunettes puis, très poli, ôta son chapeau. « Lisi », murmura-t-il avec un sourire mélancolique. La dame répondit par une légère inclinaison de la tête, avant de serrer un peu plus sa mante. Derrière, la duègne, une vieille en deuil avec ses dentelles d'un noir de corbeau et son long chapelet de quinze dizaines, foudroya Quevedo du regard, lequel lui tira la langue. En les voyant s'éloigner, il sourit avec tristesse et revint à nous sans rien dire. Le poète était vêtu avec sa sobriété habituelle : souliers à boucles d'argent et bas de soie noire, habit gris très sombre et chapeau de même couleur agrémenté d'une plume blanche, la croix de Saint-Jacques brodée en rouge sous le manteau plié sur l'épaule.

— Les couvents sont sa spécialité, ajouta-t-il après une brève pause, songeur, les yeux encore fixés sur la dame et sa suite.

— Vous parlez de Guadalmedina ou du roi?

Maintenant c'était Alatriste qui souriait sous sa moustache de soldat. Quevedo tarda à répondre, et il ne le fit qu'après un profond soupir.

— Des deux.

Je me mis à côté du poète, sans le regarder.

– Et la reine ?

Je lui posai la question sur un ton anodin, respectueux et irréprochable. La curiosité d'un enfant. Don Francisco me jeta un regard pénétrant.

– Toujours aussi belle, répliqua-t-il. Elle parle un peu mieux la langue d'Espagne. – Il regarda Alatriste puis reporta les yeux sur moi ; il y avait des étincelles amusées dans ses yeux, derrière les verres de ses lunettes. – Elle la pratique avec ses dames et ses suivantes… Et ses menines.

Mon cœur battit si fort que je craignis que cela ne se remarquât.

– Elles l'accompagnent toutes dans ce voyage ?

– Toutes.

La rue tournait autour de moi. *Elle* était dans cette cité fascinante. Je regardai les environs, vers l'Arenal qui s'étendait, désert, entre la ville et le Guadalquivir, l'un des lieux les plus pittoresques de la cité, avec Triana de l'autre côté, les voiles des caravelles de pêche à la sardine et à la crevette, et toutes sortes de petits bateaux allant et venant entre les deux bords, les galères du roi amarrées à la rive de Triana, la couvrant jusqu'au pont de bateaux, l'Altozano et le sinistre château de l'Inquisition qui s'y dressait, et la profusion des grands navires sur notre rive : une forêt de mâts, de vergues, d'antennes, de voiles et de flammes, avec la foule, les entrepôts des

commerçants, les ballots de marchandises, le martèlement des charpentiers de marine, la fumée des calfats
et les poulies de la machine navale avec laquelle on
carénait les bateaux dans l'embouchure du Tagarete.

> *Le Biscayen livre le fer,*
> *les cordes et le bois de pin,*
> *l'Indien, l'ambre gris,*
> *la perle, l'or, l'argent,*
> *le bois de Campeche et le cuir.*
> *Tout est richesse en ce rivage.*

Le souvenir de la comédie *L'Arenal de Séville*
que j'avais vue, enfant, au théâtre du Prince avec
Alatriste, ce fameux jour où Buckingham et le prince
de Galles s'étaient battus à ses côtés, demeurait
gravé dans ma mémoire. Et soudain, ce lieu, cette
ville qui était déjà naturellement splendide, devenait
magique, merveilleux. Angélica d'Alquézar était là,
et je pourrais peut-être la voir. Craignant que le
trouble qui m'agitait ne fût visible de l'extérieur, je
jetai un regard en dessous à mon maître. Par chance,
d'autres inquiétudes occupaient les pensées de
Diego Alatriste. Il observait le comptable Olmedilla,
qui avait terminé son affaire et marchait vers nous
d'un air aussi cordial que si nous étions là pour lui
apporter l'extrême-onction : sérieux, endeuillé des
pieds à la tête, chapeau noir à bord court et sans

plumes, et cette curieuse barbiche clairsemée qui accentuait son aspect de rat morose ; l'air antipathique d'un homme qui souffre d'humeurs acides et d'une mauvaise digestion.

— Pourquoi avons-nous besoin de pareil mollusque ? murmura le capitaine, en le regardant approcher.

Quevedo haussa les épaules.

— Il est ici avec une mission… C'est le comte et duc lui-même qui tire les ficelles. Et son travail déplaira à plus d'un.

Olmedilla salua d'une brève inclinaison de la tête et nous reprîmes derrière lui notre marche vers le port de Triana. Alatriste parlait à Quevedo à mi-voix :

— Quel est son travail ?

Le poète répondit sur le même mode :

— Eh bien, cela : comptable. Expert dans l'art de dresser des comptes… Un individu qui s'y connaît bien en chiffres, tarifs douaniers et choses de ce genre. Capable d'en remontrer à Juan de Leganés.

— Quelqu'un a volé plus que ce qui est normal ?

— Il y a toujours quelqu'un qui vole plus que ce qui est normal.

Le large bord de son chapeau mettait un masque d'ombre sur le visage d'Alatriste ; cela accentuait la clarté de ses yeux, où se reflétaient la lumière et le paysage de l'Arenal.

— Et quel est notre rôle, dans cette partie ?

— Je sers seulement d'intermédiaire. Je suis bien vu à la Cour, le roi me demande des mots d'esprit, la reine me sourit… Je rends quelques petits services au favori, et il me renvoie la pareille.

— Je suis heureux que la Fortune vous ait enfin souri.

— Ne le dites pas si fort. Elle m'a joué tant de tours que je la regarde avec méfiance.

Amusé, Alatriste observait le poète.

— En tout cas, je vous retrouve bon courtisan.

— Ne vous moquez pas, seigneur capitaine. – Quevedo, mal à l'aise, s'éclaircissait la gorge. – Il n'est pas fréquent que les muses soient compatibles avec la bonne chère. Aujourd'hui je suis dans une période de veine, je suis populaire, mes vers sont lus partout… On m'attribue même, comme d'habitude, ceux qui ne sont pas de moi; y compris certains qui ont été commis par ce giton de Góngora, cet enfant de Babylone et de Sodome, dont les aïeux ne se sont jamais fatigués d'abominer le lard et de ferrer les chaussures à Cordoue. Et dont je viens de saluer les derniers poèmes publiés, par quelques fins dizains qui se terminent ainsi :

> *Laissez là les ventosités :*
> *car en l'affaire vous n'étiez*
> *qu'un égout par où le Parnasse*
> *de l'ordure se débarrasse.*

» ... Mais revenons aux choses sérieuses : je vous disais que le comte et duc se plaît à m'accorder ses faveurs. Il me flatte et m'utilise... Quant à vous, seigneur capitaine, il s'agit d'un caprice personnel du favori : il a quelque raison de se souvenir de vous. S'agissant d'Olivares, est-ce bon, est-ce mauvais, qui le sait ? C'est peut-être bon. D'ailleurs, en certaine occasion, vous lui offrîtes votre épée s'il vous aidait à sauver Iñigo.

Alatriste m'adressa un rapide coup d'œil puis acquiesça lentement, en réfléchissant.

– Il a une maudite bonne mémoire, le favori, dit-il.

– Oui. Pour ce qui l'intéresse.

Mon maître étudia le comptable Olmedilla, qui allait toujours quelques pas devant nous, les mains croisées dans le dos et l'air maussade, au milieu de l'agitation du port.

– Il ne semble pas très causant, commenta-t-il.

– Non. – Quevedo eut un rire moqueur. – En cela, vous vous accorderez bien, lui et vous, seigneur capitaine.

– Est-ce un personnage important ?

– Je vous l'ai dit : un simple agent du roi. Mais il a eu en charge toute la paperasse, dans le procès en malversation contre don Rodrigo Calderón... Vous vous rappelez les faits.

Il laissa s'écouler un moment de silence pour

que le capitaine comprenne tout ce que cela impliquait. Alatriste siffla entre ses dents. L'exécution publique du puissant Calderón avait, en son temps, mis toute l'Espagne sens dessus dessous.

– Et sur la trace de qui est-il, maintenant ?

Le poète fit deux fois non de la tête et chemina quelques pas sans parler.

– Quelqu'un vous l'expliquera ce soir, finit-il par concéder. Quant à la mission d'Olmedilla, et par ricochet la vôtre, disons que la commande vient du favori, et l'impulsion du roi.

Alatriste hocha la tête, incrédule.

– Vous galéjez, don Francisco ?

– Non, je vous jure que non. Ou alors que le diable m'emporte… Ou que ce vilain bossu de Ruiz de Alarcón me suce tout le talent que j'ai dans la cervelle.

– Sacrebleu.

– C'est ce que j'ai dit moi-même quand on m'a demandé de servir d'intermédiaire : sacrebleu. L'aspect positif, c'est que, si tout se passe bien, vous aurez quelques écus à gaspiller.

– Et si cela se passe mal ?

– Alors je crains que vous ne regrettiez les tranchées de Breda… – Quevedo soupira en regardant autour de lui comme quelqu'un qui cherche à changer de conversation. – Je regrette de ne pouvoir vous en dire plus pour le moment.

– Je n'ai guère besoin de plus. – L'ironie et la résignation dansaient dans le regard voilé de mon maître. – Je veux seulement savoir d'où viendront les coups.

Quevedo haussa les épaules.

– De partout, comme toujours. – Il continuait d'observer les alentours, indifférent. – Vous n'êtes plus dans les Flandres... Ici, c'est l'Espagne, capitaine Alatriste.

Ils convinrent de se revoir le soir, à l'auberge de Becerra. Le comptable Olmedilla, toujours plus triste qu'une boucherie en Carême, se retira pour se reposer dans la pension de la rue des Teinturiers où il logeait et qui disposait aussi d'une chambre pour nous. Mon maître passa l'après-midi à s'occuper de ses affaires : il fit viser son congé militaire et se procura du linge blanc et des vivres – ainsi que des bottes neuves – avec l'argent que lui avait donné don Francisco comme avance sur le travail. Quant à moi, j'eus tout loisir de me promener ; et mes pas me menèrent au cœur de la ville, où je pris plaisir à l'ambiance des rues et des ruelles circulaires, très étroites et pleines de voûtes, armoiries sculptées, croix, retables avec des christs, des vierges et des saints, encombrées de carrosses et de chevaux, à la fois sales et opulentes, grouillantes de vie, avec des petits groupes sur le seuil des tavernes et des cours intérieures, et des femmes – que je regardais avec intérêt depuis mes expériences flamandes – très brunes, soignées, désinvoltes, dont l'accent particulier donnait aux conversations un timbre très doux. J'admirai ainsi des palais avec des patios magnifiques derrière leurs grilles en fer forgé, des chaînes sur les portes pour montrer qu'ils échappaient à la justice ordinaire, et je compris que, tandis qu'en Castille les nobles poussaient le stoïcisme jusqu'à se ruiner plutôt que de travailler, l'aristocratie sévillane avait les idées autrement larges, n'hésitant pas, souvent, à faire coïncider les mots «hidalgo» et «marchand»; de sorte que l'aristocrate ne dédaignait pas le négoce s'il rapportait de l'argent, et que le commerçant était prêt à dépenser autant d'or qu'il en est au Potosí afin d'être tenu pour un hidalgo – même les tailleurs exigeaient que l'on prouvât la pureté de son sang pour entrer dans leur corporation. Cela donnait lieu, d'une part, au spectacle de nobles s'abaissant à user de leur influence et de leurs privilèges pour faire fortune en catimini; et, de l'autre, à ce que le travail et le commerce, si utiles aux nations, continuent d'être mal vus et restent entre les mains d'étrangers. Ainsi la plupart des nobles sévillans étaient des plébéiens riches qui achetaient leur accession au rang supérieur par l'argent et des mariages avantageux, et qui devenaient honteux de leurs dignes emplois. On passait donc d'une génération de marchands à une autre d'héritiers parasites et anoblis, qui reniaient l'origine de leur fortune et la dilapidaient sans scrupules. Et voilà pourquoi, en Espagne, le grand-père était marchand, le père gentilhomme, le fils tenancier de tripot et le petit-fils mendiant.

Je visitai aussi le quartier de la Soie, dont l'enceinte fermée était pleine de boutiques offrant de somptueuses marchandises et des bijoux. J'étais vêtu de chausses noires avec des guêtres de soldat, d'un ceinturon de cuir, la dague en travers des reins, d'un justaucorps de coupe militaire sur la chemise rapiécée, et je portais un bonnet de velours flamand très élégant, butin guerrier d'un temps désormais révolu. S'ajoutant à ma jeunesse, cela me donnait, ma foi, bonne tournure ; et je me divertis à prendre des airs entendus de vétéran devant les boutiques d'armuriers de la rue de la Mer et de celle des Biscayens, ou dans la rue du Serpent où se pressaient les fiers-à-bras, les filles de joie et les gens de petite et grande truanderie, devant la célèbre prison qui avait tenu enfermé entre ses murs noirs Mateo Alemán, et où le bon Miguel de Cervantès lui-même avait tristement échoué. Je me pavanai aussi près de cette université de la truanderie qu'est le parvis légendaire de l'église Majeure, fourmillant de vendeurs, d'oisifs et de mendiants exhibant, écriteau au cou, des plaies et des infirmités plus fausses que le baiser de Judas, ou de manchots qui prétendaient avoir perdu leur bras dans les Flandres : amputations réelles ou feintes, toutes mises sur le compte d'Anvers ou de la Mamora, comme elles auraient pu l'être sur celui de Roncevaux ou de Numance ; car, à bien regarder certains de ces prétendus mutilés pour la vraie religion, le roi et la patrie, on comprenait facilement que la seule fois qu'ils avaient vu un hérétique ou un Turc, c'était de loin et dans une cour de comédie.

Je terminai devant les Alcazars royaux, contemplant l'étendard d'Autriche qui flottait au-dessus des créneaux, et les imposants soldats de la garde avec leurs hallebardes devant la porte principale. Je me promenai là un moment, parmi les groupes de Sévillans qui attendaient dans l'espoir de voir Leurs Majestés entrer ou sortir. Et il advint que, prétextant que le peuple s'était trop approché du chemin d'accès, et moi avec lui, un sergent de la garde espagnole vint dire, de façon fort grossière, que nous devions déguerpir. Les curieux obéirent sur-le-champ ; mais le fils de mon père, piqué au vif par les manières du militaire, traîna des pieds d'un air hautain qui fit monter la moutarde au nez de l'autre. Il me bouscula sans ménagement ; et moi, que ni mon âge ni mon récent passé flamand ne rendaient tolérant en la matière, je me rebiffai tel un jeune coq, piqué au vif par un si grand affront, la main sur la poignée de ma

dague. Le sergent, un personnage ventru et moustachu, ricana.

— Tiens donc, monsieur le matamore, dit-il en
me toisant de haut en bas. Tu vois rouge trop vite,
mon joli.

Je le regardai droit dans les yeux, sans la moindre
vergogne, avec le mépris du vétéran que, malgré ma
jeunesse, j'étais réellement. Ce gros lard avait passé
les deux dernières années à se goinfrer, à se pavaner
dans les palais royaux et les alcazars avec son bel uniforme à carreaux jaunes et rouges, pendant que je me
battais aux côtés du capitaine Alatriste et voyais mourir les camarades à Oudkerk, au moulin Ruyter, à
Terheyden et dans les fossés de Breda, ou que je
tâchais de survivre en fourrageant derrière les lignes
ennemies avec la cavalerie hollandaise à mes trousses.
Il est vraiment injuste, pensai-je soudain, que les êtres
humains ne puissent porter leurs états de service
écrits sur la figure. Puis je me souvins du capitaine
Alatriste et me dis, en manière de consolation, que
certains, pourtant, les portaient. Je me fis la réflexion
que, un jour peut-être, les gens sauraient, rien qu'à
me regarder, ce que j'avais fait, moi aussi, ou le devi-
neraient ; et que les sergents gros ou maigres, qui
n'ont jamais eu leur âme suspendue au fil d'une épée,
sentiraient le sarcasme leur mourir dans la gorge.

— Celle qui voit rouge, c'est ma dague, animal,
dis-je d'un ton ferme.

L'autre, qui ne s'attendait à rien de tel, en riboula des yeux. Je vis qu'il m'examinait de nouveau. Cette fois, il se rendit compte du mouvement de ma main que j'avais passée derrière mon dos pour la poser sur la poignée damasquinée dépassant de mon ceinturon. Puis il arrêta son regard sur mes yeux avec une expression stupide, incapable de lire ce qu'il y avait dedans.

– Par le Christ, je vais…

Le sergent écumait, et ce n'était pas feint. Il leva une main pour me souffleter, ce qui est la plus impardonnable des offenses – du temps de nos grands-parents, seul pouvait être souffleté un homme sans heaume ni cotte de mailles, ce qui signifiait qu'il n'était pas gentilhomme – et je me dis : nous y voilà. Qui veut de tout tirer raison finit vite en prison ; et je viens de me mettre dans un pétrin sans issue, parce que je m'appelle Iñigo Balboa Aguirre et que je suis d'Oñate, parce que, de surcroît, je reviens des Flandres, parce que mon maître est le capitaine Alatriste et parce que je dois répondre présent partout où l'honneur se paye au prix de la vie. Que ça me plaise ou non, me voici engagé ; et donc, quand il abaissera cette main, je n'aurai d'autre solution que d'expédier en échange un coup de dague dans la panse de ce gros lard, tiens, prends ça, voici la monnaie de ta pièce, et ensuite de m'esbigner en courant comme un dératé me mettre à l'abri en espérant que personne ne me rattrapera. Ce qui, dit plus brièvement – et pour parler comme don Francisco de Quevedo –, signifiait qu'encore un coup, et pour changer, il allait falloir se battre. Je retins donc mon souffle et m'y préparai avec cette résignation fataliste du vétéran que je devais à mon récent passé. Mais Dieu doit occuper ses moments perdus à protéger les jeunes gens arrogants, car, à cet instant, on entendit un bruit de roues et de sabots sur le gravier. Le sergent, qui n'était pas assez sot pour oublier où était son véritable intérêt, m'oublia sur-le-champ et courut mettre ses hommes en rang ; et je restai là, soulagé, en pensant que je venais de l'échapper belle.

Des carrosses sortirent des Alcazars et, à leurs armoiries, à l'escorte de cavaliers, je compris que c'était Sa Majesté la reine qui passait avec ses dames et ses suivantes. Alors mon cœur, qui était resté régulier et ferme durant l'affrontement avec le sergent, se déchaîna comme si l'on venait de lui lâcher les rênes. Tout tourna autour de moi. Les carrosses défilaient au milieu des saluts et des vivats des gens qui se précipitaient sur leur passage, et une main blanche, royale, belle et couverte de bijoux s'agitait avec élégance à une portière, pour répondre gracieusement aux hommages. Mais j'attendais autre chose, et je cherchai avec fièvre, à l'intérieur des autres carrosses, l'objet de mon émoi. Ce faisant, j'enlevai mon bonnet et me dressai de toute ma taille, tête nue et immobile devant la vision fugace de visages féminins couronnés de chignons ou de longues boucles, masqués par des éventails, de mains s'agitant pour saluer, de dentelles, de satins et de guipures. Dans la dernière voiture, enfin, j'aperçus une chevelure blonde sur des yeux bleus qui m'observèrent au passage, en me reconnaissant, intenses et surpris, avant que la vision ne s'éloigne et que je reste à contempler le dos du laquais juché à l'arrière du carrosse et la poussière soulevée par les pelotons de cavaliers de l'escorte.

A ce moment-là, j'entendis derrière moi un sifflement. Un sifflement que j'eusse été capable de reconnaître jusqu'en enfer. Très exactement : *tirulita-ta*. Et, me retournant, je me trouvai face à un fantôme.

— Tu as grandi, marmouset.

Gualterio Malatesta me regardait droit dans les yeux, et j'eus la certitude qu'il savait lire dedans. Il était vêtu de noir, comme toujours, avec un chapeau de même couleur à très large bord, et la redoutable épée à longs quillons pendant de son baudrier de cuir. Il ne portait ni cape ni manteau. Il était toujours aussi maigre que grand, avec ce visage dévasté par la petite vérole et les cicatrices qui lui donnaient un aspect cadavérique et tourmenté, que le sourire qu'il m'adressait en ce moment accentuait au lieu de l'atténuer.

– Tu as grandi, répéta-t-il, songeur.

Il parut sur le point d'ajouter «depuis la dernière fois», mais il ne le fit pas. La dernière fois, c'était sur le chemin de Tolède, le jour où il m'avait mené en voiture fermée aux cachots de l'Inquisition. Pour des raisons différentes, le souvenir de cette aventure lui était aussi pénible qu'à moi.

– Comment se porte le capitaine Alatriste?

Je ne répondis pas, me bornant à soutenir son regard sombre et fixe comme celui d'un serpent. En prononçant le nom de mon maître, son sourire s'était fait plus dangereux sous la fine moustache taillée à l'italienne.

– Je vois que tu continues d'être un garçon peu causant.

Il tenait la main gauche, gantée de noir, sur la coquille de son épée et se tournait d'un côté et de l'autre, l'air distrait. Je l'entendis émettre un léger soupir. Presque ennuyé.

– Alors, à Séville aussi... dit-il, puis il se tut, sans que j'arrive à savoir à quoi il faisait allusion.

Sur ce, il lança un coup d'œil au sergent de la garde espagnole, occupé avec ses hommes près de la porte, et eut un mouvement du menton pour le désigner.

– J'ai assisté à ton incident avec lui. J'étais der-

rière, dans la foule... – Il m'étudiait, comme s'il éva-
luait les changements qui s'étaient opérés en moi
depuis la dernière fois. – Je vois que tu es toujours
aussi pointilleux sur les questions d'honneur.

– Je reviens des Flandres, fut la réponse que je
me crus obligé de faire. Avec le capitaine.

Il hocha la tête. J'observai qu'il avait maintenant quelques poils gris dans la moustache et dans
les pattes qui émergeaient de son chapeau noir. Et
aussi de nouvelles rides, ou de nouvelles cicatrices,
sur le visage. Les années passent pour tout le monde,
pensai-je. Y compris pour les misérables spadassins.

– Je sais où tu étais, dit-il. Mais que tu reviennes
des Flandres ou non, il serait bon que tu te rappelles
une chose : l'honneur est toujours compliqué à
acquérir, difficile à conserver et dangereux à porter...
Demande plutôt à ton ami Alatriste.

Je le dévisageai avec toute la dureté dont je pouvais faire preuve.

– Allez-lui demander vous-même, si vous osez.

Le sarcasme glissa sur l'expression imperturbable de Malatesta.

– Je connais déjà la réponse, dit-il, impavide.
Les affaires que j'ai à régler avec lui sont moins rhé-
toriques.

Il continuait à regarder d'un air songeur dans la
direction des gardes de la porte. Finalement, il eut
un ricanement, dents serrées, comme s'il pensait à

une plaisanterie qu'il n'avait pas l'intention de partager avec d'autres.

— Il y a de pauvres hères, dit-il soudain, qui
n'apprennent jamais rien ; comme cet imbécile qui
levait la main sans se méfier des tiennes… — Les yeux
de serpent, noirs et durs, revinrent se fixer sur moi. —
Moi, je ne t'aurais jamais laissé l'occasion de tirer
cette dague, vaurien.

Je me tournai pour observer le sergent de la
garde. Il se pavanait au milieu de ses soldats, tandis
que ceux-ci refermaient les portes des Alcazars
royaux. C'était vrai : ce personnage ignorait à quel
point il avait été près de recevoir plusieurs pouces de
fer dans les tripes. Et moi d'être pendu par sa faute.

— Souviens-t'en la prochaine fois, dit l'Italien.

Quand je me retournai, Gualterio Malatesta
n'était plus là. Il avait disparu dans la foule et je pus
seulement voir son chapeau noir qui s'éloignait entre
les orangers, sous la tour de la cathédrale.

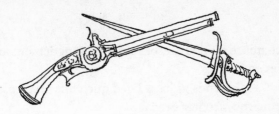

III

ALGUAZILS
ET ARGOUSINS

Cette nuit-là devait être une nuit blanche, et fort agitée. Mais avant cela nous soupâmes, et la conversation fut fort intéressante. Il y eut également l'apparition imprévue d'un ami : car don Francisco de Quevedo n'avait pas dit au capitaine Alatriste que la personne qu'il devait rencontrer le soir était son ami Álvaro de la Marca, comte de Guadalmedina. A la surprise d'Alatriste comme à la mienne, le comte fit son entrée dans l'auberge de Becerra juste après le coucher du soleil, aussi désinvolte et cordial qu'à son habitude, embrassant le capitaine, me gratifiant d'une tape affectueuse et réclamant bruyamment du vin de qualité, un souper à la hauteur du vin et une chambre où pouvoir bavarder commodément avec ses amis.

— Je rends grâce à Dieu que vous soyez céans pour me raconter Breda.

Il avait, dans sa mise, suivi de près le roi notre maître, mais portait, en plus, un casaquin en daim. Le reste était composé d'effets de prix, quoique discrets, sans broderies ni ors : bottes militaires, gants ambrés, chapeau et longue cape ; et à la ceinture, outre l'épée et la dague, une paire de pistolets. Connaissant don Álvaro, il était clair que sa soirée allait se prolonger au-delà de notre entretien et qu'il y aurait, au petit matin, un mari ou une abbesse qui serait bien avisé de ne dormir que d'un œil. Je me souvins de ce qu'avait dit Quevedo sur son rôle d'accompagnateur dans les promenades nocturnes du roi.

— Je te vois fort bonne mine, Alatriste.

— Vous non plus, monseigneur, ne semblez pas en mauvaise condition.

— Bah. Je fais ce qu'il faut pour cela. Mais ne t'illusionne pas, ami. A la Cour, ne pas travailler donne beaucoup de travail.

Il était resté le même : élégant, affable, cachant des manières raffinées sous la chaleureuse spontanéité un peu rude, presque militaire, dont il avait toujours fait preuve dans ses relations avec mon maître, depuis que celui-ci lui avait sauvé la vie dans le désastre des Querquenes. Il leva son verre en l'honneur de Breda, d'Alatriste et même de moi, discuta avec don Francisco des consonantes d'un sonnet, mangea d'excellent appétit l'agneau au miel servi dans un plat en bonne faïence de Triana, demanda une pipe en terre, du tabac, et, dans les volutes de fumée, se carra sur sa chaise en dégrafant son casaquin, l'air satisfait.

– Parlons de choses sérieuses, dit-il.

Puis, alternant bouffées de pipe et gorgées de vin d'Aracena, il m'observa un moment pour décider si je devais ou non entendre ce qu'il allait dire et, finalement, nous mit au courant sans plus de détours. Il commença par expliquer que tant l'organisation des flottes pour apporter l'or et l'argent que le monopole de Séville et le contrôle strict des voyageurs pour les Indes avaient pour objet d'empêcher l'ingérence étrangère et la contrebande, et de continuer à entretenir l'énorme machine des impôts, de la douane et des taxes dont se nourrissaient la monarchie et tous les parasites qu'elle hébergeait. Telle était la raison de l'inspection portuaire, du cordon douanier autour de Séville, de Cadix et de sa baie, porte exclusive des Indes. Les coffres royaux en tiraient un magnifique profit ; avec cette particularité que, dans une administration corrompue comme celle de l'Espagne, le mieux était encore de faire payer aux administrateurs et aux responsables une redevance fixe en contrepartie de leur charge, et de les laisser ensuite agir à leur convenance en volant en toute tranquillité. Sans que cela n'empêche le roi, en temps de vaches maigres, d'ordonner parfois une punition exemplaire ou la saisie des trésors de particuliers transportés par les flottes.

— Le problème, ajouta-t-il entre deux bouffées, c'est que tous ces impôts, destinés à financer la défense du commerce avec les Indes, dévorent ce qu'ils prétendent protéger. Il faut beaucoup d'or et d'argent pour alimenter la guerre dans les Flandres, la corruption et l'apathie de la nation. Ainsi les commerçants doivent-ils choisir entre deux maux : ou se voir saignés à blanc par les finances royales, ou faire de la contrebande… Tout cela alimente une grande abondance de coquins… — Il regarda Quevedo en souriant pour le prendre à témoin. — N'est-ce pas, don Francisco ?

— Ici, acquiesça le poète, même les gueux se payent de la dentelle au fuseau.

— Ou mettent de l'or dans leur poche.

— Certes. — Quevedo but un long trait et s'essuya les lèvres du dos de la main. — En fin de compte, c'est un seigneur puissant que messire l'Argent.

Guadalmedina le regarda, admiratif.

— Par Dieu, la belle définition. Vous devriez, monsieur, écrire quelque chose là-dessus.

— Je l'ai déjà fait.

– Allons donc. Je m'en réjouis.

– « Il naît honnête aux Indes... » récita don Francisco, en portant de nouveau le pot à ses lèvres et en enflant la voix.

– Ah, c'était donc de vous. – Le comte fit un clin d'œil à Alatriste. – Je le croyais de Góngora.

Le poète en avala son vin de travers.

– Mordieu et par le Christ.

– Voyons, mon bon ami...

– Il n'y a pas de « voyons » qui tienne, par Belzébuth. Un affront comme celui que vous m'infligez, monseigneur, même des luthériens ne se le feraient pas entre eux... Qu'ai-je à voir, moi, avec ces résidus d'excréments qui, ah ! les bons apôtres, jouent aux doux bergers après avoir été juifs et maures ?

– Je voulais seulement vous taquiner.

– Pour de telles taquineries, j'ai coutume de me battre, monsieur le comte.

– Eh bien, avec moi, n'y songez pas. – L'aristocrate souriait, conciliateur et bon enfant, en caressant sa moustache frisée et sa barbiche. – Je me souviens de la leçon d'escrime que votre seigneurie donna à Pacheco de Narváez. – Il leva gracieusement la main droite pour la porter de façon fort civile à un chapeau imaginaire. Je vous présente mes excuses, don Francisco.

– Hum.

– Comment, « hum » ? Je suis grand d'Espagne,

palsambleu. Ayez la bonté d'apprécier mon geste.

– Hum.

La mauvaise humeur du poète un peu apaisée, malgré tout, Guadalmedina poursuivit en apportant des détails que le capitaine Alatriste écoutait avec attention, pot de vin à la main, son profil rougeoyant à demi éclairé par la flamme des chandelles posées sur la table. La guerre est propre, avait-il dit un jour. Et maintenant je comprenais enfin ce qu'il avait voulu dire. Quant aux étrangers, expliquait Guadalmedina, pour esquiver le monopole, ils se servaient d'intermédiaires locaux comme hommes de paille – on les appelait les *trafiquants*, ce qui disait tout –, ce qui leur permettait de détourner les marchandises, l'or et l'argent qu'ils n'auraient jamais pu acquérir directement. Mais, surtout, l'histoire des galions qui partaient de Séville et y revenaient était une fiction légale : ils s'arrêtaient presque toujours à Cadix, à Puerto de Santa María ou dans l'estuaire de Sanlúcar où ils transbordaient. Tout cela incitait nombre de commerçants à s'installer dans cette région, où il était plus facile d'échapper à la surveillance.

– Ils en sont arrivés au point de construire des bateaux avec un tonnage officiel déclaré, et un autre, le vrai. Tout le monde sait que quand ils avouent cinq, ils transportent dix ; mais la subornation et la corruption maintiennent les bouches closes et les vocations ouvertes. Trop de gens ont fait fortune ainsi... – Il fixa le fourneau de sa pipe, comme si quelque chose y attirait son attention. – Y compris des dignitaires exerçant de hautes charges.

Álvaro de la Marca continua son récit. Endormie par les bénéfices du commerce outre-mer, Séville, comme le reste de l'Espagne, était incapable de maintenir une industrie qui lui fût propre. Beaucoup de gens originaires d'autres pays avaient réussi à s'y établir ; leur ténacité et leur travail les rendaient désormais indispensables. Cela leur donnait une situation privilégiée en tant qu'intermédiaires entre l'Espagne et toute l'Europe contre laquelle nous nous trouvions en guerre. Le paradoxe était que, dans le même temps où l'on combattait l'Angleterre, la France, le Danemark, le Turc et les provinces rebelles, on leur achetait, en passant par des tiers, les denrées, le gréement, le goudron, les voiles et autres produits nécessaires tant sur la Péninsule que de l'autre côté de l'Atlantique. L'or des Indes s'échappait ainsi pour financer des armées et des navires qui nous combattaient. C'était le secret de polichinelle, mais personne ne mettait fin à ce trafic, parce que tout le monde en bénéficiait. Y compris le roi.

– Le résultat saute aux yeux : l'Espagne part à vau-l'eau. Tout le monde vole, triche, ment, et personne ne paye ce qu'il doit.

– Et en plus, ils s'en vantent, ajouta Quevedo.

– En plus.

Dans ce tableau, poursuivit Guadalmedina, la contrebande de l'or et de l'argent était décisive. Les trésors importés par des particuliers étaient déclarés pour la moitié de leur valeur, grâce à la complicité des douaniers et des employés de la chambre de commerce. Chaque flotte apportait une fortune qui disparaissait dans les poches de particuliers ou finissait à Londres, Amsterdam, Paris ou Genève. Étrangers et Espagnols, commerçants, dignitaires, généraux des flottes, amiraux, passagers, marins, militaires et ecclésiastiques pratiquaient cette contrebande avec enthousiasme. Édifiant, à cet égard, était le scandale de l'évêque Pérez de Espinosa qui, à sa mort quelques années plus tôt, à Séville, avait laissé cinq cent mille réaux et soixante-deux lingots d'or, confisqués par la Couronne quand on avait découvert qu'ils provenaient des Indes et n'avaient pas passé la douane.

– On estime, ajouta l'aristocrate, que la flotte qui est sur le point d'arriver transporte, outre différentes marchandises, vingt millions de réaux en argent de Zacatecas et du Potosí, tant du trésor royal que de particuliers… Et aussi huit cents quintaux d'or en barres.

– Ce n'est là que la quantité officielle, précisa Quevedo.

– Exact. On estime que pour l'argent, un quart

supplémentaire vient de la contrebande. Quant à l'or, il appartient presque en totalité au trésor royal... Mais un des galions transporte une cargaison clandestine de lingots. Une cargaison que personne n'a déclarée.

Álvaro de la Marca se tut et but une longue gorgée pour laisser au capitaine Alatriste le temps de bien assimiler le sens de ses paroles. Quevedo avait sorti une petite tabatière et se fourra dans le nez une pincée de poudre. Après avoir discrètement éternué, il s'essuya avec un mouchoir froissé qu'il tira d'une manche.

– Le navire s'appelle le *Virgen de Regla*, reprit finalement Guadalmedina. C'est un galion de seize canons, propriété du duc de Medina Sidonia et affrété par un commerçant génois de Séville dénommé Jerónimo Garaffa... A l'aller, il transportait des marchandises diverses, du mercure d'Almadén pour les mines et des bulles papales ; et au retour, tout ce qu'on a pu y entasser. Or il peut contenir beaucoup, entre autres parce qu'on a vérifié que, si son déplacement officiel est de neuf cents tonneaux de vingt-sept arobes, les astuces de sa construction lui donnent en réalité une capacité de mille quatre cents...

Le *Virgen de Regla*, poursuivit-il, naviguait avec la flotte et sa cargaison déclarée comprenait de l'ambre liquide, de la cochenille, de la laine et du cuir à destination des commerçants de Cadix et de

Séville. Également cinq millions de réaux d'argent estampillés – dont les deux tiers étaient propriété de particuliers – et mille cinq cents lingots d'or destinés au trésor royal.

– Bon butin pour des pirates, souligna Quevedo.

– Surtout si nous considérons que, dans la flotte de cette année, quatre autres navires transportent des cargaisons semblables… – Guadalmedina regarda le capitaine à travers la fumée de sa pipe. – Tu comprends pourquoi les Anglais s'intéressaient tant à Cadix?

– Et comment les Anglais sont-ils au courant?

– Que diable, Alatriste! Nous le sommes bien, nous… Si, avec de l'argent, on peut acheter jusqu'au salut de son âme, imagine pour le reste. Je te trouve bien naïf, ce soir. Où étais-tu, ces dernières années?… Dans les Flandres ou dans les limbes?

Alatriste se resservit du vin et ne dit rien. Ses yeux se posèrent sur Quevedo, qui esquissa un sourire et haussa les épaules. C'est ainsi, disait ce geste. Et ça l'a toujours été.

– De toute manière, continuait Guadalmedina, ce que le galion a déclaré importe peu. Nous savons qu'il transporte davantage d'argent en contrebande, pour une valeur approximative d'un million de réaux; encore que, dans cette affaire, ce n'est pas l'argent qui compte le plus. L'important, c'est que le

Virgen de Regla a dans ses cales deux mille barres d'or supplémentaires non déclarées… – Il pointa le tuyau de sa pipe vers le capitaine. – Tu sais ce que vaut cette cargaison clandestine, au bas mot ?

– Je n'en ai pas la moindre idée.

– Eh bien, deux cent mille écus d'or.

Le capitaine contempla ses mains immobiles sur la table.

– Cent millions de maravédis, murmura-t-il.

– Exact. – Guadalmedina riait. – Nous savons tous ce que vaut un écu.

Alatriste releva la tête pour fixer l'aristocrate.

– Vous vous trompez, monseigneur… dit-il. Tout le monde ne le sait pas aussi bien que je le sais, moi.

Guadalmedina ouvrit la bouche, sans doute pour une nouvelle taquinerie, mais l'expression glaciale de mon maître parut le dissuader tout de suite. Nous savions que le capitaine Alatriste avait tué des hommes pour la dix millième partie d'une telle quantité. Sans doute imaginait-il en cet instant, comme moi, combien d'armées on pouvait acheter avec semblable somme. Combien d'arquebuses, combien de vies et combien de morts. Combien de volontés et combien de consciences.

On entendit Quevedo se racler la gorge, puis le poète récita lentement et gravement, à voix basse :

Toute cette vie est larcin,
on est voleur sans déshonneur,
car puisque ce monde est à vendre
il est naturel de voler.
Jamais on ne verra châtier
qui vole argent ou cuivre jaune :
c'est le pauvre qui est fouetté.

Après, il y eut un silence gêné. Álvaro de la Marca regardait sa pipe. Puis il la posa sur la table.

— Pour embarquer ces quarante quintaux d'or supplémentaires, reprit-il enfin, plus l'argent non déclaré, le capitaine du *Virgen de Regla* a fait enlever huit canons du galion. Même dans ces conditions, on dit qu'il est surchargé.

— A qui appartient l'or ? demanda Alatriste.

— Ce point n'est pas clair. D'une part, il y a le duc de Medina Sidonia, qui organise l'opération, fournit le navire et prélève les plus gros bénéfices. Il y a aussi un banquier de Lisbonne et un autre d'Anvers, et quelques personnages de la Cour... L'un d'eux semble être le secrétaire royal, Luis d'Alquézar.

Le capitaine m'observa un instant. Je lui avais rapporté, naturellement, ma rencontre avec Gualterio Malatesta devant les Alcazars royaux, sans cependant mentionner le carrosse ni les yeux bleus que j'avais cru voir dans la suite de la reine. Guadalmedina et Quevedo, qui me regardaient aussi avec attention, échangèrent un coup d'œil.

– La manœuvre, continua Álvaro de la Marca, consiste à faire mouiller le *Virgen de Regla* dans l'estuaire de Sanlúcar avant de décharger officiellement à Cadix ou à Séville. Ils ont acheté le général et l'amiral de la flotte pour que les navires, prétextant le temps, les Anglais ou n'importe quoi d'autre, jettent l'ancre en cet endroit au moins une nuit. L'or sera alors transbordé sur un autre galion qui attendra dans les parages : le *Niklaasbergen*. Une hourque flamande d'Ostende avec un capitaine, un équipage et un armateur irréprochablement catholiques... Libres d'aller et venir entre l'Espagne et les Flandres, sous la protection du pavillon du roi, notre seigneur.

– Où porteront-ils l'or ?

– A ce qu'il semble, la part de Medina Sidonia et des autres sera déposée à Lisbonne, où le banquier portugais la mettra en lieu sûr... Le reste ira directement dans les provinces rebelles.

– C'est là trahison, dit Alatriste.

Sa voix était calme, et la main qui porta le pot à ses lèvres en mouillant de vin sa moustache resta parfaitement ferme. Mais je voyais ses yeux clairs s'obscurcir étrangement.

– Trahison, répéta-t-il.

Le ton sur lequel il prononçait ce mot fit revivre dans ma mémoire des images récentes. Les files d'in-

fanterie espagnole impavides sur le plateau du moulin Ruyter, avec le tambour battant derrière nous et
donnant à ceux qui allaient mourir la nostalgie de
l'Espagne. Le bon Galicien Rivas et le porte-drapeau
Chacón, morts pour sauver l'étendard à damiers
bleus et blancs sur le glacis du réduit de Terheyden.
Le cri montant de cent gorges au petit matin sur les
canaux, dans l'assaut d'Oudkerk. Les hommes pleurant des larmes de boue après s'être battus à l'arme
blanche dans les caponnières… Je sentis soudain,
moi aussi, le besoin de boire, et je vidai mon pot
d'un coup.

Quevedo et Guadalmedina échangeaient un
autre regard.

— C'est l'Espagne, capitaine Alatriste, dit don
Francisco. On voit, seigneur capitaine, que vous en
avez perdu l'habitude dans les Flandres.

— Ce sont surtout les affaires, précisa Guadalmedina. Et nous n'en sommes pas à la première fois.
La différence est qu'aujourd'hui le roi, et particulièrement Olivares, se méfient de Medina Sidonia…
L'accueil qu'il leur a réservé il y a deux ans sur les
terres de Doña Ana et les attentions dont il les a
entourés au cours de ce voyage ne masquent pas le
fait que don Manuel de Guzmán, huitième duc du
nom, est devenu un petit roi d'Andalousie… De
Huelva à Malaga et à Séville, il n'en fait qu'à sa tête ;
et, avec le Maure en face, avec la Catalogne et le

Portugal qui ne tiennent qu'à un fil, cela s'avère dangereux. Olivares soupçonne Medina Sidonia et son fils Gaspar, comte de Niebla, de préparer un mauvais coup contre la Couronne... En d'autres circonstances, on réglerait ce genre de choses en les décapitant après un procès conforme à leur qualité... Mais les Medina Sidonia sont de très haut rang, et Olivares, qui les hait bien qu'il leur soit apparenté, n'oserait jamais mêler leur nom, sans preuves, à un scandale public.

– Et Alquézar ?

– Le secrétaire du roi n'est pas non plus une proie facile. Il a grandi à la Cour, il a l'appui de l'inquisiteur Bocanegra et du Conseil d'Aragon... Et puis, dans ses périlleux doubles jeux, le comte et duc le considère utile. – Guadalmedina eut un haussement d'épaules méprisant. – C'est pourquoi l'on a choisi une solution aussi discrète qu'efficace pour tout le monde.

– Une bonne leçon, précisa Quevedo.

– Exactement. Il s'agit d'enlever l'or de contrebande au nez et à la barbe de Medina Sidonia, et de le faire entrer dans les coffres royaux. Olivares en personne a conçu l'affaire avec l'approbation du roi, et c'est là le motif de ce voyage de Leurs Majestés à Séville : notre Philippe IV veut assister au spectacle ; et ensuite, avec son impassibilité habituelle, prendre congé du vieillard par une accolade, en le serrant

d'assez près pour l'entendre grincer des dents...
Le problème est que le plan imaginé par Olivares
comporte deux parties : une semi-officielle, assez
délicate, et l'autre officieuse, plus difficile.

— Le mot exact est «dangereuse», corrigea
Quevedo, toujours attentif à la précision des termes.

Guadalmedina se penchait au-dessus de la
table vers le capitaine.

— Dans la première, comme tu l'auras supposé,
entre le comptable Olmedilla...

Mon maître acquiesça lentement. Maintenant,
toutes les pièces du jeu s'emboîtaient.

— Et moi, dit-il, j'entre dans la seconde.

Álvaro de la Marca se caressa la moustache
avec beaucoup de calme. Il souriait.

— Ce qui me plaît chez toi, Alatriste, c'est qu'on
n'a jamais besoin de t'expliquer deux fois les choses.

Quand nous sortîmes nous promener dans les
rues étroites et mal éclairées, la nuit était déjà très
avancée. Le croissant de lune donnait une belle
clarté laiteuse aux porches des maisons et permettait
de distinguer nos profils sous les avant-toits et les
branchages sombres des orangers. Nous croisions
parfois des formes noires qui pressaient l'allure en
passant près de nous, car Séville était aussi peu sûre

que n'importe quelle ville, en ces heures de ténèbres. En débouchant sur une petite place, une silhouette dont le visage était masqué et qui était occupée à chuchoter tout contre une fenêtre se mit sur la défensive, tandis que celle-ci se fermait brusquement, et sur cette ombre noire, masculine, nous vîmes luire, comme pour prévenir toute éventualité, l'éclat d'une lame. Guadalmedina eut un rire rassurant, souhaita bonne nuit à l'ombre immobile, et nous poursuivîmes notre chemin. Le bruit de nos pas nous précédait aux carrefours et dans les ruelles. De temps à autre, on apercevait la lueur d'une chandelle à travers les jalousies des fenêtres grillagées, et des veilleuses et des lampes en fer-blanc brûlaient au détour d'une rue, sous l'image en faïence d'une Vierge de la Conception ou d'un Christ supplicié.

Le comptable Olmedilla, expliqua chemin faisant Guadalmedina, était un personnage gris de cabinet, un rat de chiffres et d'archives, qui faisait preuve d'un authentique talent dans son office. Il jouissait de l'entière confiance du comte et duc d'Olivares, qu'il assistait en matière de comptabilité. Et pour que nous nous fassions une idée du personnage, il ajouta que, outre l'enquête qui avait mené Rodrigo Calderón à l'échafaud, il avait également œuvré dans les poursuites menées contre les ducs de Lerma et d'Osuna. Pour comble, chose insolite dans sa profession, on le tenait pour honnête. Son unique

passion connue était les quatre opérations; et le but
de sa vie, que les comptes tombent juste. Tout ce
qu'on avait appris sur la contrebande de l'or était le
résultat de rapports d'espions du comte et duc,
confirmés par plusieurs mois de patientes investiga-
tions menées par Olmedilla dans les officines,
archives et bureaux opportuns.

— Il reste seulement à vérifier quelques détails,
conclut l'aristocrate. La flotte a été signalée, nous
n'avons donc plus guère de temps. Tout doit être
réglé demain, au cours d'une visite qu'Olmedilla
rendra à l'affréteur du galion, ce Garaffa dont j'ai
parlé, pour lui demander quelques éclaircissements
concernant le transbordement de l'or sur le *Niklaasbergen*... Naturellement, la visite n'a pas un caractère
officiel, et Olmedilla ne peut exciper d'un titre ou
d'une autorité quelconques — Guadalmedina haussa
les sourcils, ironique —, aussi est-il probable que le
Génois criera au scandale.

Nous passâmes devant une taverne. Il y avait de
la lumière à la fenêtre, et de l'intérieur venait un air
de guitare. La porte s'ouvrit, laissant échapper des
chants et des rires. Avant d'aller courir la gueuse,
quelqu'un vomissait bruyamment son vin sur le seuil.
Entre deux nausées, nous entendîmes sa voix rauque
invoquer Dieu, et pas précisément pour prier.

— Pourquoi ne mettez-vous pas ce Garaffa en
prison? s'enquit Alatriste. Une basse-fosse, un gref-

fier, un bourreau et des tours de corde font des miracles. Après tout, c'est le pouvoir royal qui est en cause.

– Ce n'est pas si facile. A Séville, l'Audience royale et le Cabildo se disputent le pouvoir, et l'archevêque intervient dès qu'on lève le petit doigt. Garaffa compte de bonnes relations de ce côté-là et de celui de Medina Sidonia. Cela ferait un tapage de tous les diables et, pendant ce temps, l'or s'envolerait... Non. Tout doit se passer dans la discrétion. Et le Génois, quand il aura dit ce qu'il sait, devra disparaître quelques jours. Il vit seul avec un serviteur, donc personne ne s'inquiétera, même s'il s'évapore pour toujours... – Il fit une pause significative. – Personne, et encore moins le roi.

Après avoir prononcé ces mots, Guadalmedina garda le silence un moment. Quevedo marchait à côté de moi, un peu en arrière, se balançant au rythme de sa digne claudication, la main sur mon épaule comme si, par ce geste, il voulait me tenir à l'écart.

– En résumé, Alatriste : à toi de distribuer les cartes.

Je ne voyais pas le visage du capitaine. Juste une silhouette obscure devant moi, le chapeau et l'extrémité de l'épée qui se découpaient dans les rectangles de clarté que la lune dessinait entre les avant-toits. Au bout d'un moment, je l'entendis dire :

– Expédier le Génois est aisé. Quant au reste…

Il fit une pause et s'arrêta. Nous arrivâmes à sa hauteur. Il baissait la tête et, quand il la releva, ses yeux clairs reçurent les reflets de la nuit.

– Je n'aime pas torturer.

Il dit cela avec simplicité, sans inflexions dramatiques. Un fait objectif énoncé à voix haute. Il n'aimait pas non plus le vin aigre, ni le ragoût trop salé, ni les hommes incapables de se conduire en observant des règles, même personnelles, différentes ou marginales. Il y eut un silence, et la main de Quevedo quitta mon épaule. Guadalmedina émit un toussotement gêné.

– Cela ne me concerne pas, dit-il enfin, avec un certain embarras. Et je n'ai pas non plus envie d'en savoir davantage. Obtenir les informations nécessaires, c'est l'affaire d'Olmedilla et la tienne… Il fait son métier et tu es payé pour l'aider.

– De toute manière, le Génois constitue la partie la plus facile, ajouta Quevedo, comme s'il voulait s'interposer.

– Oui, confirma Guadalmedina. Parce que, quand Garaffa aura donné les derniers détails de l'affaire, il restera encore une petite formalité, Alatriste…

Il se tenait devant le capitaine, et il n'y avait plus de gêne dans sa voix. Je ne pouvais pas bien voir son visage, mais je suis sûr qu'à cet instant il souriait.

— Le comptable Olmedilla te donnera les fonds dont tu auras besoin pour recruter une troupe triée sur le volet... De vieux amis, des hommes de ce genre. De fines lames et qui n'aient pas froid aux yeux, si tu vois ce que je veux dire. Le dessus du panier.

La complainte d'un moine qui mendiait pour les âmes du purgatoire, un cierge à la main, retentit à l'autre bout de la rue. « Souvenez-vous des défunts, disait-il. Souvenez-vous. » Guadalmedina suivit la petite flamme du regard jusqu'à ce qu'elle disparaisse dans l'obscurité, puis il se tourna de nouveau vers mon maître.

— Ensuite, tu devras donner l'assaut à ce maudit bateau flamand.

Ainsi devisant, nous étions arrivés à la partie des remparts proche de l'Arenal, près du passage voûté du Golpe ; lequel, avec son image de la Vierge d'Atocha sur le mur blanchi à la chaux, donnait accès à la fameuse maison close Le Rendez-Vous de la Lagune. Quand les portes de Triana et de l'Arenal étaient fermées, ce passage et la maison close étaient la manière la plus pratique de se rendre hors les murs. Et Guadalmedina, selon ce qu'il nous avait confié à demi-mot, avait un rendez-vous important à la taverne de la Gamarra, à Triana, de l'autre côté du pont de bateaux qui reliait les deux rives. La taverne de la Gamarra jouxtait un couvent dont les nonnes avaient la réputation de ne l'être que contre leur volonté. Sa messe dominicale attirait plus de public qu'une comédie nouvelle : on s'y pressait, cornettes et mains blanches d'un côté des grilles, galants et soupirants de l'autre. Et l'on disait que des messieurs de la meilleure société – y compris d'illustres étrangers à la ville, comme Sa Majesté en personne – poussaient la ferveur jusqu'à venir faire leurs dévotions aux heures de peu de lumière.

Quant à la maison close de la Lagune, l'expression courante « plus pute que la Méndez » était précisément due au fait qu'une certaine Méndez – dont, parmi d'autres gens de lettres, don Francisco de Quevedo a utilisé le nom pour ses célèbres épigrammes de l'Escarramán – avait été pupille de ce lieu, lequel offrait aux voyageurs et aux marchands descendus dans la rue voisine des Teinturiers et dans d'autres auberges de la ville, et aussi aux naturels de l'endroit, jeu, musique et femmes, du genre dont le grand Lope de Vega a dit :

> *Connaît-on de plus grand dément*
> *que tel jeune homme se perdant*
> *derrière ces femmes qui furent*
> *de mille rustres la pâture ?*

... tableau parachevé par le non moins grand don Francisco, dans son style à nul autre pareil :

Pute est celui qui se fie aux putains,
et pute aussi, qui goûte à leurs festins ;
pute est l'argent que chacun leur dispense
pour les payer de leur pute présence.

Pute est la joie, pute la volupté
que nous fournit le moment putassier ;
et je le dis, pute est celui qui feint
qu'une putain, ma dame, n'êtes point.

Le bordel était tenu par le dénommé Garciposadas, d'une famille connue à Séville du fait d'un de ses frères poète à la Cour – ami de Góngora, évidemment, et brûlé cette année même pour sodomie en même temps qu'un certain Pepillo Infante, mulâtre, également poète, qui avait été le valet de l'amiral de Castille – et d'un autre brûlé trois ans plus tôt à Malaga comme judaïsant ; et comme deux ne vont jamais sans trois, ces antécédents familiaux lui avaient valu le surnom de Garciposadas le Roussi. Ce digne personnage exerçait avec distinction le grave office de bon oncle ou de papa du lupanar, toujours prêt à se ménager les bonnes volontés dans l'intérêt bien compris de son commerce, veillant à ce qu'on laisse les armes dans le vestibule et interdisant l'entrée aux moins de quatorze ans pour ne pas contrevenir aux dispositions du corregidor. Au reste, ledit Garciposadas le Roussi entretenait d'excellentes relations, fondées sur une fructueuse réciprocité, avec les sergents d'armes, tandis qu'alguazils et argousins protégeaient son négoce sans la moindre vergogne ; car c'est à juste titre qu'il pouvait dire de lui-même :

> *Je suis coquin et polisson,*
> *je suis fripon, mauvais garçon,*
> *on peut m'offenser sans façons,*
> *pourvu que j'aie compensation.*

La compensation étant, naturellement, une bourse bien remplie. Et aux alentours grouillait la racaille des ports, matamores jurant par l'âme d'Escamilla, ruffians, individus farouches du quartier de la Heria, marchands de vies et vendeurs de coups de couteau, tourbillon haut en couleur que grossissaient des aristocrates perdus, des naïfs ayant fait fortune aux Amériques, des bourgeois portant bonne bourse, des prêtres déguisés en laïcs, des tenanciers de tripots, pipeurs et goliards, mouches d'alguazils, virtuoses de l'arnaque et ribleurs de tout acabit ; certains étaient si malins qu'ils flairaient l'étranger à une portée d'arquebuse, et ils étaient bien souvent immunisés contre une justice que don Francisco de Quevedo a mise en vers :

> *Mince et petite est à Séville*
> *celle où se rendent les sentences*
> *selon l'argent que l'on dispense.*

Ainsi protégé par les autorités, Le Rendez-Vous de la Lagune était ouvert toutes les nuits à un flot de gens ; c'était une fête profane où coulaient les vins les meilleurs et les plus fins, où l'on entrait tout fringant et d'où l'on sortait plein comme une outre. On y dansait la lascive sarabande, on y trouvait toujours chaussure à son pied et chacun faisait son choix. Dans le lupanar résidaient plus de trente sirènes aux charmes épanouis, chacune ayant son alcôve particulière, qu'un alguazil venait visiter tous les samedis matin – les gens de qualité allaient au Rendez-Vous de la Lagune le samedi soir – pour voir si elles n'étaient pas infectées du mal français et ne laissaient pas le client vomissant des imprécations en se demandant pourquoi Dieu ne l'avait pas refilé au Turc ou au luthérien plutôt qu'à lui. Tout cela, disait-on, mettait l'archevêque hors de lui ; car, comme on pouvait le lire dans une chronique du temps, « ce qu'il y a le plus à Séville, ce sont les fornicateurs, les faux témoins, les ruffians, les assassins, les usuriers… On compte plus de trois cents maisons de jeu et trois mille filles de joie… ».

Mais revenons à notre affaire, sans plus de détours. Álvaro de la Marca s'apprêtait à nous faire ses adieux dans le passage du Golpe, presque à la porte de la maison close, quand la malchance voulut que passât par là une ronde d'argousins conduite par un alguazil avec sa verge. Comme vous vous en souviendrez, amis lecteurs, l'incident du soldat pendu quelques jours plus tôt avait déclenché les hostilités entre la justice et la soldatesque des galères, et les uns et les autres ne cherchaient qu'à régler leurs comptes ; de sorte que, si dans la journée les argousins ne se montraient pas dans les rues, la nuit les soldats ne sortaient pas de Triana ou ne franchissaient pas les portes de la ville.

– Tiens, tiens, dit l'alguazil en nous voyant.

Nous nous regardâmes, Guadalmedina, Quevedo, le capitaine et moi, d'abord déconcertés. Aussi bien était-ce jouer de malheur que, parmi toute cette populace qui allait et venait dans la pénombre de la Lagune, ce soit nous qui soyons pris dans les dents de ce peigne.

– Messieurs les fiers-à-bras aiment prendre le frais, ajouta l'alguazil, tout goguenard.

Il était d'autant plus goguenard et de bonne humeur qu'il se sentait fort de ses quatre hommes portant épée et rondache, avec des têtes patibulaires que le peu d'éclairage rendait plus ténébreuses encore. Soudain, je compris. A la lueur de la veilleuse de la

Vierge d'Atocha, la mise du capitaine Alatriste, celle de Guadalmedina, et même la mienne, avaient une allure militaire. Pour ne rien arranger, le justaucorps en daim d'Álvaro de la Marca était interdit en temps de paix – paradoxalement, je suppose qu'il l'avait mis ce soir-là pour escorter le roi – ; et il suffisait de jeter un coup d'œil au capitaine Alatriste pour flairer le soldat à une lieue. Quevedo, rapide dans le jugement comme toujours, vit venir l'orage et voulut le conjurer.

– Pardonnez-moi, monsieur, fit-il observer fort civilement à l'alguazil, mais ces hidalgos sont gens de qualité.

Des curieux se rapprochaient pour assister au spectacle, en formant un chœur : quelques ribaudes de bas étage, un ou deux bravaches, un ivrogne avec une trogne grosse comme un cierge de Pâques. Garciposadas le Roussi en personne passa sa tronche sous la voûte. Encouragé par semblable assistance, l'alguazil se dressa sur ses ergots.

– Et qui vous demande, monsieur, d'expliquer ce que nous sommes capables de vérifier tout seuls ?

J'entendis le claquement de langue impatient de Guadalmedina. « Allez, messieurs, ne vous laissez pas faire », lança une voix cachée dans l'ombre, parmi les curieux. Il y eut aussi des rires. De plus en plus de gens se pressaient sous la voûte. Les uns prenaient parti pour la justice, et les autres, plus nom-

breux, nous exhortaient à donner une bonne leçon à
ces pourceaux.

— Je vous arrête au nom du roi.

Cela n'augurait rien de bon. Guadalmedina et
Quevedo échangèrent un regard, et je vis l'aristocrate rejeter sa cape sur son épaule en découvrant
son bras et son épée, en en profitant, du même coup,
pour masquer son visage.

— Des hommes bien nés ne peuvent souffrir cet
affront, dit-il.

— Que vous le souffriez ou non, lança l'alguazil
courroucé, pour moi votre opinion ne vaut pas deux
maravédis.

Après cet aimable propos, la bataille ne faisait
plus de doute. Quant à mon maître, il restait calme et
muet, fixant l'homme à la verge et les argousins. Son
profil aquilin et l'épaisse moustache sous le large bord
de son chapeau lui donnaient un aspect imposant dans
cette pénombre. Ou du moins m'apparaissait-il ainsi,
à moi qui le connaissais bien. Je palpai la poignée de
ma dague de miséricorde. J'eusse donné n'importe
quoi pour une épée, car les autres étaient cinq et nous
quatre. Je rectifiai tout de suite, désolé : avec mes deux
empans d'acier, nous ne faisions que trois et demi.

— Remettez-nous vos épées, dit l'alguazil, et
faites-nous la grâce de nous accompagner.

— Il y a là gens de haute noblesse, tenta une
dernière fois Quevedo.

– Et moi je suis le duc d'Albe.

Il était clair que l'alguazil ne lâcherait pas le morceau, et qu'il comptait bien ramasser la mise. Il était chez lui et sous le regard de ses clients habituels. Les quatre pourceaux tirèrent leur épée et commencèrent à former un large demi-cercle autour de nous.

– Si nous en sortons indemnes et si personne ne nous identifie, murmura froidement Guadalmedina, la voix étouffée par le pan de sa cape, demain l'affaire sera enterrée… Sinon, messieurs, l'église la plus proche est celle de San Francisco.

Les argousins se rapprochaient de plus en plus. Dans leurs vêtements noirs, ils semblaient se confondre avec l'ombre. Sous la voûte, les curieux éclataient en applaudissements moqueurs. « Donne-leur leur compte, Sánchez », lança quelqu'un à l'alguazil, en se gaudissant. Sans hâte, plein d'assurance et de forfanterie, le dénommé Sánchez glissa la verge dans son ceinturon, tira l'épée et, de la main gauche, empoigna un énorme pistolet.

– Je compte jusqu'à trois, dit-il, en se rapprochant encore. Une…

Don Francisco de Quevedo me fit doucement reculer, en s'interposant entre les argousins et moi. Guadalmedina observait maintenant le profil du capitaine Alatriste, qui restait toujours au même endroit, impassible, calculant les distances et tournant très lentement le corps pour ne pas lâcher du

regard l'argousin le plus proche, sans cesser de surveiller les autres du coin de l'œil. Je notai que Guadalmedina cherchait des yeux celui que mon maître
regardait, puis, s'en désintéressant, se reportait sur
un autre, comme s'il tenait la question pour résolue.

– Deux...

Quevedo se débarrassa de sa courte cape.

– Il ne nous reste plus qu'à... etc., murmurait-
il entre ses dents tout en la dégrafant pour l'enrouler
autour de son bras gauche.

De son côté, Álvaro de la Marca plia la sienne
en trois, de manière à protéger en partie son torse
des coups d'épée qui allaient s'abattre comme grêle
en avril. M'écartant de Quevedo, j'allai me placer
près du capitaine. Sa main droite s'approchait de la
coquille de son épée, et la gauche frôlait le manche
de sa dague. Je pus entendre sa respiration, très forte
et très lente. Tout à coup, je me rendis compte que
cela faisait plusieurs mois, depuis Breda, que je ne
l'avais pas vu tuer un homme.

– Trois. – L'alguazil leva son pistolet et se
tourna vers les curieux. – Au nom du roi, place à la
justice !

Il n'avait pas fini de parler que, déjà, Guadalmedina déchargeait à bout portant un de ses pistolets sur lui : le coup projeta l'homme en arrière, le
visage encore tourné vers son public. Une femme
glapit sous la voûte et un murmure impatient courut

dans l'ombre ; car regarder son prochain se quereller ou s'étriper a toujours été une vieille coutume espagnole. Alors, à l'unisson, Quevedo, Alatriste et Guadalmedina portèrent la main à leur épée, sept lames nues brillèrent dans la rue, et tout se déroula sur un rythme endiablé : cling, clang, fers lançant des étincelles, les argousins criant « Au nom du roi, rendez-vous au nom du roi », et toujours plus de cris et de murmures parmi les spectateurs. Et moi, qui avais également dégainé ma dague, je pus voir comment, en moins de temps qu'il n'en faut pour réciter la moitié d'un Ave Maria, Guadalmedina transperçait le gras du bras d'un argousin, Quevedo en marquait un autre au visage en le laissant contre le mur, les mains sur sa blessure et saignant comme un goret qu'on égorge, et Alatriste, épée dans une main et dague dans l'autre, maniant les deux comme la foudre, enfonçait deux empans de sa rapière dans la poitrine d'un troisième qui dit « Sainte Vierge ! » avant de se l'arracher et de tomber à terre en vomissant un sang pareil à de l'encre noire. Tout s'était passé si rapidement que le quatrième pourceau, voyant mon maître se retourner contre lui, n'y réfléchit pas à deux fois et prit ses jambes à son cou. Là-dessus, je rengainai ma dague, me dirigeai vers l'une des épées qui gisaient au sol, celle de l'alguazil, et me redressai en la brandissant, au moment où deux ou trois curieux, abusés par le début de la bataille, s'approchaient pour prêter main-forte aux argousins ; mais tout avait été réglé si vite que je n'eus pas le temps d'achever mon geste : je les vis s'arrêter net en se regardant entre eux, puis se tenir très tranquilles et fort circonspects en observant le capitaine Alatriste, Guadalmedina et Quevedo, qui, flamberges au vent, semblaient prêts à poursuivre leur vendange. Je me rangeai aux côtés des miens, en garde ; ma main qui tenait la lame tremblait, non d'inquiétude, mais d'exaltation : j'eusse donné mon âme pour ajouter ma propre estocade dans la querelle. Mais les volontaires semblaient avoir perdu toute envie de s'en mêler. Ils restèrent plantés là très prudemment, murmurant de loin que ceci et que cela, un instant messeigneurs, ce n'est pas ce que vous croyez, etc., sous les quolibets des curieux, tandis que nous reculions en continuant à leur faire face et en laissant le terrain transformé en écorcherie : un argousin raide mort, l'alguazil blessé par le coup de pistolet plus mort que vif, n'ayant même plus assez de souffle pour demander qu'on aille lui quérir un confesseur, l'homme au bras transpercé contenant l'hémorragie comme il le pouvait, et celui à la figure fendue agenouillé contre le mur, gémissant sous un masque de sang.

— On le saura, sur les galères du roi ! cria Guadalmedina sur le ton de défi qui convenait, tandis que nous leur faussions compagnie au premier coin de rue.

Ce qui était habile ruse, car on mettrait sur le compte des soldats les coups d'épée dont la nuit avait été si prodigue et dont l'infortuné alguazil avait fait bien malgré lui les frais.

> *Aux cris que partout l'on jetait*
> *le guet s'était précipité.*
> *Les argousins bien étrillés*
> *j'ai servi au diable à souper.*

Par la rue des Farines, en marchant vers la porte de l'Arenal, don Francisco de Quevedo, tout guilleret, improvisait des vers joyeux en cherchant une taverne ouverte où nous rafraîchir le gosier d'un agréable breuvage en fêtant l'événement. Álvaro de la Marca riait aux anges. Joli coup, disait-il. Joli coup et bien joué, sacrebleu. Quant au capitaine Alatriste, il avait nettoyé sa bonne lame de Tolède avec un chiffon qu'il glissa dans les profondeurs de sa poche, et, après avoir rengainé, il cheminait en silence, plongé dans des pensées impénétrables. Et moi j'allais à son côté, fier comme don Quichotte, portant à deux mains l'épée de l'alguazil.

IV

LA MENINE
DE LA REINE

Adossé au mur, Diego Alatriste attendait à l'ombre d'un porche de la rue de la Maison du Maure, entre des pots de géranium et de basilic. Sans cape, chapeau sur la tête, épée et dague à la ceinture, pourpoint de drap ouvert sur une chemise propre et bien cousue, il surveillait attentivement la demeure du Génois Garaffa. Elle se trouvait presque aux portes de l'ancienne juiverie de Séville, près du couvent des carmélites et de la vieille cour de comédie de Doña Elvira ; et, à cette heure-là, tout était tranquille, avec de rares passants et quelques femmes en train de balayer devant les porches et d'arroser les plantes. En d'autres temps, quand il servait le roi

comme soldat sur ses galères, Alatriste avait maintes
fois traversé ce quartier sans imaginer que plus tard,
après son retour d'Italie en l'an seize de ce siècle, il y
ferait un long séjour, presque entièrement passé
parmi des ruffians et des traîneurs de rapière dans la
fameuse cour des Orangers, asile le plus fleuri de la
truanderie et de la friponnerie sévillanes. Comme le
lecteur s'en souviendra peut-être, après la répression
contre les Morisques de Valence, le capitaine avait
demandé congé de son régiment pour s'enrôler
comme soldat à Naples – « tant qu'à égorger des infidèles, au moins qu'ils puissent se défendre », telle
était la raison qu'il avait donnée – et il était resté
embarqué jusqu'à l'incursion de l'an quinze de ce
siècle sur la côte turque, avec cinq galères et plus
d'un millier de camarades, après quoi ils étaient tous
revenus en Italie chargés d'un riche butin, ce qui
avait permis au capitaine de mener la grande vie à
Naples. Tout s'était terminé comme se terminent
ordinairement ces choses-là quand on est jeune : une
femme, un autre homme, une marque sur le visage
pour elle, un coup d'épée pour lui, et Diego Alatriste
fuyant Naples grâce à sa vieille amitié avec le capitaine don Alonso de Contreras, qui l'avait fait passer
clandestinement sur une galère se rendant à Sanlúcar et Séville. Et c'est ainsi que l'ancien soldat, avant
de poursuivre vers Madrid, s'était retrouvé gagnant
sa vie comme spadassin à gages dans une ville qui

était une Babylone et une pépinière de tous les vices, parmi les gueux et les fiers-à-bras, profitant le jour du droit d'asile du fameux cloître de l'église Majeure, et sortant la nuit exercer son office là où tout homme de caractère possédant une bonne lame pouvait, pour peu qu'il eût assez de chance et d'habileté, gagner aisément son pain. Des ruffians légendaires comme Gonzalo Xeniz, Gayoso, Ahumada et le grand Pedro Vásquez de Escamilla qui ne donnaient le titre de majesté qu'au roi de carreau, avaient déjà pris le large, décousus à coups d'épée ou morts du mal de la corde – car, en de tels métiers, se voir passer le chanvre au cou est une affection contagieuse. Mais, dans la cour des Orangers comme dans la prison royale qu'il avait également fréquentée avec assiduité, Alatriste avait connu de très dignes successeurs de ces ruffians historiques, experts en coups d'estoc et de taille, sans que lui-même, habile à porter la botte de Gayona et bien d'autres relevant du même art, restât à court de mérites à l'heure de se faire un nom dans cette très illustre confrérie.

Et maintenant il se rappelait tout cela avec une pointe de nostalgie, qui concernait peut-être moins le passé que sa jeunesse perdue ; il le faisait à peu de distance de cette cour de comédie de Doña Elvira où, en ce temps de vie agitée, il était devenu un habitué des représentations de Lope de Vega, Tirso de Molina et autres – c'était là qu'il avait vu pour la première fois *Le Chien du jardinier* et *Le Timide au palais* –, certains soirs qui commençaient avec des vers et de fausses batailles sur la scène et se terminaient par de vraies dans des tavernes, avec vin, gourgandines complaisantes, joyeux compagnons et coups de couteau. Cette Séville dangereuse et fascinante était toujours vivante, c'était lui qui avait changé, pas elle. Le temps ne fait pas de cadeaux, pensait-il à l'ombre du porche. Et les hommes vieillissent aussi de l'intérieur, en même temps que leur cœur.

– Tête Dieu, capitaine Alatriste... Comme le monde est petit.

Il se retourna, déconcerté, pour voir qui prononçait son nom. Retrouver Sebastián Copons si loin d'une tranchée flamande et l'entendre aligner neuf mots d'un coup, il y avait de quoi être surpris. Il mit quelques instants à revenir dans un passé plus récent : le voyage par mer, les récents adieux de l'Aragonais à Cadix, son congé et son intention de se rendre à Séville, en route pour le nord.

– Je suis content de te voir, Sebastián.

C'était vrai, et ce ne l'était pas tout à fait. En réalité, il n'était pas content de le voir en ce lieu et en ce moment ; et tandis qu'ils se donnaient une accolade affectueuse et sobre comme il convient à de vieux camarades, il regarda par-dessus l'épaule de son ami, vers le bout de la rue. Heureusement, il

pouvait faire confiance à Copons. Il pouvait se
débarrasser de lui sans l'offenser, sûr qu'il compren-
drait. En fin de compte, on reconnaissait un ami
véritable à ce qu'il vous laissait donner les cartes sans
vous soupçonner de tricher.

— Tu t'arrêtes à Séville ? demanda-t-il.

— Quelque temps.

Copons, petit, sec et dur comme toujours, était
habillé en soldat, avec casaquin, baudrier, épée et
bottes. Sous le chapeau, la tempe gauche était mar-
quée par la cicatrice de la blessure qu'Alatriste lui-
même avait pansée un an plus tôt, durant la bataille
du moulin Ruyter.

— Il faudra arroser ça, Diego.

— Plus tard.

Copons l'observa avec surprise et beaucoup
d'attention, avant de se retourner pour suivre la
direction de son regard.

— Tu es occupé.

— En quelque sorte.

Copons inspecta de nouveau la rue, cherchant
des indices qui lui expliqueraient la distraction de
son camarade. Puis il porta machinalement la main à
la garde de son épée.

— Tu as besoin de moi ? questionna-t-il sans
s'émouvoir le moins du monde.

— Non, pas pour l'instant... – Le sourire affectueux d'Alatriste approfondit les rides gravées sur

son visage. – Mais j'aurais peut-être quelque chose pour toi, avant que tu quittes Séville. Ça t'irait ?

L'Aragonais haussa les épaules, impavide ; le même geste que lorsque le capitaine Bragado donnait l'ordre d'entrer, la dague à la main, dans les caponnières ou de donner l'assaut à un bastion hollandais.

– Tu es dans le coup ?

– Oui. Et, en plus, il y a de bonnes espèces sonnantes et trébuchantes.

– Et quand bien même il n'y en aurait pas…

A ce moment, Alatriste vit apparaître le comptable Olmedilla au bout de la rue. Il était vêtu de noir, comme toujours, boutonné jusqu'au cou, avec son chapeau à bord court et son air de scribe anonyme qui semblait sortir tout droit d'un bureau de l'Audience royale.

– Je dois te laisser… Nous nous verrons à l'auberge de Becerra.

Il posa la main sur l'épaule de son camarade et, prenant congé de lui sans rien ajouter, quitta son poste d'observation. Il traversa la rue d'un air nonchalant pour arriver en même temps que le comptable devant la maison du coin : une construction en brique avec un étage et un porche discret qui donnait accès au patio. Ils pénétrèrent ensemble sans frapper et sans s'adresser la parole : juste un bref regard d'intelligence. Alatriste, la main sur le pom-

meau de son épée ; Olmedilla, le visage aussi rébar-
batif qu'à l'ordinaire. Un vieux valet apparut, s'essuyant les mains à son tablier, l'air inquisiteur et
inquiet.

— Place au Saint-Office, dit Olmedilla, avec
toute la froideur du monde.

Les traits du serviteur se décomposèrent : dans
la maison d'un Génois et à Séville, ces paroles étaient
lourdes de sens. Aussi resta-t-il comme frappé de
stupeur, tandis qu'Alatriste, la main toujours sur le
pommeau de sa rapière, désignait une pièce dans
laquelle l'autre entra avec la docilité d'un agneau et
se laissa menotter, bâillonner et enfermer à clé.
Lorsque Alatriste reparut dans le patio, Olmedilla
attendait, dissimulé derrière un énorme pot de fou-
gère, les mains jointes et se tournant les pouces d'un
air impatient. Il y eut un autre échange silencieux de
regards, et les deux hommes traversèrent le patio en
direction d'une porte fermée. Alors Alatriste dégaina
son épée, ouvrit d'une poussée et entra dans un cabinet spacieux, meublé d'une table, d'une armoire,
d'un brasero en cuivre, de quelques chaises en cuir.
La lumière d'une haute fenêtre grillagée, à demi
masquée par des jalousies, dessinait d'innombrables
petits carreaux sur la tête et les épaules d'un individu
d'âge moyen, plus gras que grand, en robe de
chambre de soie et pantoufles, qui s'était dressé,
effrayé. Cette fois, le comptable Olmedilla n'invoqua

pas le Saint-Office, ni rien d'autre, se bornant à se
glisser derrière Alatriste et à lancer un coup d'œil à la
ronde avant d'arrêter avec satisfaction son regard sur
l'armoire ouverte et bourrée de papiers. Un chat,
pensa le capitaine, se lécherait pareillement les
babines en voyant une sardine à un demi-pouce de
ses moustaches. Quant au maître de maison, on
eût dit que le sang s'était retiré de son visage : le
dénommé Jerónimo Garaffa restait muet, bouche
bée de stupéfaction, les mains encore sur la table où
brûlait une bougie pour fondre la cire. En se levant,
il avait renversé la moitié du contenu d'un encrier
sur le papier qu'il était en train de noircir à l'arrivée
des intrus. Une résille retenait ses cheveux – qui
étaient teints – et un fixe-moustache était collé sur sa
lèvre supérieure. Il tenait la plume entre ses doigts
comme s'il ne savait plus ce que c'était et regardait
avec épouvante l'épée que le capitaine Alatriste
appuyait sur sa gorge.

   – Ainsi, vous ne savez pas de quoi nous vous
parlons.

   Le comptable Olmedilla, assis derrière la table
comme s'il était dans son propre cabinet, leva les
yeux des papiers pour regarder Jerónimo Garaffa
angoissé hocher la tête, toujours couverte de sa résille.

Le Génois était sur une chaise, les mains ligotées au dossier. Malgré la douceur de la température, de grosses gouttes de sueur coulaient de sa chevelure, le long de ses pattes et de son visage qui puait les gommes, les collyres et l'onguent de barbier.

– Je vous jure, messeigneurs...

Olmedilla interrompit la protestation d'un geste sec de la main et se replongea dans l'étude des documents qu'il avait devant lui. Au-dessus du fixe-moustache qui lui donnait l'allure grotesque d'un masque de carnaval, les yeux de Garaffa allèrent se poser sur Diego Alatriste qui écoutait en silence, la lame rengainée, les bras croisés et le dos au mur. L'expression glacée de son regard dut l'inquiéter plus encore que la sécheresse d'Olmedilla, car il se tourna vers le comptable, comme on choisit entre la peste et le choléra. Au bout d'un long silence oppressant, le comptable abandonna les documents, se carra sur sa chaise et, joignant les mains pour se tourner les pouces, dévisagea le Génois. Il ressemblait toujours à un rat gris de cabinet, jugea Alatriste en connaisseur. Mais maintenant son expression était celle d'un rat qui viendrait de faire une mauvaise digestion et aurait des renvois de bile.

– Nous allons mettre les choses au clair... dit Olmedilla, très ferme et très froid. Vous savez de quoi je parle et nous savons que vous savez. Tout le reste est perte de temps.

Le Génois avait la bouche si sèche qu'il ne put articuler un mot qu'à la troisième tentative.

— Je jure par le Christ Notre Seigneur, proféra-t-il d'une voix rauque où la peur semblait renforcer l'accent étranger, je jure que je ne sais rien de ce bateau flamand.

— Le Christ n'a rien à voir dans cette histoire.

— C'est un abus… J'exige que la justice…

Après cette ultime velléité de rester ferme, la protestation de Garaffa se brisa dans un sanglot. Il suffisait de voir la figure de Diego Alatriste pour comprendre que la justice à laquelle se référait le Génois, celle qu'il était certainement habitué à acheter avec de beaux réaux de huit, se trouvait trop loin de cette chambre, et que personne ne viendrait le sortir de ce guêpier.

— Où mouillera le *Virgen de Regla* ? demanda encore une fois Olmedilla, très calmement.

— Je ne sais pas… Sainte Vierge… Je ne sais pas de quoi vous parlez.

Le comptable se gratta le nez comme quelqu'un qui entend venir la pluie. Il regardait Alatriste d'un air entendu, et celui-ci se dit qu'il était vraiment l'image vivante de cette Espagne autrichienne, toujours pointilleuse et implacable avec les malheureux. Il aurait parfaitement pu être juge, greffier, alguazil, avocat, ou n'importe lequel de ces charognards qui vivaient et prospéraient dans le sillage de la monarchie. Guadalmedina et Quevedo avaient dit qu'Olmedilla était honnête, et Alatriste le croyait. Mais, décida-t-il, pour le reste de son comportement, de ses attitudes, rien ne le différenciait de cette racaille de pies noires, rapaces et impitoyables qui peuplaient les audiences, les parquets et les tribunaux des Espagnes, et faisaient que, même en rêve, on ne pouvait trouver de Lucifers plus orgueilleux, de Cacus plus voleurs, ni de Tantales plus assoiffés d'honneurs, et qu'il n'y avait aucun blasphème d'infidèle qui égalât leurs écrits, toujours au goût des puissants et néfastes pour les humbles. Sangsues infâmes qui ne connaissaient ni la charité ni la dignité, gonflées d'intolérance, d'esprit de rapine et du zèle fanatique de l'hypocrisie ; de sorte que ceux-là mêmes qui devaient protéger les pauvres et les miséreux les déchiquetaient entre leurs serres avides. Bien que, corrigea-t-il aussitôt, ce ne fût pas exactement le cas de l'homme qu'ils tenaient pour l'heure à leur merci. Ni pauvre, ni miséreux. Mais certainement misérable.

— Finissons-en, conclut Olmedilla.

Il rangeait les papiers sur la table sans quitter Alatriste des yeux, avec une expression qui signifiait que tout avait été dit, au moins en ce qui le concernait. Quelques instants s'écoulèrent ainsi, durant lesquels Olmedilla et le capitaine continuèrent de s'observer en silence. Puis ce dernier décroisa les bras et s'écarta du mur pour s'approcher de Garaffa. Quand il fut près de lui, la terreur que l'on pouvait lire sur le visage du Génois devint indescriptible. Alatriste se campa devant lui en se penchant un peu pour le regarder dans les yeux, intensément et fixement. Cet individu et ce qu'il représentait ne lui inspiraient pas la moindre pitié. Sous la résille, les cheveux teints du marchand exsudaient des coulées noires qui glissaient sur son front et le long du cou. Maintenant, en dépit du fard et des pommades, il répandait une odeur âcre. De transpiration et de peur.

– Jerónimo… murmura Alatriste.

En entendant son prénom prononcé à moins de trois pouces de sa figure, Garaffa sursauta comme s'il venait de recevoir une gifle. Le capitaine, sans reculer son visage, resta quelques instants immobile et muet, en continuant à le fixer. A cette distance, sa moustache frôlait presque le nez du prisonnier.

– J'ai vu torturer beaucoup d'hommes, dit-il enfin lentement. Je les ai vus, bras et jambes disloqués par les tours de corde, dénoncer leurs propres enfants. J'ai vu des renégats écorchés vifs, suppliant qu'on les tue… A Valence, j'ai vu brûler les pieds des infidèles morisques pour qu'ils disent où ils avaient caché leur or, pendant qu'ils entendaient les cris de leurs filles de douze ans forcées par les soldats…

Il se tut brusquement, laissant entendre qu'il pouvait continuer indéfiniment à raconter ce qu'il avait vu, et que c'était absurde de poursuivre. Quant au visage de Garaffa, on eût dit que la main de la mort venait de passer sur lui. Il avait soudain cessé de transpirer ; comme si, sous sa peau, jaune de terreur, il ne restait plus une goutte de liquide.

— Je t'assure que tous parlent tôt ou tard, conclut le capitaine. Ou presque tous. Il arrive que le bourreau soit maladroit et que certains meurent avant... Mais tu n'es pas de ceux-là.

Il le contempla encore un instant sur le même mode, de très près, puis se dirigea vers la table. Debout devant celle-ci et tournant le dos au prisonnier, il releva la manche gauche de sa chemise. Ce faisant, il croisa le regard d'Olmedilla, qui l'observait avec attention, un peu déconcerté. Puis il prit le chandelier portant la bougie pour fondre la cire et revint devant le Génois. L'élevant légèrement, il lui montra la flamme qui mettait des reflets vert-de-gris dans ses yeux de nouveau rivés sur Garaffa. On eût dit deux plaques de givre immobiles.

— Regarde, dit-il.

Il exhibait son avant-bras où, sous le duvet, une longue et mince cicatrice parcourait la peau tannée, du poignet au coude. Puis, sous le nez du Génois épouvanté, il approcha la bougie de sa propre chair nue. La flamme crépita en répandant une odeur de cuir brûlé, tandis qu'il serrait les mâchoires et le poing, et que les tendons et les muscles de son avant-bras se durcissaient comme des sarments de vigne sculptés dans la pierre. Devant ses yeux, toujours vitreux et impassibles, ceux du Génois étaient exor-bités par l'horreur. Cela dura un moment qui parut interminable. Après quoi, imperturbable, Alatriste reposa le chandelier sur la table, revint se placer devant le prisonnier et lui montra son bras. Une atroce brûlure, de la taille d'un réal de huit, rougis-sait la peau grillée tout autour de la plaie.

– Jerónimo… répéta-t-il.

Il avait approché son visage de celui de l'autre et lui parlait de nouveau à voix basse, presque sur le ton de la confidence :

– Si je me fais ça à moi, imagine ce que je suis capable de te faire à toi.

Une flaque jaune s'élargissait au pied de la chaise, sous les jambes du prisonnier. Garaffa se mit à gémir et à trembler, et il continua ainsi un très long moment. Finalement, il recouvra l'usage de la parole ; et alors il parla, sur un mode prodigieusement préci-pité, torrentiel, pendant que le comptable Olmedilla, affairé, trempait sa plume dans l'encrier en prenant toutes les notes utiles. Alatriste alla dans la cuisine chercher de la graisse, du suif ou de l'huile à mettre sur sa plaie. Quand il revint, en se bandant le bras avec un linge propre, Olmedilla lui adressa un regard qui, chez d'autres individus moins déconcertants, eût signifié un grand et manifeste respect. Quant à Garaffa, étranger à tout sauf à sa propre terreur, il continuait à jacasser comme une pie : noms, lieux, dates, banques portugaises, or en barres. Et il poursuivit pendant un bon bout de temps.

A la même heure, je marchais sous le long passage voûté qui s'ouvre au fond de la cour des drapeaux, dans la ruelle de l'ancienne synagogue. Et moi non plus, quoique pour des motifs différents de ceux de Jerónimo Garaffa, je n'avais plus une goutte de sang dans les veines. Je m'arrêtai à l'endroit indiqué et m'appuyai d'une main sur le mur, car je craignais que mes jambes ne se dérobent. Mais, en fin de compte, mon instinct de conservation s'était développé au cours des dernières années et j'avais, malgré tout, assez de lucidité pour étudier le lieu en détail, ses deux issues et les inquiétantes petites portes ménagées dans les parois. Je caressai la poignée de ma dague passée comme toujours dans mon ceinturon en travers des reins, puis, machinalement, je tâtai la poche où se trouvait le billet qui m'avait conduit là. A vrai dire, il était digne de n'importe quelle comédie de Tirso ou de Lope :

Si vous me portez encore quelque sentiment, c'est le moment de le prouver. Je me réjouirai de vous voir à onze heures du matin sous la voûte de la juiverie.

Le billet m'était arrivé à neuf heures, apporté par un garçon à l'auberge de la rue des Teinturiers devant laquelle, assis sur un petit banc de pierre, j'attendais le retour du capitaine en regardant passer les gens. Il n'y avait pas de signature, mais le nom de la personne qui l'avait rédigé était aussi clair que les blessures profondes toujours présentes dans mon cœur et ma mémoire. Que vos seigneuries jugent des sentiments contraires qui m'agitaient depuis que j'avais reçu ce papier, et de l'angoisse délicieuse qui guidait mes pas. J'éviterai d'entrer dans le détail des affres de tout homme qui aime, cela ne me causerait que honte et au lecteur qu'ennui. Je me bornerai donc à dire que j'avais seize ans et que je n'avais jamais aimé de jeune fille ou de femme – et je n'ai plus jamais, depuis, aimé de la sorte – comme en ce temps j'aimais Angélica d'Alquézar.

Chose bien singulière, en vérité. Je savais que ce billet ne pouvait être qu'un nouvel épisode du jeu dangereux auquel Angélica se livrait avec moi depuis que nous nous étions rencontrés devant la taverne du Turc, à Madrid. Un jeu qui avait failli me coûter l'honneur et la vie, et qui devait me faire encore souvent, au long des ans, marcher au bord de l'abîme,

sur le fil mortel du plus délicieux poignard qu'une
beauté sut jamais inventer pour l'homme qui, durant
toute sa vie de femme et jusqu'à l'heure même de sa
mort précoce, devait être à la fois son amant et son
ennemi. Mais, ce jour-là, cette heure était encore
lointaine, et le fait est que j'étais là, à Séville, par
cette douce matinée hivernale, avec toute la vigueur
et l'audace de ma jeunesse, présent au rendez-vous
de cette enfant – mais en était-ce vraiment une, me
demandais-je – qui, trois ans plus tôt, lorsque je lui
avais dit, à la fontaine de l'Acero : « Je mourrais pour
vous », m'avait répondu, avec un sourire doux et
énigmatique : « Tu mourras peut-être un jour. »

Le porche de la synagogue était désert. Laissant
derrière moi la tour de l'église Majeure qui se découpait dans le ciel au-dessus du feuillage des orangers,
j'y pénétrai plus avant, dépassai le coude pour arriver
de l'autre côté, là où l'eau d'une fontaine chantait et
où d'épaisses plantes grimpantes retombaient des
créneaux des Alcazars. Je n'y vis personne non plus.
Je me dis qu'il s'agissait peut-être d'une mauvaise
plaisanterie, et je revins sur mes pas pour regagner la
pénombre du passage. C'est alors que j'entendis un
bruit dans mon dos ; je tournai la tête en portant la
main à ma dague. Une des portes était ouverte, et un
soldat de la garde allemande, gros et rougeaud,
m'observait en silence. Puis il me fit un signe, et je
m'approchai avec beaucoup de méfiance, craignant

un mauvais coup. Mais l'Allemand ne paraissait pas hostile. Il m'examinait avec une curiosité blasée de soldat qui en a vu d'autres et, quand j'arrivai à sa hauteur, il me signifia, d'un geste, de lui remettre ma dague. Il arborait un sourire bonasse entre les énormes favoris blonds qui rejoignaient sa moustache. Après quoi, il dit quelque chose comme *Komen Sie herein*, dont je savais – pour avoir eu plus que mon content d'Allemands vivants et morts dans les Flandres – que cela voulait dire avancez, entrez, ou quelque chose de ce genre. Je n'avais pas le choix, de sorte que je lui remis ma dague et franchis la porte.

– Bonjour, soldat.

Ceux qui connaissent le portrait d'Angélica peint par Diego Velásquez peuvent facilement l'imaginer avec tout juste quelques années de moins. La nièce du secrétaire royal, menine de Sa Majesté la reine, avait alors quinze ans accomplis, et sa beauté était bien plus qu'une promesse. Elle avait beaucoup mûri depuis la dernière fois que je l'avais vue : son corsage aux lacets abondamment surfilés d'argent et de corail, assorti à l'ample robe de brocart qui tombait gracieusement du vertugadin autour de ses hanches, laissait deviner des formes qui n'étaient point là jadis. De longues boucles torsadées, d'un or comme jamais n'en vit l'Araucan dans ses mines, encadraient toujours les yeux bleus, rivalisant avec une peau d'une blancheur extrême qui me parut – et j'ai su plus tard que je ne me trompais pas – avoir la douceur de la soie.

– Il y a si longtemps.

Elle était si belle que la regarder me faisait mal. Dans la pièce à colonnes mauresques, ouverte sur un petit jardin des Alcazars royaux, le soleil blanchissait le contour de ses cheveux à contre-jour. Elle souriait comme elle avait toujours souri : mystérieuse et provocante, avec une pointe d'ironie, ou de méchanceté, sur sa bouche parfaite.

– Si longtemps, oui, réussis-je enfin à articuler.

L'Allemand s'était retiré dans le jardin, où passait la coiffe d'une duègne. Angélica alla s'asseoir sur une chaise en bois ouvragé et m'indiqua un tabouret en face d'elle. J'occupai le siège sans bien savoir ce que je faisais. Elle me regardait avec beaucoup d'attention, les mains croisées au creux de sa robe ; sous l'ourlet de la jupe dépassait un fin soulier de satin, et je pris soudain conscience de mon grossier pourpoint sans manches sur la chemise rapiécée, de mes chaussons en simple toile et de mes guêtres militaires. Par le sang du Christ, blasphémai-je en moi-même. J'imaginais mignons et godelureaux de bonne lignée et de bourse meilleure encore, richement vêtus, contant fleurette à Angélica dans les fêtes et les nuits de la Cour. Un frisson de jalousie me transperça l'âme.

— J'espère, dit-elle sur le ton le plus suave, que vous ne me gardez pas rancune.

Je me rappelai – et je n'avais pas beaucoup d'efforts à faire, s'agissant de pareille honte – les prisons de l'Inquisition à Tolède, l'autodafé de la Plaza Mayor, le rôle que la nièce de Luis d'Alquézar avait joué dans mes malheurs. Cette pensée eut la vertu de me ramener à la froideur dont j'avais tant besoin.

— Que voulez-vous de moi ? questionnai-je.

Elle attendit plus longtemps que nécessaire pour me répondre. Elle me regardait intensément, le même sourire sur les lèvres. Elle semblait heureuse de ce qu'elle voyait.

— Je ne veux rien, dit-elle. J'étais curieuse de vous revoir… Je vous ai tout de suite reconnu.

Elle se tut un moment. Elle regardait mes mains, puis encore mon visage.

— Vous avez grandi, monsieur.

— Vous aussi.

Elle se mordit légèrement les lèvres, tout en acquiesçant très lentement de la tête. Les longues boucles frôlaient doucement la peau pâle de ses joues, et moi j'étais en adoration.

— Vous vous êtes battu dans les Flandres.

Ce n'était ni une affirmation, ni une question. Elle semblait réfléchir à voix haute.

– Je crois que je vous aime, dit-elle soudain.

Je me levai violemment du tabouret. Angélica
ne souriait plus. Toujours assise, elle me regardait,
levant vers moi ses yeux bleus comme le ciel, comme
la mer et comme la vie. Que le diable m'emporte si
elle n'était pas belle à la folie.

– Mon Dieu, murmurai-je.

Je tremblais comme les feuilles d'un arbre. Elle
demeura immobile et muette pendant un long
moment. Puis elle eut un léger haussement d'épaules.

– Je veux que vous sachiez, dit-elle, que vous
avez des amis gênants. Comme ce capitaine Batiste,
ou Triste, ou quel que soit son nom… Des amis qui
sont les ennemis des miens… Et je veux que vous
sachiez que cela, peut-être, peut vous coûter la
vie.

– C'est ce qui, déjà, a failli m'arriver.

– Et vous arrivera encore bientôt.

Elle avait retrouvé le même sourire, pensif et
énigmatique.

– Ce soir, dit-elle, les ducs de Medina Sidonia
donnent une réception à Leurs Majestés… Au
retour, mon carrosse fera halte un moment dans
l'Alameda. Les fontaines et les jardins y sont splen-
dides et le lieu délicieux pour la promenade.

Je fronçai les sourcils. C'était trop beau. Trop
facile.

– L'heure, ce me semble, sera un peu tardive.

– Nous sommes à Séville. Les nuits ici sont clémentes.

L'ironie singulière de ses paroles ne m'échappa pas. Je regardai, du côté du patio, la duègne qui était toujours là. Angélica interpréta mon mouvement.

– Ce n'est pas celle qui me surveillait à la fontaine de l'Acero… Celle-là sait être aveugle et muette quand je le veux. Et j'ai pensé qu'il vous plairait peut-être de vous trouver ce soir, sur le coup de dix heures, dans l'Alameda, Iñigo Balboa.

Je restai stupéfait, essayant de bien saisir tout ce que cela impliquait.

– C'est un piège, décidai-je. Un guet-apens comme les autres fois.

– Peut-être. – Impénétrable, elle soutenait mon regard. – Il dépend de votre courage que vous y veniez ou non.

– Le capitaine… dis-je, et je me tus aussitôt.

Angélica m'observait avec une lucidité infernale. C'était comme si elle lisait dans mes pensées.

– Ce capitaine est votre ami. Sans doute souhaiterez-vous lui confier ce petit secret… Et nul ami ne vous laisserait prendre seul le risque d'un guet-apens.

Elle resta un bref instant silencieuse, le temps que je me pénètre bien de cette idée.

– On dit, ajouta-t-elle enfin, qu'il est, lui aussi, un homme courageux.

– Qui le dit ?

Elle ne répondit pas, se bornant à accentuer son sourire. Et j'achevai de comprendre tout ce qu'elle venait de me dire. La certitude se fit si aveuglante que l'évidence du défi qu'elle me lançait à la face me fit frissonner. La silhouette noire de Gualterio Malatesta s'interposa entre nous comme un sombre fantôme. Tout était clair et terrible en même temps : la vieille querelle ne concernait plus seulement Alatriste. J'avais atteint un âge suffisant pour assumer les conséquences de mes actes, je savais trop de choses, et j'étais pour nos ennemis un adversaire aussi gênant que le capitaine Alatriste lui-même. Instrument du piège, diaboliquement avisé du danger certain, d'une part je ne pouvais aller là où Angélica me le demandait, et d'autre part je me sentais tenu de m'y rendre. Ce «vous vous êtes battu dans les Flandres » qu'elle avait prononcé un moment plus tôt s'avérait maintenant d'une cruelle ironie. Mais, en dernière instance, le message était destiné au capitaine. Je ne devais pas le lui cacher. Et ce faisant, ou bien il allait m'interdire de me rendre cette nuit dans l'Alameda, ou bien il ne me laisserait pas y aller seul. Le défi nous concernait tous les deux, irrémédiablement. Tout conduisait à ce que je choisisse entre mon déshonneur et le danger certain. Et ma conscience se débattait comme un poisson pris dans un filet. Soudain, les paroles de Gualterio Malatesta

me revinrent en mémoire, avec leur sinistre significa-
tion. L'honneur, avait-il dit, est dangereux à porter.

— Je veux savoir, dit Angélica, si vous êtes toujours prêt à mourir pour moi.

Je la contemplai, l'esprit plein de trouble, incapable d'articuler un mot. C'était comme si son
regard se promenait en toute liberté à l'intérieur de
moi.

— Si vous ne venez pas, ajouta-t-elle, je saurai
qu'en dépit des Flandres vous êtes un couard...
Dans le cas contraire, quoi qu'il advienne, je veux
que vous vous rappeliez ce que je vous ai dit tout à
l'heure.

J'entendis le froissement du brocart quand
elle se leva. Elle était maintenant près de moi. Très
près.

— Et qu'il se peut que je vous aime toujours.

Elle regarda du côté du jardin, où se promenait
la duègne. Puis elle se rapprocha encore un peu.

— Souvenez-vous-en jusqu'à la fin... quel qu'en
soit le moment.

— Vous mentez, dis-je.

Il me semblait que mon sang s'était retiré d'un
coup de mon cœur et de mes veines. Angélica continua de m'observer avec une attention renouvelée
pendant un temps qui me parut éternel. Alors, elle fit
un geste que je n'attendais ni n'espérais. Je veux dire
qu'elle leva une main blanche, menue et parfaite, et

posa ses doigts sur mes lèvres avec la douceur d'un baiser.

– Partez, dit-elle.

Elle fit demi-tour et sortit dans le jardin. Hors de moi, je fis quelques pas derrière elle, comme si j'avais l'intention de la suivre jusqu'aux appartements royaux, voire dans les salons mêmes de la reine. L'Allemand aux épais favoris me coupa le chemin en souriant pour m'indiquer la porte, tout en me restituant ma dague.

J'allai m'asseoir sur les marches de la Bourse, près de l'église Majeure, et je restai là un long moment, plongé dans de funèbres réflexions. Des sentiments contradictoires s'affrontaient en moi, et ma passion pour Angélica, ravivée par cette inquiétante entrevue, luttait avec la certitude de la trame sinistre qui nous enveloppait. Je me dis d'abord que j'allais me taire, m'éclipser le soir sous un prétexte quelconque, et me rendre au rendez-vous seul, assumant ainsi mon destin, sans autre compagnie que celle de ma dague de miséricorde et de l'épée de l'alguazil – une bonne lame, portant la marque de l'armurier Juanes, que j'avais cachée à l'auberge, enveloppée dans des vieux chiffons. Mais cela serait, dans tous les cas, un combat sans espoir. La forme

sombre de Malatesta se dessinait dans mon imagination comme un noir présage. Face à lui, je n'avais
aucune chance. Et cela, de plus, dans la perspective
improbable où l'Italien viendrait seul au rendez-
vous.

J'avais envie de pleurer de rage et d'impuissance. J'étais basque et hidalgo, fils du soldat Lope
Balboa, mort dans les Flandres pour son roi et pour
la vraie religion. Mon honneur et la vie de l'homme
que je respectais le plus au monde étaient sur la
balance. Ma propre vie aussi ; mais à ce moment de
mon existence, éduqué depuis l'âge de douze ans
dans l'âpre monde des gueux et de la guerre, j'avais
trop souvent mis ma destinée à la merci d'un coup
de dé, et je possédais le fatalisme de celui qui respire
en sachant combien il est facile de cesser de le faire.
Trop nombreux étaient ceux qui avaient quitté cette
terre sous mes yeux, dans les blasphèmes, les pleurs,
les prières et les silences, pour que mourir m'apparût
comme quelque chose d'extraordinaire ou de terrible. En outre, je pensais qu'il y avait une autre vie
au-delà de celle-ci, où Dieu, mon bon père et les
vieux camarades m'attendaient pour me recevoir en
m'ouvrant les bras. Dans tous les cas, autre vie ou
pas, j'avais appris que la mort est l'événement qui
finit toujours par avoir raison d'hommes tels que le
capitaine Alatriste.

J'en étais là de mes réflexions, toujours assis sur

les marches de la Bourse, quand je vis passer au loin le capitaine en compagnie du comptable Olmedilla. Ils suivaient la muraille des Alcazars, en direction de la chambre de commerce. Mon premier élan fut de courir à leur rencontre ; mais je me retins et me bornai à observer la mince silhouette de mon maître qui marchait en silence, le large bord de son chapeau rabattu sur la figure, l'épée se balançant sur son côté, près de l'agent du roi tout de deuil vêtu.

Je les vis disparaître à un coin de rue et demeurai où j'étais, immobile, les bras autour des genoux. Après tout, décidai-je, la question était simple. Cette nuit, il me fallait choisir entre me faire tuer seul ou me faire tuer avec le capitaine Alatriste.

Ce fut le comptable Olmedilla qui proposa de faire halte dans une taverne, et Diego Alatriste accepta, non sans en être surpris. C'était la première fois qu'Olmedilla se montrait loquace, ou sociable. Ils s'arrêtèrent dans la taverne du Six-Doigts, derrière les Corderies, et se reposèrent à une table près de la porte, sous l'auvent et la tente qui protégeaient du soleil. Alatriste ôta son chapeau et le posa sur un tabouret. Une servante leur servit un pichet de vin de Cazalla de la Sierra et un plat d'olives brunes, et Olmedilla but avec le capitaine. A vrai dire, il goûta à peine le vin, ne portant que brièvement le pot à ses lèvres, mais, auparavant, il regarda longuement l'homme qu'il avait près de lui. Il semblait avoir perdu un peu de sa mine renfrognée.

— Bien joué, dit-il.

Le capitaine étudia le visage ingrat du comptable, sa barbiche, la peau parcheminée et jaunie qui semblait contaminée par les chandelles avec lesquelles il s'éclairait dans son cabinet. Il ne répondit pas et se contenta de porter son vin à ses lèvres pour le boire, lui, en revanche, longuement et d'un seul trait. Son compagnon continuait à le regarder avec curiosité.

— On ne m'a pas trompé sur le compte de votre seigneurie, dit-il finalement.

— L'affaire du Génois était chose facile, répondit Alatriste, l'air sombre.

Puis il se tut. J'en ai fait bien d'autres, et de moins simples, disait ce silence. Olmedilla semblait l'interpréter comme il le fallait, car il acquiesça lentement, à la façon grave de quelqu'un qui, ayant compris, a la délicatesse de ne pas aller plus avant. Quant au Génois et à son serviteur, ils se trouvaient en ce moment, menottés et bâillonnés, dans une voiture qui les menait hors de Séville, vers une destination que le capitaine ignorait – et qu'il n'avait aucune envie de connaître –, escortés d'alguazils à la mine patibulaire qu'Olmedilla devait tenir prêts depuis longtemps, car ils étaient apparus comme par enchantement dans la rue de la Maison du Maure après avoir fait taire la curiosité des voisins en prononçant les mots magiques de Saint-Office, pour disparaître ensuite fort discrètement avec leurs prises en direction de la porte de Carmona.

Olmedilla déboutonna son pourpoint et en tira un pli cacheté. Après l'avoir gardé dans sa main un moment, comme s'il devait vaincre ses derniers scrupules, il le posa sur la table, devant le capitaine.

– C'est un ordre de paiement, dit-il. Il est établi au porteur pour cinquante doublons d'or anciens… Il peut être honoré en la maison de don Joseph Arenzana, place San Salvador. Personne ne posera de questions.

Alatriste regarda le papier sans y toucher. Les doublons d'or étaient, à l'époque, la monnaie la plus convoitée. Ils avaient été battus en métal fin il y avait plus d'un siècle, au temps des Rois Catholiques, et nul n'en discutait la valeur quand on les faisait sonner sur une table. Il connaissait des hommes capables de tuer leur mère pour une de ces pièces.

– Il y aura six fois cette somme, ajouta Olmedilla, quand tout sera fini.

– C'est bon à savoir.

Le comptable contempla son pot de vin d'un air pensif. Une mouche y nageait en faisant de vains efforts pour se libérer.

— La flotte arrive dans trois jours, dit-il, concentré sur l'agonie de l'insecte.

— Combien d'hommes faut-il?

D'un doigt taché d'encre, Olmedilla indiqua l'ordre de paiement.

— Cela, c'est à votre seigneurie d'en décider. D'après le Génois, le *Niklaasbergen* porte vingt et quelques marins, plus le pilote et le capitaine... Tous flamands et hollandais, sauf le pilote. Il est possible que quelques Espagnols montent à Sanlúcar avec la cargaison. Et nous ne disposons que d'une nuit.

Alatriste fit un rapide calcul.

— Douze, ou quinze. Ceux que je pourrai recruter avec cet or suffiront largement pour ce travail.

Olmedilla agita la main, évasif, laissant entendre que le travail d'Alatriste n'était pas de son ressort.

— Vous devrez, dit-il, les tenir prêts dès la nuit précédente. Le plan consiste à descendre le fleuve pour arriver à Sanlúcar au coucher du soleil... – Il inclina la tête, le menton dans le col, comme pour chercher s'il n'oubliait rien. – J'irai avec vous.

— Jusqu'où?

— Nous verrons.

Le capitaine le dévisagea, sans cacher sa surprise.

— Ce ne sera pas un combat d'encre et de papier.

— C'est égal. J'ai le devoir de contrôler la cargaison et d'organiser son transbordement, dès que vous vous serez emparé du navire.

Alatriste dissimula un sourire. Il n'imaginait pas le comptable parmi le genre de personnages qu'il avait l'intention de recruter, mais il comprenait que, vu la nature de l'affaire, celui-ci se montrât méfiant. Une telle quantité d'or constituait une tentation, et quelques lingots pouvaient facilement se volatiliser en route.

— Vous me pardonnerez de vous dire, précisa le comptable, que tout détournement signifie la potence.

— Pour vous aussi, messire ?

— Pour moi aussi, probablement.

Alatriste passa un doigt sur sa moustache.

— Je gagerai, dit-il ironiquement, que votre salaire n'inclut pas ce genre d'émotions.

— Mon salaire inclut de remplir mes obligations.

La mouche avait cessé de se débattre, et Olmedilla continuait de la regarder. Le capitaine se reversa du vin. Tandis qu'il buvait, il vit que l'autre levait de nouveau les yeux pour contempler avec intérêt les deux cicatrices de son front, puis son bras gauche, dont la brûlure bandée était cachée par la manche de la chemise. Et qui, certainement, lui faisait un mal de mille diables. Finalement, Olmedilla fronça de nouveau les sourcils, comme s'il tournait et retournait une pensée qu'il hésitait à formuler à haute voix.

— Je me demande, seigneur capitaine, dit-il, ce que vous auriez fait si le Génois ne s'était pas laissé impressionner.

Alatriste promena son regard sur la rue ; le soleil qui se réverbérait sur le mur d'en face lui faisait plisser les paupières, en accentuant son expression impénétrable. Puis il reporta les yeux sur la mouche noyée dans le vin d'Olmedilla, continua de boire le sien et ne dit rien.

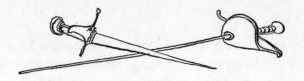

V

LE DÉFI

Se découpant sur le clair de lune, les colonnes d'Hercule, d'une hauteur de deux hallebardes, se dressaient devant l'Alameda. Derrière, les cimes des ormes s'étendaient à perte de vue, épaississant la nuit sous leurs branches. A cette heure ne passaient ni carrosses avec des dames élégantes, ni nobles sévillans caracolant sur leurs chevaux parmi les haies, les fontaines et les bassins. On entendait seulement le bruit de l'eau dans les canaux et, parfois, au loin, du côté de la croix du Rodeo, l'aboiement inquiet d'un chien.

Je m'arrêtai près d'une des grosses colonnes de pierre et écoutai, retenant ma respiration. J'avais la

bouche sèche comme si elle était tapissée de sable, et
mon sang battait si fort aux poignets et aux tempes
que si, à cet instant, on m'avait ouvert le cœur, on
n'en eût pas trouvé une goutte dedans. Scrutant
l'Alameda avec appréhension, j'écartai la courte
cape de flanelle que je portais sur les épaules, afin de
dégager la poignée de l'épée passée dans mon ceinturon de cuir. Son poids, s'ajoutant à celui de la
dague, m'apportait une singulière consolation dans
cette solitude. Puis je vérifiai le casaquin en peau de
buffle qui me protégeait le torse. Il appartenait au
capitaine Alatriste, et je me l'étais approprié avec
force précautions, profitant de ce que son propriétaire se trouvait en bas avec don Francisco de Quevedo et Sebastián Copons, en train de souper, boire
et parler des Flandres. J'avais feint une indisposition
pour me retirer rapidement et me livrer aux prépara-
tifs que j'avais conçus après avoir passé toute la journée à réfléchir. C'est ainsi que je m'étais soigneuse-
ment lavé la figure et les cheveux, avant d'enfiler une
chemise propre au cas où, à l'issue de cette aventure,
un morceau de cette chemise devait finir enfoncé
dans ma chair. Le justaucorps du capitaine était trop
grand pour moi, aussi avais-je comblé la différence
en mettant dessous mon vieux pourpoint de valet,
bourré d'étoupe. J'avais complété mon habillement
par des chausses en daim rapiécées qui avaient sur-
vécu au siège de Breda – efficaces pour protéger les

cuisses d'éventuels coups d'épée –, des brodequins à semelles de crin, des guêtres et un bonnet. Ce n'était certes pas la mise qui convenait pour faire la cour aux dames, avais-je pensé en me regardant dans le reflet d'une bassine en cuivre. Mais mieux valait ressembler à un ruffian vivant que finir en mort élégant.

J'étais sorti à pas de loup, le casaquin et l'épée dissimulés sous la cape. Seul don Francisco m'avait aperçu un instant et, de loin, il m'avait adressé un sourire, tout en continuant à converser avec le capitaine et Copons qui, par chance, tournaient le dos à la porte. Une fois dans la rue je m'étais arrangé plus convenablement, tout en marchant vers la place San Francisco ; de là, en évitant les rues plus fréquentées, j'avais suivi du mieux que j'avais pu les parages de la rue des Serpents et de celle du Porc pour déboucher sur l'Alameda déserte.

Pas si déserte que cela, à vrai dire. Une mule hennit sous les ormes. Je sursautai et scrutai l'obscurité du bois jusqu'à ce que mes yeux s'y habituent et que je devine la forme d'une voiture arrêtée près d'une fontaine en pierre. J'avançai très prudemment, la main sur le pommeau de mon épée, et j'aperçus la faible lueur d'une lanterne sourde qui éclairait l'intérieur du carrosse. Et, pas après pas, très lentement, j'arrivai près du marchepied.

– Bonsoir, soldat.

Cette voix me priva de la mienne et fit trembler

la main que je gardais posée sur le pommeau de l'épée. Après tout, peut-être n'était-ce pas un piège. Peut-être était-ce vrai qu'elle m'aimait et que, tenant sa promesse, elle était là, à m'attendre. Il y avait une ombre masculine en haut, sur le siège du cocher, et une autre à l'arrière de la voiture : deux serviteurs silencieux veillaient sur la menine de la reine.

— Je suis heureuse de constater que vous n'êtes pas un couard, murmura Angélica.

J'ôtai mon bonnet. La lueur de la lanterne sourde permettait tout juste de distinguer les formes dans l'ombre, mais elle suffisait pour éclairer le revêtement intérieur, les reflets dorés dans ses cheveux, le satin de sa robe quand elle bougeait sur son siège. J'abandonnai toute précaution. La portière était ouverte et je montai sur le marchepied. Un parfum délicieux m'enveloppa comme une caresse. Cette odeur, pensai-je, est celle de sa peau, et le bonheur de la respirer mérite que je risque ma vie.

— Vous êtes venu seul ?

— Oui.

Il y eut un long silence. Quand elle parla de nouveau, le ton de sa voix semblait admiratif.

— Ou vous êtes vraiment stupide, dit-elle, ou vous êtes vraiment un hidalgo.

Je restai muet. J'étais trop heureux pour gâcher ce moment par des paroles. La pénombre permettait de deviner le reflet de ses yeux. Elle continuait à me regarder sans rien dire. Je frôlais le satin de sa robe.

— Vous avez dit que vous m'aimiez, prononçai-je enfin.

Il y eut de nouveau un très long silence, interrompu par le hennissement impatient des mules. J'entendis le cocher s'agiter sur son siège et les calmer d'un claquement de rênes. A l'arrière, le postillon restait toujours une forme immobile.

— J'ai dit cela ?

Elle demeura un instant sans parler, comme si elle tentait réellement de se souvenir de notre conversation du matin, dans les Alcazars.

— C'est peut-être vrai, conclut-elle.

— Moi, je vous aime, déclarai-je.

— Est-ce pour cela que vous êtes ici ?

— Oui.

Elle penchait son visage vers le mien. Je jure par Dieu que je pouvais sentir ses cheveux m'effleurer la figure.

— Dans ce cas, murmura-t-elle, voilà qui mérite sa récompense.

Elle posa sa main sur mon visage avec une douceur infinie et, soudain, je sentis ses lèvres presser les miennes. Je les eus un moment sur ma bouche, légères et fraîches. Puis elle se retira dans le fond de la voiture.

— C'est seulement une avance sur ce que je

vous dois, dit-elle. Si vous êtes capable de vous garder en vie, vous pourrez réclamer le reste.

Elle donna un ordre au cocher, et celui-ci fit
claquer son fouet. Le carrosse s'ébranla et s'éloigna.
Et je restai interdit, le bonnet dans une main, et les
doigts de l'autre touchant, incrédules, la bouche
qu'Angélica d'Alquézar venait de baiser. L'univers
tournait follement autour de ma tête, et je mis un
long moment à recouvrer mes esprits.

Alors je regardai autour de moi, et je vis les
ombres.

Elles sortaient de l'obscurité, entre les arbres.
Sept formes noires, dissimulées sous des capes et des
chapeaux. Elles approchèrent lentement, comme si
elles disposaient de tout le temps du monde, et je
sentis ma peau se hérisser sous le casaquin de buffle.

– Par Dieu, le gamin est seul, dit une voix.

Cette fois elle ne faisait pas *tiruli-ta-ta*, mais
je reconnus sur-le-champ son grincement métallique, rauque et cassé. Elle venait de l'ombre la plus
proche, qui me parut très grande et très noire. Tous
s'étaient arrêtés en formant cercle, comme s'ils ne
savaient que faire de moi.

– Un si grand filet, ajouta une voix, pour attraper une sardine.

Ce mépris eut la vertu de me réchauffer le sang et de me rendre mon assurance. La panique qui commençait à m'envahir disparut d'un coup. Peut-être ces emmitouflés ne savaient-ils pas quoi faire de la sardine, mais celle-ci avait eu toute la journée pour réfléchir et se préparer, au cas où arriverait ce qu'il était précisément en train d'arriver. Tous les dénouements possibles, y compris le pire, je les avais soupesés et assumés cent fois en imagination, et j'étais prêt. J'eusse seulement voulu me ménager le temps d'un acte de contrition en règle, mais cela, il ne fallait pas y penser. Je fis donc sauter l'attache de ma cape, respirai profondément, me signai et tirai l'épée. Quel dommage, pensai-je avec tristesse, que le capitaine Alatriste ne puisse me voir en ce moment. Il eût aimé constater que le fils de son ami Lope Balboa savait, lui aussi, mourir.

— Allons-y, dit Malatesta.

Il ne put en dire plus, car, me piétant fermement, je lui envoyai un coup d'épée qui traversa sa cape et ne le manqua que d'un pouce. Il fit un bond en arrière pour m'esquiver, et je pus encore lui expédier un autre coup du tranchant de ma lame avant qu'il n'empoigne sa rapière. Celle-ci jaillit de son fourreau avec un sifflement sinistre, et je vis reluire l'acier tandis que l'Italien prenait de la distance pour se donner le temps de se défaire de sa cape et de se mettre en garde. Sentant que ma dernière chance me filait entre les doigts, j'avançai avec décision, en le serrant de nouveau de près ; et déchaîné, mais encore maître de moi, je levai violemment le bras pour feindre un coup de taille à la tête, je passai de l'autre côté et, d'un revers identique, je réitérai, d'une main si heureuse que, s'il n'eût point porté de chapeau, mon ennemi eût rendu prestement son âme à l'enfer.

Gualterio Malatesta recula en trébuchant et en proférant de sonores jurons italiens. Quant à moi, voyant que je ne pouvais pousser plus loin mon avantage, je pivotai sur moi-même, la pointe de mon épée décrivant un cercle, pour faire face aux autres qui, d'abord surpris, avaient finalement porté la main à leur rapière et s'approchaient de moi sans la moindre considération. Il était clair que j'étais jugé et condamné, aussi clair que la lumière du jour que je ne reverrais jamais. Mais ce n'était pas une mauvaise façon de finir pour un natif d'Oñate, pensai-je très vite, tout en tirant ma dague et en me couvrant avec elle de la main gauche. Un contre sept.

— Il est pour moi, les arrêta Malatesta.

Il s'était repris pour revenir sur moi, ferme, l'épée en avant, et je sus qu'il ne me restait plus que quelques instants à vivre. Aussi, au lieu de l'attendre en me mettant en garde, comme il est de règle, je feignis de battre en retraite et, soudain, je me fendis, bondissant comme un lièvre pour lui porter un coup mortel en cherchant son ventre. Mais, quand je m'arrêtai, ma lame n'avait transpercé que l'air, Malatesta était inexplicablement derrière moi, et j'avais été touché à l'épaule, juste à la lisière du casaquin dont le trou laissait échapper l'étoupe du pourpoint que je portais dessous.

— Tu t'en vas en homme, marmouset, dit Malatesta.

Il y avait dans sa voix de la colère et aussi de l'admiration. Mais j'avais dépassé ce point sans retour où les paroles deviennent vaines, et je me moquais bien de son admiration, de sa colère ou de son mépris. Aussi fis-je volte-face sans rien dire, comme je l'avais vu si souvent faire au capitaine Alatriste : jarrets fléchis, la dague dans une main et l'épée dans l'autre, réservant mon souffle pour le dernier assaut. Rien n'aide plus à bien mourir, avais-je entendu dire un jour le capitaine, que de savoir que tu as fait tout ce qui était en ton pouvoir pour l'éviter.

C'est alors qu'un coup de pistolet retentit derrière les ombres qui m'encerclaient, et qu'un éclair illumina les silhouettes de mes ennemis. L'un d'eux avait à peine eu le temps de mordre la poussière que, déjà, un autre coup de feu éclatait en illuminant l'Alameda, et je pus voir le capitaine Alatriste, Copons et don Francisco de Quevedo qui, l'épée à la main, fondaient sur nous comme s'ils sortaient des entrailles de la terre.

Loué soit Dieu qu'il en soit advenu ainsi. La nuit devint un tourbillon d'épée brandies, de cliquetis de lames, d'étincelles et de cris. Il y avait deux corps à terre et huit hommes qui se battaient autour de moi, ombres confuses qui se reconnaissaient par instants, à la voix, et s'escrimaient au milieu des coups, des croche-pieds et des envols de capes. J'affermis mon épée dans ma main droite et allai sans hésiter vers celui qui me sembla le plus proche ; et dans cette confusion, avec une facilité dont je restai le premier surpris, je lui plantai résolument un bon quart de lame dans le dos. Je l'enfonçai et la retirai, tandis que le blessé se retournait en poussant un hurlement – je sus ainsi que ce n'était pas Malatesta – et m'assénait, du tranchant de sa lame, un coup féroce que je pus parer avec la dague, mais qui brisa la garde de celle-ci et me meurtrit les doigts de la main gauche. Je fondis sur lui, le bras levé en arrière, la pointe en avant, je sentis sa rapière toucher mon casaquin et, sans m'y arrêter, je coinçai sa lame entre coude et côtes pour l'immobiliser tandis que je lui portais un nouveau coup d'épée, entrant bien profond, cette fois, de sorte qu'il tomba à terre et moi avec lui. Je levai ma dague pour l'achever sur-le-champ, mais il ne remuait plus et de sa gorge sortait le râle rauque de l'homme qui s'étouffe dans son propre sang. Aussi, agenouillé sur sa poitrine, je dégageai ma lame et retournai au combat.

Le compte, maintenant, était plus égal. Copons, que je reconnus à sa petite taille, pressait un adversaire que j'entendis jurer comme un mécréant entre deux coups de lame et passer soudain des blasphèmes aux gémissements de douleur. Don Francisco de Quevedo affrontait avec sa dextérité coutumière deux adversaires qui ne faisaient pas le poids, en boitillant de l'un à l'autre. Et le capitaine Alatriste, qui avait cherché Malatesta au milieu de la bataille, se battait avec celui-ci un peu plus loin, près d'une fontaine en pierre. Le reflet de la lune dans l'eau découpait leurs silhouettes et leurs épées, on les voyait se fendre et rompre, avec des ruses, des feintes et de formidables coups d'estoc. J'observai que l'Italien avait laissé de côté sa loquacité et son maudit sifflement. Ce n'était pas une nuit à gaspiller son souffle en fioritures.

Une ombre s'interposa. J'avais le bras douloureux à force de tant l'agiter, et la fatigue commençait à me gagner. Je reçus une avalanche de coups de pointe et de tranchant et reculai en me protégeant du mieux que je pouvais, un mieux qui n'était pas si mal. Ma crainte était de tomber dans l'un des bassins que je savais tout près, derrière moi, bien qu'une simple baignade soit toujours préférable à un bain de sang. Mais je me vis débarrassé de mes inquiétudes par Sebastián Copons qui, libéré de son adversaire, marcha sur le mien en l'obligeant à se défendre sur deux fronts à la fois. L'Aragonais se battait comme une machine, serrant l'autre de près et l'obligeant à lui prêter plus d'attention qu'à moi. Ce que voyant, je me glissai sur son côté, pour lui donner un coup de dague lorsque Copons lui porterait sa prochaine botte. Et j'allais le faire, quand, de l'hôpital de l'Amour de Dieu, au-delà des colonnes d'Hercule, des lumières apparurent et des voix se firent entendre, qui criaient « Arrêtez au nom de la loi, rendez-vous à la justice du roi ! ».

– C'est le guet ! grinça Quevedo entre deux coups d'épée.

Le premier à prendre les jambes à son cou fut l'adversaire mal en point de Copons, et, le temps d'un *ite missa est*, don Francisco se retrouva également seul. Des assaillants, il ne restait que trois hommes à terre et un quatrième qui s'éloignait en se traînant sous les arbustes et en gémissant de douleur. Nous allâmes vers le capitaine et, arrivés près de lui, nous le vîmes immobile, la lame encore à la main, contemplant l'obscurité où Gualterio Malatesta avait disparu.

– Partons, dit Quevedo.

Les lumières et les voix des alguazils se rapprochaient. Ils continuaient d'invoquer le roi et la justice ; mais ils ne se hâtaient guère, peu soucieux de mauvaises rencontres.

— Et Iñigo ? demanda le capitaine, encore tourné vers l'endroit où s'était enfui son ennemi.

— Iñigo va bien.

C'est alors qu'Alatriste se retourna pour me regarder. A la faible lueur de la lune, je devinai ses yeux rivés sur moi.

— Ne me fais plus jamais ça, dit-il.

Je jurai que plus jamais je ne le ferais. Puis nous ramassâmes nos chapeaux et nos capes, et nous partîmes en courant sous les ormes.

Bien des années ont passé depuis. Avec le temps, chaque fois que je reviens à Séville, je dirige mes pas vers cette Alameda – qui est restée telle que je l'ai connue –, et là, je me laisse toujours envahir par les souvenirs. Il est des lieux qui marquent la géographie d'une vie d'homme ; et celui-ci en est un, comme le furent la porte des Âmes, les prisons de Tolède, les plaines de Breda ou les champs de Rocroi. Entre tous, l'Alameda d'Hercule occupe une place particulière. Sans m'en rendre compte, j'avais mûri dans les Flandres ; je ne l'ai su que cette nuit-là, à Séville, quand je me suis vu seul face à l'Italien et à ses sbires, une épée à la main. Angélica d'Alquézar et Gualterio

Malatesta, sans le vouloir, m'ont permis d'en prendre conscience. Et ainsi, j'ai appris qu'il est facile de se battre quand les camarades sont là, ou que les yeux de la femme que vous aimez vous observent, en vous donnant force et courage. Ce qui est difficile, c'est de lutter seul dans l'obscurité, sans autres témoins que son honneur et sa conscience. Sans récompense et sans espoir.

Par Dieu, la route a été longue. Tous les personnages de cette histoire, le capitaine, Quevedo, Gualterio Malatesta, Angélica d'Alquézar sont morts depuis longtemps ; et c'est seulement dans ces pages que je peux les faire revivre, en les retrouvant tels qu'ils ont été. Leurs ombres, les unes adorées, les autres haïes, demeurent intactes dans ma mémoire, avec cette époque brutale, violente et fascinante que sera toujours pour moi l'Espagne de ma jeunesse, l'Espagne du capitaine Alatriste. Aujourd'hui mes cheveux sont gris, ma mémoire est douce-amère comme l'est toute mémoire lucide, et je partage l'étrange lassitude qu'ils semblaient tous traîner avec eux. Avec le passage des ans, j'ai aussi appris que la lucidité se paye de la désespérance, et que la vie de l'Espagnol a toujours été un long chemin qui ne mène nulle part. En parcourant le bout de ce chemin qui me revenait, j'ai perdu beaucoup de choses, et j'en ai gagné quelques autres. Aujourd'hui, dans ce voyage qui continue de me sembler interminable – le soupçon m'effleure parfois qu'Iñigo Balboa ne mourra jamais –, j'ai acquis la résignation des souvenirs et des silences. Et je comprends enfin que tous les héros que j'ai admirés en ce temps-là étaient des héros fatigués.

Cette nuit-là, je ne dormis guère. Allongé sur ma paillasse, j'entendais la respiration tranquille du capitaine, et je voyais la lune disparaître dans un coin de la fenêtre ouverte. J'avais le front brûlant comme si j'étais pris de la fièvre quarte, et la sueur trempait mes draps autour de mon corps. Du bordel voisin arrivaient parfois un rire de femme ou les notes isolées d'une guitare.

Agité, incapable de trouver le sommeil, je me levai pour aller, pieds nus, m'accouder à la fenêtre. La lune donnait aux toits une apparence irréelle, et le linge étendu sur les terrasses pendait immobile comme des suaires blancs. Naturellement, je pensais à Angélica.

Je n'entendis le capitaine Alatriste que lorsqu'il fut près de moi. Il était, lui aussi, en chemise et pieds nus. Il resta comme moi à regarder la nuit sans rien dire, et j'observai du coin de l'œil son nez aquilin, ses yeux clairs concentrés sur l'étrange clarté extérieure, sa moustache épaisse qui accentuait son profil formidable de soldat.

— Elle est fidèle aux siens, dit-il enfin.

Cet « elle » dans sa bouche me fit frémir. Puis j'acquiesçai sans mot dire. Du haut de mes brèves années, j'aurais discuté n'importe quelle opinion sur n'importe quel sujet ; mais pas celle-là, à laquelle je ne m'attendais pas. Je pouvais la comprendre.

— C'est naturel, ajouta-t-il.

Je ne sais s'il se référait à Angélica ou à mes sentiments contradictoires. Soudain, je sentis comme un malaise envahir ma poitrine. Une étrange angoisse.

— Je l'aime, murmurai-je.

A peine avais-je prononcé ces mots que je fus pris d'une honte intense. Mais le capitaine ne se moqua pas de moi, il ne me fit pas non plus de remarques oiseuses. Il demeurait immobile, en contemplant la nuit.

— Nous aimons tous une fois, dit-il. Ou plusieurs.

— Plusieurs ?

Ma question parut le prendre au dépourvu. Il se tut un moment, comme s'il se considérait obligé d'ajouter quelque chose mais ne savait pas très bien quoi. Il s'éclaircit la gorge. Je l'entendais s'agiter près de moi, mal à l'aise.

— Un jour, cela s'arrête, dit-il finalement. C'est tout.

— Je l'aimerai toujours.

Le capitaine tarda un instant à répondre.

– Bien sûr, dit-il.

Il resta un moment sans parler puis répéta très bas :

– Bien sûr.

Je sentis qu'il levait la main pour la poser sur mon épaule, tout comme il l'avait fait dans les Flandres le jour où Sebastián Copons avait égorgé le Hollandais blessé après le combat du moulin Ruyter. Mais, cette fois, il n'acheva pas son geste.

– Ton père…

Il laissa aussi cette phrase en l'air, sans la terminer. Peut-être, pensai-je, cherchait-il à me dire que son ami Lope Balboa aurait aimé me voir cette nuit, à seize ans à peine, l'épée et la dague à la main, seul face à sept hommes. Ou écouter son fils en train de dire qu'il était amoureux d'une femme.

– Tu t'es bien comporté, tout à l'heure, dans l'Alameda.

Je rougis d'orgueil. Dans la bouche du capitaine Alatriste, ces mots valaient la rançon d'un Génois. Le « couvrez-vous » d'un roi à un grand d'Espagne.

– Je savais que c'était un guet-apens, dis-je.

Pour rien au monde, je ne voulais qu'il croie que j'étais allé me fourrer dans la gueule du loup comme un valet écervelé. Le capitaine hocha la tête pour me rassurer.

– Je sais que tu le savais. Et je sais que le guet-apens n'était pas pour toi.

– Angélica d'Alquézar, dis-je avec toute la fermeté que je pus, ne concerne que moi.

Cette fois, son silence dura longtemps. Je regardais par la fenêtre, d'un air obstiné, et le capitaine m'observait sans parler.

– Bien sûr, dit-il de nouveau, à la fin.

Les scènes toutes fraîches de cette journée se bousculaient dans ma tête. Je touchai ma bouche, où elle avait appuyé ses lèvres. Vous pourrez réclamer le reste de la dette, avait-elle dit. Si vous survivez. Puis je pâlis au souvenir des sept ombres surgissant de l'obscurité du sous-bois. Mon épaule était encore douloureuse du coup d'épée qu'avaient arrêté le justaucorps du capitaine et mon pourpoint bourré d'étoupe.

– Un jour, murmurai-je, comme si je pensais tout haut, je tuerai Gualterio Malatesta.

J'entendis rire le capitaine à côté de moi. Il n'y avait pas de moquerie dans ce rire, ni de dédain pour ma suffisance de jeune coq. C'était un rire contenu, à voix basse. Affectueux et doux.

– C'est possible, dit-il. Mais avant, je dois tenter de le tuer moi-même.

Le lendemain, nous commençâmes le recrutement. Nous le fîmes sans tambour ni trompette, sans sergents, avec la plus grande discrétion du monde.

Et pour le genre d'individus que requérait l'affaire, Séville était l'endroit rêvé. Si nous admettons que le premier père de l'homme fut un voleur, sa première mère une menteuse, et le premier enfant un assassin – rien de nouveau sous le soleil –, tout cela trouvait sa confirmation dans cette ville riche et turbulente, où respecter les dix commandements était le plus sûr moyen de périr assassiné. Ici, dans les tavernes, les bordels et les tripots, dans la cour des Orangers de l'église Majeure et jusque dans la prison royale, qui était comme de juste la capitale de la gueuserie des Espagnes, abondaient les fendeurs de nasaux et les mercenaires de l'épée ; chose qui semblait naturelle dans une ville peuplée de chevaliers de fortune, d'hidalgos de rapines et de gentilshommes vivant de l'air du temps et les pouces à la ceinture, adeptes de la règle de la cour des Miracles, qui veut que les juges et les alguazils se taisent pour peu qu'on leur mette un bâillon d'argent. Le plus grand rassemblement, enfin, des plus hardis scélérats que Dieu ait créés, avec d'innombrables églises pour le droit d'asile, où l'on tuait à crédit pour un liard, pour une femme ou pour un mot.

> *Qui n'a vu Gonzalo Xeniz,*
> *Gayoso et Ahumada,*
> *fendre les gens en deux*
> *et marquer les visages au fer...*

Le problème était que dans une Séville de cette Espagne de beaucoup de bravade et de peu de vergogne, nombreux, parmi ceux qui faisaient profession de tuer, étaient les vantards, gens sans aveu qui juraient de leur bravoure et, entre deux pichets de vin, expédiaient en paroles vingt ou trente adversaires d'affilée ; rodomontades d'hommes qui n'avaient jamais tué dans des guerres qu'ils n'avaient jamais faites, qui se targuaient d'occire sans coup férir tant d'estoc que de taille, se pavanant avec des chapeaux aussi larges que des parasols, des justaucorps de daim, jambes torses et regard noir, boucs en croc et moustaches en quillons de dague, mais qui, à l'heure de la vérité, étaient incapables, en se mettant à vingt, de tenir tête à un argousin mal luné, et s'évanouissaient sur le chevalet au premier tour de corde. De sorte qu'il était indispensable de bien connaître la musique, comme le capitaine Alatriste, pour ne pas se laisser jeter de la poudre aux yeux par la fleur de tous ces traîne-rapières. Il commença donc le recrutement en se fiant à son œil expérimenté dans les tavernes du quartier de La Heria et de Triana, à la recherche de vieilles connaissances ayant la main rapide et la langue peu loquace, des braves authentiques et non des histrions ; de ces hommes qui tuaient sans laisser le temps d'aller à confesse, pour que la justice ne vienne pas y fourrer son nez. Et qui, dans les affres de la question ordinaire et extraordinaire, ne donnaient pour gages que leur gorge ou leur dos, devenus muets sauf pour en appeler à l'Église ou dire je ne sais rien, et ne livraient aucune information, même si on leur faisait promesse de les sacrer chevaliers de Calatrava :

Maître en escrime était don Alonso Fierro,
maniant superbement la dague et la rapière.
Tout Séville cédait devant un tel héros
qui prenait un doublon pour chaque mise en bière.

Et précisément, pour ce qui est d'en appeler à l'Église ou de jouer les innocents, Séville possédait, quand il s'agissait d'échapper à la justice, le plus fameux asile du monde dans la cour des Orangers de la cathédrale, dont le nom et l'utilité sont restés éclatants avec cet autre couplet :

Parti de Cordoue en courant,
j'entrai dans Séville expirant.
Et là je me fis jardinier
dedans la cour des Orangers.

Le cloître de l'église Majeure était la cour de l'ancienne mosquée arabe, de même que la tour de la Giralda correspondait à l'ancien minaret des Maures. Spacieuse, avec sa charmante fontaine au

milieu et les orangers qui la peuplaient et lui donnaient son nom, la fameuse cour s'ouvrait, par sa
porte principale, sur le parvis de marbre qui, entouré
de chaînes, formait des marches autour du temple,
lesquelles, durant la journée, étaient un lieu de promenade pour les oisifs et les malandrins, ainsi que de
commérages pour toute la ville à l'instar des marches
de San Felipe de Madrid. Le cloître, par son caractère d'enceinte sacrée, était l'endroit choisi comme
asile par les ruffians, fiers-à-bras et malandrins ayant
maille à partir avec la justice, qui y vivaient librement, campant tout à leur à aise, recevant leurs
coquines et leurs camarades de jour comme de nuit,
les plus exposés ne s'aventurant pas en ville, sauf en
compagnie assez nombreuse pour que les alguazils
eux-mêmes n'osent les affronter. L'endroit a été
décrit par les plumes les mieux taillées des lettres
espagnoles, du grand don Miguel de Cervantès à
don Francisco de Quevedo : c'est pourquoi j'éviterai
de discourir plus longuement sur le sujet. Il n'est
point de roman picaresque, de chronique de soldat
ni de chanson gaillarde qui ne mentionnent Séville et
la cour des Orangers. Il vous suffira, amis lecteurs,
de tenter d'imaginer le climat de ce lieu légendaire, si
proche du quartier des marchands de soie et de celui
des marchands de laine, avec ses repris de justice, et
le monde de la truanderie qui s'agglutinait là comme
punaises dans bois de lit.

J'accompagnai le capitaine dans son recrutement, et nous arrivâmes au cloître de jour et par
bonne lumière, à l'heure où il était aisé de reconnaître les visages. Sur les marches de l'entrée principale battait le pouls de cette Séville multicolore et
parfois cruelle. A cette heure, les marches four-
millaient de désœuvrés, promeneurs, vendeurs ambu-
lants, fripons, femmes aux œillades aguichantes, ten-
drons voilés et couvés par une vieille et un petit page,
tire-laine experts en leur office, mendiants et saute-
ruisseaux. Dans la foule, un aveugle vendait des
feuillets en criant le récit de la mort d'Escamilla :

> *C'était le brave Escamilla,*
> *gloire et honneur de Séville...*

Une demi-douzaine de bravaches assemblés
sous la voûte de la porte principale écoutaient avec
ravissement les tumultueux détails de la vie du spadassin légendaire, fleuron de la geste locale. Nous
passâmes près d'eux pour entrer dans la cour, et le
regard chargé de curiosité que le groupe adressa au
capitaine Alatriste ne m'échappa point. A l'intérieur,
l'ombre des orangers et la charmante fontaine abri-
taient une trentaine d'individus qui étaient la
réplique de ceux de la porte. C'était là cette bourse
aux fines lames où les honnêtes gens n'étaient point
admis, et que l'on n'abandonnait qu'en donnant

quittance de sa vie. Là se réfugiaient ceux qui étaient recherchés pour avoir, au moins, ouvert une balafre d'une paume dans la figure d'un quidam ou séparé quelques âmes de leur matière corruptible. Ils portaient plus de fer qu'il en est chez un armurier de Tolède, et tout n'était que casaquins en cuir de Cordoue, bottes à revers et chapeaux à large bord, moustaches immenses et reins cambrés. Pour le reste, cela ressemblait à un campement de gitans, avec des petits feux sur lesquels chauffaient des marmites, des courtines étendues sur le sol, des besaces, des nattes sur lesquelles certains dormaient, et deux tables de jeu, l'une où l'on jouait aux cartes et l'autre aux dés, entourées d'hommes qui, excités par le vin, misaient jusqu'à l'âme qu'ils avaient déjà donnée en gage au diable quand ils étaient encore au berceau. Quelques bellâtres étaient en étroite conversation avec leurs ribaudes, dont certaines n'étaient plus très jeunes, mais toutes taillées sur le même patron, courtisanes court-vêtues, marquées par la vie et l'âpreté au gain, qui venaient rendre compte des réaux laborieusement moissonnés dans les rues de Séville.

Alatriste s'arrêta devant la fontaine et observa. Je me tenais derrière lui, fasciné par tout ce que je voyais. Une catin à l'allure provocante, la cape pliée sur l'épaule comme si elle était prête à engager le fer, le salua en le traitant de beau garçon avec un aplomb éhonté ; en l'entendant, deux fiers-à-bras qui jouaient aux dés à l'une des tables se levèrent lentement en nous regardant de travers. Ils étaient vêtus comme tout bon matamore : cols très ouverts à la wallonne, bas de couleur et baudriers d'une paume de large avec d'énormes boucles. Le plus jeune portait un pistolet en place de dague à la ceinture, d'où pendait une rondache de liège.

— En quoi pouvons-nous vous servir, monsieur ? demanda le premier.

Le capitaine les dévisageait, impassible, les pouces passés dans son ceinturon, le chapeau rabattu en arrière.

— En rien, messieurs, dit-il. Je cherche un ami.

— Peut-être le connaissons-nous, dit l'autre ruffian.

— Peut-être, en effet, répondit le capitaine, et il promena son regard à l'entour.

Les deux personnages se lancèrent un coup d'œil. Un troisième qui rôdait dans les parages s'approcha, curieux. J'observai le capitaine du coin de l'œil, mais je le vis très froid et très serein. Tout compte fait, ce monde était aussi le sien. Mieux que quiconque, il en connaissait les mœurs sur le bout des doigts.

— Peut-être, monsieur, désirez-vous... commença l'un d'eux.

Sans plus s'en préoccuper, Alatriste poursuivit son chemin. Je le suivis sans perdre de vue les ruffians qui chuchotaient entre eux pour décider s'il s'agissait là d'un affront et si, dans ce cas, il convenait ou non de planter quelques coups de lame dans le dos de mon maître. Ils ne durent pas réussir à se mettre d'accord, car la chose en resta là. Le capitaine regardait maintenant dans la direction d'un groupe assis à l'ombre du mur : trois hommes et deux femmes discutaient avec animation en buvant à une outre d'au moins deux arrobes. Alors je le vis sourire.

Il s'approcha de cette bande et s'y mêla. En nous voyant, les autres arrêtèrent leur conversation, l'air méfiant. L'un des hommes était très brun de peau et de poil, avec d'énormes favoris qui descendaient jusqu'aux mâchoires. Il avait au visage quelques marques qui n'étaient pas précisément de naissance, et de grosses mains aux ongles noirs et crochus. Il était bardé de cuir, portait une épée large, courte et dentelée, et avait doublé ses grègues d'une étoffe grossière, avec d'insolites lacets verts et jaunes. En apercevant mon maître, il interrompit son discours et resta bouche bée, assis là où il était.

— Je veux bien être pendu à la pomme du mât, dit-il enfin, stupéfait, si ce n'est pas le capitaine Alatriste.

— Ce qui m'étonne, cher Juan Jaqueta, c'est que pendu, vous ne le soyez toujours pas.

Le ruffian lança deux jurons et un éclat de rire, puis se leva en secouant ses culottes.

– D'où venez-vous donc, seigneur capitaine ? demanda-t-il en serrant la main qu'Alatriste lui tendait.

– De par là.

– Seriez-vous ici, vous aussi, pour fuir le monde ?

– Je suis en visite.

– Par le sang du Christ, je me réjouis de vous voir.

Le dénommé Jaqueta demanda joyeusement l'outre de vin à ses compères, la fit circuler comme il convenait, et j'en eus moi aussi ma part. Après avoir évoqué le souvenir d'amis communs et de quelques combats partagés – je sus ainsi que le ruffian avait été soldat à Naples, et non des pires, et qu'Alatriste avait été accueilli jadis dans cette même cour –, nous allâmes un peu à l'écart. Sans détour, le capitaine dit à l'homme qu'il y avait une besogne pour lui. Faite sur mesure, avec de l'or à la clé.

– Ici ?

– A Sanlúcar.

Désolé, le ruffian fit un geste d'impuissance.

– S'il s'agissait d'une affaire facile et de nuit, il n'y aurait aucun problème, expliqua-t-il. Mais je ne peux guère me promener, car, la semaine dernière, j'ai mis à mal un marchand, beau-frère d'un chanoine de la cathédrale, et j'ai les argousins à mes basques.

— Cela peut s'arranger.

Jaqueta regarda mon maître avec beaucoup d'attention.

— Vertudieu. Ne me dites pas que vous pouvez avoir des lettres de rémission de l'archevêque.

— J'ai mieux que cela, dit le capitaine en tâtant son pourpoint. Un document qui m'autorise à recruter des amis en les mettant à l'abri de la justice.

— Rien que cela ?

— C'est comme je vous le dis.

— Vous ne vous portez pas mal, pour ce que j'en vois... — L'attention du ruffian s'était changée en respect. — J'imagine que la besogne consiste à se servir de ses mains.

— Vous imaginez bien.

— Des vôtres, seigneur capitaine, et des miennes ?

— Et de quelques autres.

Le fier-à-bras fourgonnait dans ses favoris. Il lança un coup d'œil vers le chœur de ses compères et baissa la voix.

— Il y a de l'aubert ?

— Beaucoup.

— Et en acompte ?

— Trois pièces à double face.

L'autre siffla entre ses dents, admiratif.

— Vive Dieu, voilà qui me convient ; car dans notre profession, capitaine, les prix sont au plus bas... Pas plus tard qu'hier, un quidam est venu me voir, qui prétendait que j'estourbisse l'amant de sa légitime pour seulement vingt ducats… Que vous en semble ?

— Une honte.

— À qui le dites-vous. — Le fier-à-bras se dandinait, le poing sur la hanche, dans la posture du matamore. — Aussi lui ai-je répondu qu'à ce tarif-là tout ce que je pouvais faire était une balafre de dix points sur la figure, à la rigueur douze… Nous avons discuté, il n'y a rien eu à faire, et j'ai bien failli estoquer le client, mais gratis.

Alatriste regardait autour de lui.

— Pour notre affaire, j'ai besoin de gens de confiance… Pas des spadassins de comédie, mais de fines lames triées sur le volet. Qui ne soient pas du genre à pousser la chansonnette devant un greffier.

Jaqueta hocha affirmativement la tête d'un air entendu.

— Combien ?

— Une bonne douzaine, voilà ce qu'il me faut.

— L'affaire est d'importance, ce me semble.

— Vous n'imaginez quand même pas que je suis parti à pareille pêche aux requins pour trucider une petite vieille.

— Je m'en charge. Les risques sont grands ?

— Raisonnables.

Songeur, le fier-à-bras plissait le front.

— Ici, presque tout n'est que carogne, dit-il. La

plupart ne sont bons qu'à couper les oreilles à des manchots ou à rouer leurs ribaudes de coups de ceinturon quand il manque cinq réaux au compte de la journée... – Il indiqua discrètement un homme de son groupe. – Celui-là pourrait nous convenir. Il se nomme Sangonera et a été aussi soldat. Méchant, bonne main, et pieds meilleurs encore... Je connais également un mulâtre qui s'abrite à l'église San Salvador : un certain Campuzano, solide et très discret, à qui on a voulu, il y a six mois, attribuer une mort, laquelle certes ne revenait qu'à lui et à quelques autres, et qui a supporté sans broncher quatre tours de corde, car il est de ceux qui savent que toute faiblesse de la langue se paye du garrot.

– Sage prudence, confirma Alatriste.

– Et puis, poursuivit Jaqueta philosophe, non ou oui, c'est le même nombre de lettres.

– Le même.

Alatriste regarda l'homme de la petite bande, assis près du mur. Il réfléchissait.

– Va pour ce Sangonera, dit-il enfin, si vous me le recommandez et si sa conversation me convainc... Je jetterai aussi un coup d'œil au mulâtre, mais j'ai besoin de plus de monde.

Jaqueta fit mine de chercher dans sa mémoire.

– Il y a encore quelques bons camarades à Séville, comme Ginesillo le Mignon ou Guzmán Ramírez, qui sont gens de grand sang-froid... Vous

vous souvenez sûrement de Ginesillo, il a expédié un argousin qui l'avait traité publiquement de sodomite, il y a dix ou quinze ans, à l'époque où vous honoriez ces lieux de votre présence.

— Je me souviens du Mignon, confirma Alatriste.

— Alors vous vous souviendrez aussi qu'il a subi trois fois les brodequins sans hausser un sourcil plus haut que l'autre ni lâcher un mot.

— Il est étonnant qu'ils ne l'aient point mis à rôtir, comme c'est leur habitude.

Jaqueta éclata de rire.

— En plus d'être muet, il est devenu très dangereux, et aucun argousin n'a assez de tripes pour lui mettre la main au collet… Je ne sais où il vit, mais je suis sûr qu'il ira ce soir veiller Nicasio Ganzúa à la prison royale.

— Je ne connais pas ce Ganzúa.

En quelques mots, Jaqueta mit le capitaine au courant. Ganzúa était l'un des plus fameux ruffians de Séville, terreur des pourceaux et gloire des tavernes, tripots et maisons closes. En passant dans une ruelle, le carrosse du comte de Niebla l'avait aspergé de boue. Le comte était accompagné de ses gens et de quelques amis, jeunes comme lui, des mots avaient été échangés, on avait dégainé, Ganzúa avait expédié un valet et un ami en moins de temps qu'il ne faut pour le dire, et le Niebla s'en était tiré par miracle avec un coup d'épée à la cuisse. Alguazils et argousins s'en étaient mêlés et, au cours de l'instruction, bien que Ganzúa fût resté bouche cousue, quelqu'un avait mouchardé sur quelques petites affaires anciennes, dont deux autres morts et un célèbre vol de joyaux dans la rue des Bijoutiers. Pour résumer : Ganzúa devait subir le garrot le lendemain, sur la place de San Francisco.

— Il eût convenu à merveille pour notre affaire, regretta Jaqueta, mais pour demain, il ne faut pas y compter. Ganzúa attend la mort et, cette nuit, les camarades lui tiendront compagnie pour mener une dernière bombance et le soutenir dans ce moment critique, comme c'est la coutume en pareils cas. Le Mignon et Ramírez l'ont en grande affection, aussi pourrez-vous certainement les rencontrer là-bas.

— J'irai à la prison, dit Alatriste.

— Dans ce cas, saluez Ganzúa de ma part. Ce sont des occasions où les proches doivent être présents, et je serais allé volontiers veiller avec lui, si je n'étais dans cette situation... — Jaqueta m'examina avec beaucoup d'attention. — Qui est le garçon ?

— Un ami.

— Un peu jeunet, ce me semble. — Le ruffian continuait de m'étudier avec curiosité, non sans s'arrêter sur la dague que je portais passée dans ma ceinture. — Il est aussi de la partie ?

— Parfois.

– Jolie arme, pour expédier son monde.

– Et, tel que vous le voyez, il sait s'en servir.

– Le garnement est précoce.

La conversation se poursuivit sans rien apporter de neuf, de sorte que l'on se donna rendez-vous pour le lendemain, avec la promesse d'Alatriste que la justice serait avisée et que Jaqueta pourrait sortir de la cour sain et sauf. Là-dessus, nous nous séparâmes pour employer le reste de la journée à poursuivre notre recrutement, qui nous mena à La Heria et à Triana, puis à San Salvador, où le mulâtre Campuzano – un nègre gigantesque avec une épée qui ressemblait à un cimeterre – s'avéra du goût du capitaine. De sorte que, le soir venu, mon maître pouvait compter sur une demi-douzaine d'enrôlements sous sa bannière : Jaqueta, Sangonera, le mulâtre, un Murcien fort poilu et jouissant d'une grande réputation dans la grande truanderie, que l'on appelait Pencho Bullas, et deux anciens soldats des galères connus sous les noms d'Enríquez le Gaucher et d'Andresito aux Cinquante : ce dernier ainsi baptisé parce qu'il s'était fait tisser, un jour, un pourpoint à coups de fouet qu'il avait encaissés avec beaucoup de fermeté ; et, la même semaine, le sergent qui avait ordonné le châtiment avait été retrouvé fort proprement égorgé à la porte de la Boucherie, sans que personne ne puisse prouver – autre chose étant de le supposer – qui lui avait coupé la gorge.

Il manquait encore autant de paires de mains ; et pour compléter notre singulière et forte compagnie, Diego Alatriste décida de se rendre sans tarder à la prison royale pour assister Ganzúa. Mais cela, je le conterai par le menu, car soyez-en assurés, amis lecteurs, la prison de Séville mérite bien un chapitre à part.

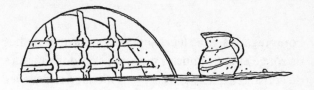

VI

LA PRISON ROYALE

Cette nuit-là, nous nous rendîmes donc à la veillée de Nicasio Ganzúa. Mais, auparavant, je consacrerai un moment à certaine affaire personnelle qui continuait de faire battre mon cœur. A dire vrai, je ne pus rien éclaircir ; mais cela servit au moins à me distraire de la tristesse que me causait le rôle joué par Angélica d'Alquézar dans l'épisode de l'Alameda. Ce fut ainsi que mes pas me portèrent de nouveau vers les Alcazars, dont je fis le tour entier des murailles sans omettre la voûte de la juiverie et la porte du palais, où je restai un temps parmi les curieux, en sentinelle. Cette fois, ce n'était pas la garde jaune qui était de service, mais les archers

bourguignons, avec leurs superbes uniformes damés
de rouge et leurs courtes piques ; je fus donc rassuré
de constater que le gros sergent n'était pas dans les
parages et que rien ne viendrait troubler la fête.
Devant le palais, la place était noire de peuple, car
Leurs Majestés devaient assister à une récitation du
rosaire en l'église Majeure, avant de recevoir une
députation de la ville de Jerez. Cette affaire de Jerez
n'est pas dénuée d'intérêt et vaut la peine d'être
contée au lecteur : ces jours-là, les notables de Jerez,
à l'instar de ceux de Galice, prétendaient acheter
avec de l'argent une représentation aux Cortès de la
Couronne, dans le but de se libérer de l'influence de
Séville. Dans cette Espagne autrichienne, transfor-
mée en cour de marchands, acheter une place aux
Cortès était une pratique fort courante – la ville de
Palencia, entre autres, nourrissait aussi cette ambi-
tion – et la somme offerte par les habitants de Jerez
atteignait le montant respectable de quatre-vingt-
cinq mille ducats, qui iraient tomber dans l'escar-
celle royale. La démarche n'eut pas de suite, parce
que Séville contre-attaqua en subornant le conseil
du Trésor, et la décision finale fut que la demande
serait acceptée à cette seule condition que l'argent ne
vienne pas des contributions des habitants, mais de
la bourse personnelle des vingt-quatre magistrats
municipaux qui briguaient ce siège. Or mettre en
personne la main à la poche était une tout autre his-

toire ; aussi la corporation jérezienne retira-t-elle sa
pétition. Tout cela explique bien le rôle que tinrent
les Cortès à l'époque, la soumission de ceux de Castille et l'attitude des autres ; car, juridictions locales et
privilèges mis à part, elles seules étaient prises en
compte à l'heure de voter de nouveaux impôts ou des
subsides pour les finances royales, la guerre ou les
frais ordinaires d'une monarchie que le comte et duc
d'Olivares rêvait unitaire et puissante. A la différence
de la France et de l'Angleterre, où les rois avaient mis
le pouvoir féodal en miettes et pactisé avec les intérêts
des marchands et des commerçants – ni cette garce
rousse d'Isabelle Iʳᵉ, ni ce fourbe de Richelieu n'y
étaient allés de main morte –, en Espagne, les nobles
et les puissants se divisaient en deux groupes : ceux
qui se pliaient obséquieusement, et de façon presque
abjecte, à l'autorité royale, pour la plupart des Castillans ruinés qui n'avaient pour survivre que le crédit
du roi ; et ceux, bien loin de la Cour, qui, retranchés
dans les juridictions locales et leurs antiques privilèges, poussaient les hauts cris quand on leur demandait de participer aux dépenses ou de financer des
armées. Sans oublier l'Église, qui allait pour son
compte. De sorte que la plus grande part de l'activité
politique consistait en une série de marchandages sur
fond de deniers publics ; et que toutes les crises que
nous devions vivre plus tard sous Philippe IV, les
conjurations de Medina Sidonia en Andalousie et du

duc de Híjar en Aragon, la sécession du Portugal et la guerre de Catalogne, ont été motivées, d'un côté par la rapacité du trésor royal, et, de l'autre, par la résistance des nobles, des ecclésiastiques et des grands commerçants locaux qui refusaient de puiser dans leurs coffres. La visite qu'effectuait pour l'heure le roi à Séville, de même que celle qu'il avait faite en l'an vingt-quatre, n'avait précisément d'autre objet que de juguler l'opposition locale aux nouveaux impôts. Dans cette malheureuse Espagne, il n'existait de plus grande obsession que celle de l'argent, d'où l'importance de la route des Indes. Quant au rôle que la justice et la décence pouvaient tenir dans tout cela, il suffit d'indiquer que, deux ou trois ans plus tôt, les Cortès avaient repoussé un impôt de luxe qui frappait spécialement ceux qui jouissaient de charges, de faveurs, de pensions et de rentes. C'est-à-dire les riches. Si bien que l'ambassadeur de Venise, Contarini, n'énonçait que la triste vérité, quand il écrivait, à l'époque : « La plus grande guerre que l'on puisse faire aux Espagnols est de les laisser se consumer et se faire d'eux-mêmes justice avec leur mauvais gouvernement. »

Mais revenons à mon affaire. Ce soir-là, je déambulais donc dans ces parages, et ma persévérance fut finalement récompensée, encore qu'en partie seulement, car, au bout d'un moment, les portes s'ouvrirent, la garde bourguignonne forma une haie d'honneur, et les rois en personne, accompagnés de nobles et d'autorités sévillanes, parcoururent à pied la courte distance qui les séparait de la cathédrale. Il me fut impossible d'y assister au premier rang, mais, entre les têtes de la foule qui acclamait Leurs Majestés, je pus voir leur défilé solennel. La reine Isabelle, jeune et très belle, saluait avec de gracieux mouvements du chef. Parfois elle souriait, avec cet inimitable charme français qui n'était pas toujours conforme à l'étiquette rigide de la Cour. Elle était habillée à l'espagnole, de satin bleu à crevés sur fond de toile d'argent et brodé de fils d'or, tenait à la main un chapelet en or et un petit livre de prières en nacre, et portait sur la tête et les épaules une splendide mantille en dentelle blanche ourlée de perles. Tout aussi jeune qu'elle, le roi Philippe IV lui donnait galamment le bras, blond, pâle, hiératique et impénétrable comme à son habitude. Il était revêtu d'un riche velours gris argent, d'une courte collerette des Flandres, et portait un médaillon en or serti de diamants, une épée dorée et un chapeau à plumes blanches. L'air solennel de l'auguste époux contrastait avec la grâce et l'aimable sourire de la reine, car il observait toujours le sévère protocole bourguignon que l'empereur Charles avait ramené des Flandres ;

de sorte que, sauf pour marcher, il ne bougeait jamais
ni pied, ni main, ni tête, le regard toujours levé vers le
ciel comme s'il n'avait de comptes à rendre qu'à
Dieu. Ni à cette époque, ni par la suite, personne ne
l'a jamais vu perdre son extraordinaire impassibilité,
que ce soit en public ou en privé. Et moi-même, à
qui, plus tard, la vie a donné l'occasion de le servir et
de l'escorter en des moments difficiles pour lui et
pour l'Espagne – mais comment aurais-je pu l'imaginer ce soir-là ? –, je puis assurer qu'il a toujours gardé
cet imperturbable sang-froid qui a fini par devenir
légendaire. Ce n'était pas pour autant un roi antipathique ; on le voyait fort amateur de poésie, de comé-
dies et de joutes littéraires, d'arts et de mœurs chevale-
resques. Il était courageux, même s'il ne mit jamais le
pied sur un champ de bataille, sauf de loin et plus
tard, au cours de la guerre de Catalogne ; mais à la
chasse, qui était sa passion, il prenait des risques qui
frisaient la déraison, et il lui est arrivé de tuer des sangliers en solitaire. C'était un cavalier consommé : et,
une fois, comme je l'ai conté ailleurs à mes lecteurs, il
s'est gagné l'admiration du peuple en foudroyant un
taureau sur la Plaza Mayor de Madrid d'un coup d'arquebuse bien ajusté. Ses points faibles étaient une certaine mollesse de caractère qui l'a conduit à laisser les
affaires de la monarchie aux mains du comte et duc
d'Olivares, et le goût démesuré des femmes ; lequel,
en certaine occasion – que je vous narrerai, amis lec-

teurs, dans un prochain épisode –, faillit bien lui coûter la vie. Pour le reste, il n'a jamais eu la grandeur ni
l'énergie de son bisaïeul l'empereur, ni l'intelligence
tenace de son aïeul, Philippe II ; mais, s'il s'est toujours diverti plus que de raison, sourd à la clameur du
peuple affamé, aux souffrances des territoires et des
royaumes mal gouvernés, à l'émiettement de l'empire
dont il avait hérité, et à la ruine militaire et maritime,
il est juste de dire que sa douce indolence n'a jamais
éveillé de haines contre sa personne et que, jusqu'à
la fin, il fut aimé du peuple, qui attribuait la plus
grande part de ses malheurs à ses favoris, ministres et
conseillers, dans cette Espagne trop vaste, trop entourée d'ennemis, et à ce point esclave de la vile condition
humaine que même le Christ ressuscité n'eût point
été capable de la conserver intacte.

Je pus voir dans le cortège le comte et duc
d'Olivares, impressionnant tant par l'apparence phy-
sique que par la puissance sans égale qui se dégageait
de chacun de ses gestes et de ses regards ; et aussi le
jeune fils du duc de Medina Sidonia, le comte de
Niebla, très élégant, qui accompagnait Leurs Majestés, avec la fleur de la noblesse. A l'époque, le comte
de Niebla avait un peu plus de vingt ans, il était
encore loin le temps où, devenu neuvième duc du
nom, poursuivi par la haine et la jalousie d'Olivares
et fatigué de la rapacité royale qui s'abattait sur ses
États prospères – revalorisés par le rôle de Sanlúcar

de Barrameda sur la route des Indes –, il devait suc-
comber à la tentation de pactiser avec le Portugal
pour soutenir la sécession de l'Andalousie qui voulait se séparer de la couronne d'Espagne, dans
la fameuse conspiration dont l'échec causa son
déshonneur, sa ruine et sa disgrâce. Derrière lui
venait la longue suite des dames et des gentils-
hommes, y compris les dames d'honneur de la reine.
Et en les regardant, je sentis mon cœur bondir dans
ma poitrine, car Angélica d'Alquézar était là. Elle
était merveilleusement vêtue, de velours jaune avec
des passements d'or, et portait avec grâce la lourde
robe à paniers que surmontait l'ample vertugadin.
Sous sa mantille en dentelle très fine brillaient ces
longues boucles torsadées dont l'or, quelques heures
à peine auparavant, avait effleuré mon visage. Hors
de moi, j'essayai de me frayer un passage dans la
foule pour m'approcher d'elle ; mais les larges
épaules d'un garde bourguignon m'empêchèrent
d'aller plus avant. Angélica passa ainsi tout près,
sans me voir. Je cherchai ses yeux bleus, mais ceux-ci
s'éloignèrent sans lire le reproche, le mépris, l'amour
et la folie qui s'agitaient dans ma tête.

Mais changeons de registre, car j'ai promis de
relater à mes lecteurs la visite à la prison royale et la

veillée de Nicasio Ganzúa. Ce Ganzúa était un ruffian célèbre du quartier de La Heria, fleuron des
hors-la-loi et représentant distingué de la truanderie
sévillane, très apprécié de ses pareils. Le lendemain,
on devait le tirer de la prison au son inharmonieux
des tambours, précédé d'une croix, avant qu'une
corde de chanvre ne lui fasse rendre son dernier
souffle ; de sorte que tout ce que la confrérie des
traîne-rapières comptait d'illustre l'accompagnait
pour son dernier souper, et le faisait avec la gravité,
le fatalisme propre à leur office et la figure de circonstance requis en un tel cas. Cette singulière
manière de dire adieu à un camarade s'appelait, dans
l'argot de la corporation, la dernière ripaille. Et
c'était là une formalité habituelle, car tout un chacun
savait que faire de la bravoure un métier et peiner
dans des « travaux », comme on désignait alors le fait
de gagner son pain au fil de son épée ou de condam-
nable façon, risquaient toujours de se terminer en
raclant le fond des océans, les mains collées au bras
d'une rame sous le fouet du garde-chiourme, ou,
plus expéditivement encore, par le mal de chanvre
ou maladie mortelle de la corde, fort contagieux
parmi les chevaliers d'industrie.

> *Autant en dévorent les ans,*
> *les braves ne durent pas longtemps,*
> *le bourreau les esquinte avant.*

Une douzaine de voix éraillées par les boissons fortes étaient en train de chanter cela en sourdine, quand, à l'heure du premier sommeil, un alguazil à qui Alatriste avait graissé la patte et les scrupules avec un doublon de huit nous conduisit à l'infirmerie, qui était l'endroit où l'on enfermait les condamnés dans la nuit précédant leur exécution – on appelait cela « être en chapelle ». Le reste de la prison, les trois portes fameuses, les grilles, les couloirs et l'ambiance haute en couleur qui y régnait, tout cela a déjà été conté par de meilleures plumes que la mienne, et le lecteur curieux peut s'adresser à don Miguel de Cervantès, à Mateo Alemán ou à Cristóbal de Chaves. Je me bornerai à rapporter ce que je vis au cours de notre visite, à cette heure où l'on avait déjà fermé les portes et où les prisonniers qui jouissaient de la faveur du gouverneur de la prison ou des geôliers pour sortir de cage et y rentrer, libres comme l'air, avaient regagné leurs cellules, à l'exception des privilégiés par leur position ou par leur argent qui dormaient où bon leur chantait. Toutes les femmes, concubines et parents des prisonniers avaient également quitté l'enceinte, et les quatre tavernes et gargotes – vin du gouverneur et eau du tenancier – qui agrémentaient l'honorable établissement étaient fermées jusqu'au matin, de même que les tables de jeu de la cour et les étals de mangeaille et de légumes frais. Bref, cette Espagne en miniature qu'était la prison royale de Séville était allée dormir, avec ses punaises sur les murs et ses puces dans les courtines, y compris dans les meilleures cellules que les prisonniers qui avaient de quoi louaient six réaux par mois au sous-gouverneur, lequel avait acheté sa charge quatre cents ducats au gouverneur tout aussi fripon que lui et qui, à son tour, s'enrichissait en pratiquant pots-de-vin et contrebande de toute nature. Là encore, comme dans l'ensemble de la nation, tout s'achetait et tout se vendait, et mieux valait compter sur l'argent que sur la justice. Ce qui confirmait très à propos le vieux dicton espagnol qui dit que bien sot est celui qui reste affamé quand il fait nuit et qu'il y a des figuiers.

Sur le chemin de la veillée, nous avions fait une rencontre inattendue. Nous venions de laisser derrière nous la grande grille et la prison des femmes, près de l'entrée, à main gauche ; et, tandis que nous passions près de la salle où l'on mettait ceux qui étaient destinés aux galères, plusieurs locataires, en grande conversation derrière les barreaux, tournèrent la tête pour nous regarder. Une torche éclairait cette partie du couloir et, à sa lueur, l'un des hommes qui se trouvait à l'intérieur reconnut mon maître.

– Ou je suis devenu aveugle, dit-il, ou c'est le capitaine Alatriste.

Nous nous arrêtâmes devant la grille. L'individu était un colosse, avec des sourcils si noirs et si fournis qu'ils semblaient n'en former qu'un. Il portait une chemise sale et des culottes de drap grossier.

– Pardieu, Chie-le-Feu, dit le capitaine. Que faites-vous donc à Séville ?

La bouche du géant, ravi de la surprise, s'élargit en un sourire qui lui fendit le visage d'une oreille à l'autre. A la place des incisives inférieures, il y avait un trou noir.

– Voyez vous-même, seigneur capitaine. Me voici gibier de galères. J'en ai pris pour six ans à gauler les poissons dans la grande mare.

– La dernière fois que je vous ai vu, vous faisiez retraite à San Ginés.

– Tout cela est bien loin. – Bartolo Chie-le-Feu haussait les épaules avec la résignation de ses semblables. – Vous savez bien, seigneur capitaine, comment va la vie.

– Et cette fois, de quoi devez-vous répondre ?

– Je paye pour ce que j'ai fait et pour ce que d'autres ont fait. Il paraît qu'à Madrid j'ai dévalisé, avec d'autres camarades – et, en s'entendant mentionner, les camarades, du fond de la geôle, eurent des sourires féroces –, diverses hôtelleries de la Cava Baja, détroussé plusieurs voyageurs à l'auberge de Bubillos, près du port de la Fuenfría...

— Et ?

— Et rien. Vu que je n'avais pas d'espèces sonnantes pour attendrir le greffier, ils m'ont mis plus de
cordes et chevillé plus de clés qu'à une guitare, et me
voilà ici, en l'état où vous me voyez. Préparant mon
échine.

— Quand êtes-vous arrivé ?

— Il y a six jours. Un charmant voyage de sep-
tante-cinq lieues, remercions le Seigneur. Enchaînés
en troupeau, à pied, entourés de gardes et crevant de
froid… A Adamuz, nous voulions nous faire la belle
en profitant de ce qu'il pleuvait à seaux, mais les
pourceaux de l'escorte avaient l'œil, et ils nous ont
amenés ici. Ils nous embarqueront lundi au port de
Santa María.

— Vous m'en voyez fort marri.

— N'en soyez point marri, seigneur capitaine. Je
ne suis pas un freluquet et ces gens sont des durs à
cuire. La chose eût pu tourner plus mal, vu qu'au lieu
des galères ils ont envoyé plusieurs de nos camarades
aux mines de mercure d'Almadén, et ça, c'est la fin
du monde. Bien peu en reviennent.

— Puis-je vous aider en quelque chose ?

Chie-le-Feu baissa la voix.

— Si vous aviez un peu d'aubert en trop, je vous
en resterai éternellement reconnaissant. Ici, tant
votre serviteur que les amis, nous n'avons rien pour
nous défendre.

Alatriste sortit sa bourse et mit quatre écus d'argent dans les grosses pattes du colosse.

— Comment va Blasa Pizorra ?

— Elle est morte, la pauvre. – Chie-le-Feu rangeait discrètement les trente-deux réaux en surveillant ses compagnons du coin de l'œil. – Elle a été recueillie à l'hôpital d'Atocha. Couverte de pustules et sans cheveux, elle faisait peine à voir, la pauvrette.

— Elle vous a laissé quelque chose ?

— Du soulagement. Par son métier, elle avait pris le mal français, et c'est miracle qu'elle ne me l'ait point passé.

— Je suis de tout cœur avec vous.

— Soyez en remercié.

Alatriste esquissa un sourire.

— Peut-être, dit-il, tirerez-vous la bonne carte. A supposer que votre galère soit capturée par les Turcs, vous pourrez accepter d'abjurer et vous finirez à Constantinople, maître d'un harem...

— Ne dites pas cela. – Le colosse semblait réellement offensé. – Chaque chose à sa place, et ni le roi ni le Christ ne portent la faute de l'état où je me trouve.

— Vous avez raison, Chie-le-Feu. Je vous souhaite bonne chance.

— Et moi de même, capitaine Alatriste.

Il resta appuyé à la grille pour nous regarder poursuivre notre marche dans le couloir. On enten-

dait, je l'ai dit, les voix des ruffians qui chantaient
dans l'infirmerie, mêlées aux notes d'une guitare que
quelques prisonniers des cellules voisines accompagnaient du martèlement de leurs couteaux contre les
barreaux, d'une musique de flûtes fausses, voire
d'un simple battement de paumes. La salle de la
veillée avait deux bancs et un petit autel supportant
un christ et un cierge, et l'on avait installé au milieu,
en cette occasion, une table avec des chandelles
de suif entourée de tabourets qu'occupait pour
l'heure, comme les bancs, une représentation choisie
de tout ce que pouvait fournir la truanderie du cru.
Ils étaient là depuis la tombée de la nuit et d'autres
arrivaient encore, sérieux, avec des figures de circonstance, capes rejetées dans le dos, vieux casaquins, pourpoints d'étoupe plus troués que le cul de
la Méndez, chapeaux au bord relevé par-devant,
moustaches en croc, cicatrices, emplâtres, cœurs
portant le nom de leurs concubines et autres emblèmes
tatoués en vert-de-gris sur la main ou le bras, barbes
turques, médailles de la Vierge et des saints, chape-
lets à grains noirs au cou et harnachement complet
avec son compte de dagues et d'épées, couteaux de
boucher à manche jaune glissés dans les chausses
et les bottes. Cette dangereuse senne de requins
s'abreuvait largement aux pichets de vin disposés sur
la table avec de grosses olives, des câpres, du fro-
mage des Flandres et des tranches de lard frit ; ils

s'appelaient entre eux «monsieur», «messire col-
lègue» et «seigneur camarade», parlant l'argot de
leur confrérie. On buvait aux âmes d'Escamilla,
d'Escarramán et de Nicasio Ganzúa, cette dernière
encore présente et bien vivante. On buvait aussi à
l'honneur et à la santé du brave en chapelle – «A
votre honneur, seigneur camarade», disaient les ruffians – et, chaque fois, tous les assistants portaient
avec beaucoup de sérieux leur godet aux lèvres pour
confirmer ces paroles; même dans une veillée de
Biscaye ou dans une noce flamande, on n'eût pu voir
chose pareille. Quant à l'honneur de Ganzúa dont il
était ainsi question, je m'émerveillais, en les voyant
boire, qu'il fût si grand.

> *Qui dans ce jeu veut gagner*
> *le front haut doit s'en aller*
> *car toujours tourner le dos*
> *n'est bon que pour les pétauds.*

Chants, beuverie et conversation continuaient,
comme continuaient d'arriver les compères de la
veillée. Le dénommé Ganzúa était un grand gaillard
qui frisait la quarantaine comme le fil d'une dague
frise la pierre à aiguiser; olivâtre, dangereux, mains
et face larges, avec une moustache d'un empan dont
les féroces pointes cirées remontaient presque jusqu'aux yeux. Pour l'occasion, il s'était mis sur son

trente et un : pourpoint de drap violet avec quelques reprises, manches à crevés, culottes de drap vert, escarpins de ville, ceinture de quatre pouces à boucle d'argent, et c'était merveille de le voir si bien mis et si grave, en bonne compagnie, assisté et réconforté par ses compères, tous le chapeau sur la tête comme des grands d'Espagne, faisant honneur au vin dont ils avaient déjà vidé plusieurs pintes, beaucoup d'autres les attendant encore, car – ne faisant pas confiance à celui que vendait le gouverneur – ils avaient fait venir en abondance pichets et chopines d'une taverne de la rue des Cordonniers. Quant à Ganzúa, il ne semblait pas prendre son rendez-vous du matin trop au tragique, et il tenait son rôle avec fermeté, solennité et décence.

– Mourir est une formalité, répétait-il de temps à autre, avec beaucoup de dignité.

Le capitaine Alatriste, en fin politique qui connaissait la chanson par cœur, alla se présenter à Ganzúa et à la compagnie, transmettant le salut de Juan Jaqueta que, dit-il, son état présent, dans la cour des Orangers, privait du plaisir de tenir cette nuit compagnie au camarade. Le ruffian lui répondit avec la même courtoisie, en nous invitant à prendre place dans l'assistance, ce que fit Alatriste après avoir salué quelques connaissances en train de bâfrer. Ginesillo le Mignon, un élégant gredin blond au regard affable et au sourire dangereux, ses longs

cheveux soyeux coiffés à la milanaise tombant sur les
épaules, l'accueillit fort amicalement en se réjouis-
sant de le voir à Séville et en bonne santé. Tout un
chacun savait que ce Ginesillo était efféminé – je
veux dire qu'il avait peu de goût pour l'acte de
Vénus ; mais pour ce qui est d'avoir du cœur au
ventre il n'avait personne à envier, car il se montrait
aussi redoutable qu'un scorpion tenant chaire d'escrime. D'autres de la même condition n'avaient pas
tant de chance, arrêtés par la justice sous le moindre
prétexte et traités par tous, y compris les autres déte-
nus des prisons, avec une cruauté extrême qui
ne s'arrêtait qu'aux fagots du bûcher. Dans cette
Espagne si souvent hypocrite et vile, chacun pouvait
coucher avec sa sœur, ses filles ou sa grand-mère, il
ne se passait rien ; mais commettre le péché abomi-
nable vous valait d'être brûlé vif. Tuer, voler, cor-
rompre, suborner, n'était pas grave. Cette chose-là,
si. Comme l'étaient le blasphème ou l'hérésie.

Toujours est-il que je m'assis sur un tabouret,
goûtai au pichet, mangeai quelques câpres, et restai
attentif à la conversation et aux grands arguments que
les autres donnaient à Nicasio Ganzúa en manière
de consolation ou d'encouragement. Les médecins
tuent plus que les bourreaux, dit quelqu'un. Un
compère fit remarquer que la lime sourde, c'est-à-
dire le greffier, est toujours l'amie des mauvais procès. Un autre que mourir était fâcheux mais inévi-

table, y compris pour les ducs et les papes. L'un maudissait l'engeance des avocats, qui n'avait d'équivalent, affirmait-il, ni chez les Turcs ni chez les luthériens. Que Dieu nous fasse la grâce d'être notre juge, disait l'autre, et laisse la justice aux fripons. Un autre se désolait d'une sentence telle que celle-là, qui privait le monde d'un membre aussi illustre de la confrérie.

— Je suis bien chagrin, monsieur, dit un prisonnier qui assistait également à la veillée, que ma sentence, que j'attends d'un jour à l'autre, ne soit point encore signée... Et je maudis le diable qu'elle ne m'arrive point céans, car j'aurais eu le plaisir de vous accompagner demain.

Tous trouvèrent que cette déclaration venait d'un bon camarade, louèrent sa pertinence et firent voir à Ganzúa combien ses amis le tenaient en estime, et quel honneur c'était pour eux de lui faire escorte en ce douloureux moment, comme le feraient au matin ceux qui pourraient passer sur la place de San Francisco sans crainte des gens d'armes. Car c'était un pour tous et tous pour un, et, à un homme d'honneur dans la peine, il reste toujours les amis.

— Vous faites bien, monsieur, d'affronter ce coup du sort avec le même détachement que moi pour affronter la vie, opina un balafré aux longs cheveux aussi gras que son col à la wallonne, que l'on appelait le Brave des Galions et qui était une canaille fieffée, originaire de Chipiona.

– Par le siècle de mon aïeul, voilà une grande vérité, répondit Ganzúa, serein. Car personne ne m'a rien fait que je ne lui aie fait payer. Et s'il en reste un, quand au jour de la résurrection de la chair je poserai de nouveau le pied sur cette terre, je lui ferai rendre jusqu'à son âme.

Tous les compères acquiescèrent solennellement, en affirmant que c'était bien là parole d'hidalgo, que chacun savait que demain, au moment fatal, il ne détournerait pas les yeux ni ne se perdrait en discours inutiles ; que ce n'était pas pour rien qu'il était un homme, et rejeton de Séville ; il était notoire que La Heria ne produisait pas de couards, et d'autres avant lui avaient avalé cette potion sans nausée. Un autre qui avait un accent lusitanien prononcé fit valoir comme une consolation que c'était du moins la justice royale, comme qui dirait le roi en personne, qui retranchait Ganzúa du monde, et pas n'importe quelle justice. Qu'il eût été déshonorant pour si illustre brave de se voir expédié par le premier venu. Cette dernière considération philosophique fut très appréciée de l'assistance, et l'intéressé lui-même caressa sa moustache, satisfait de la pertinence de l'argument. Elle était due à un ruffian aussi peu fourni en chairs qu'en cheveux, lesquels formaient une couronne grise et frisée autour d'un respectable crâne recuit par le soleil. Il avait été, disait-on, théologien à Coïmbre, jusqu'à ce qu'une mauvaise dispute le pousse sur le chemin de la truanderie. Tous le tenaient pour un homme de lettres et de loi autant que de rapière, il était connu sous le nom de Saramago le Portugais, très hidalgo mais fort mesuré, et l'on disait de lui qu'il expédiait des âmes par nécessité, car il économisait comme un juif pour imprimer à ses frais un interminable poème épique auquel il travaillait depuis vingt ans et qui racontait comment la péninsule ibérique se détachait de l'Europe et flottait à la dérive comme un radeau sur l'océan, avec un équipage d'aveugles. Ou quelque chose de ce genre.

– Je regrette seulement pour Maripizca, dit Ganzúa entre deux godets.

Maripizca Cœur-en-Or était la concubine du ruffian, que l'exécution, au dire de la compagnie, laissait seule au monde. Elle était venue lui rendre visite dans l'après-midi, avec force cris et tapage : hélas, lumière de mes yeux, condamné de mon âme, etc., s'évanouissant tous les cinq pas dans les bras de vingt chenapans, camarades du prisonnier ; et, à ce que l'on contait, Ganzúa, dans un tendre entretien prémortuaire, lui avait recommandé son âme, c'est-à-dire plusieurs messes – un ruffian ne se confessait pas, même sur le chemin de l'échafaud, tenant pour peu honorable de bailler à Dieu ce qu'il ne livrait pas

sur le chevalet –, et dit de se concerter, en usant de
son corps ou de son argent, avec le bourreau pour
que, le lendemain, tout se passe dignement et soit
mené comme il le fallait, et qu'il ne fasse pas triste
figure quand il aurait le chanvre au cou sur la place
San Francisco, où beaucoup de ses connaissances
seraient là pour le regarder. A la fin, la donzelle avait
pris congé avec une grande distinction, en faisant
l'éloge du courage de son homme et avec un : « J'espère te retrouver aussi gaillard dans l'autre monde,
mon héros. » Cœur-en-Or, expliqua Ganzúa aux
convives, était une excellente femme qui prenait son
travail très à cœur, aussi propre de corps qu'honnête
de gains, à qui il fallait seulement secouer les puces
de temps en temps, et point n'était nécessaire de la
vanter davantage puisqu'elle était bien connue des
présents, de tout Séville et de la moitié de l'Espagne.
Quant à sa balafre au visage, précisa-t-il, c'était
quelque chose qui ne l'enlaidissait pas outre mesure,
et dont on ne devait pas non plus trop tenir compte,
car le jour où il l'avait faite, lui, Ganzúa, il avait bu
plus que son content de jus de Sanlúcar. Et puis, par
Dieu, les couples aussi avaient leurs hauts et leurs
bas sans que cela dépasse les limites de l'ordinaire.
Outre qu'un coup de couteau au visage de temps en
temps était aussi une marque salutaire d'affection ; et
la preuve en était que lui-même sentait les larmes lui
monter aux yeux chaque fois qu'il était dans l'obliga-

tion de la rouer de coups. De plus, Cœur-en-Or avait montré qu'elle était une femme de cœur et une compagne fidèle, en le soutenant dans sa prison avec du bon argent gagné par son labeur, un argent qui lui serait décompté de ses péchés, si tant est que c'est péché de veiller à ce que rien ne manque à l'homme qui la protège. Et il n'avait rien à ajouter. Arrivé à cet endroit de son discours, le ruffian, sans perdre une once de sa virilité, trahit une légère émotion ; il renifla et la dissimula par un autre emprunt au pichet, et plusieurs voix s'élevèrent pour le tranquilliser. Soyez sans inquiétude, personne ne lui fera de mal, je m'en porte garant, dit l'un. Et moi aussi, dit un autre. Les camarades sont là pour ça, avança un troisième. Rassuré de la laisser en si bonnes mains, Ganzúa continuait de boire tandis que Ginesillo le Mignon accompagnait de séguedilles le souvenir de la concubine.

– Quant à la mouche qui a bourdonné, dit Ganzúa sur ces entrefaites, je ne vous en dis pas non plus davantage.

Un nouveau chœur de protestation s'éleva. Il allait sans dire, naturellement, que le mouchard qui avait mis l'estimable Ganzúa en si mauvaise posture ne jouirait plus longtemps du plaisir de respirer ; que c'était la moindre des choses que ses amis devaient au condamné. Vu que le pire des forfaits, entre gens de la corporation, était de bavarder sur les cama-

rades ; que tout ruffian ayant du cœur, et quelle que
fût l'offense ou le dommage causé, tenait la dénon-
ciation à la justice pour une infamie et préférait se
taire et se venger.

— Autant que possible, et si ce n'est trop vous
demander, expédiez aussi l'argousin Mojarrilla, qui
m'a traité de façon fort incivile et avec peu de considération.

Ganzúa pouvait y compter, le rassurèrent les
braves. N'en déplaise à Dieu et à ses saints, c'était
comme si Mojarrilla avait déjà reçu l'extrême-
onction.

— Il ne serait pas de trop non plus, se souvint le
ruffian après un instant de réflexion, que vous alliez
saluer le bijoutier de ma part.

Le bijoutier fut inscrit sur la liste. Et cela fait,
on convint que si, le lendemain, le bourreau ne se
montrait pas suffisamment attendri par les libéralités
de Cœur-en-Or et faisait trop maladroitement son
office en ne donnant pas les tours de garrot avec l'habileté et le décorum requis, il recevrait aussi sa part
dans la distribution. Car une chose était d'exécuter
– et chacun, en fin de compte, faisait son travail – et
une autre, bien différente, d'agir en façon de traître
et de lâche, en ne manifestant point les égards auxquels
quels a droit tout homme d'honneur, etc. Suivit une
ribambelle de considérations sur le sujet, qui satisfi-
rent et réconfortèrent grandement Ganzúa. A la fin,

il regarda Alatriste pour lui exprimer sa gratitude d'être venu lui faire bonne compagnie en pareil moment.

– Je n'ai pas, monsieur, le plaisir de vous connaître.

– Certains de ces messieurs me connaissent, répondit le capitaine sur le même ton. Et c'est un grand honneur pour moi de vous accompagner, monsieur, au nom des amis qui n'ont pu le faire.

– Inutile d'en dire plus. – Ganzúa m'observait d'un air aimable à travers son énorme moustache. – Le garçon est avec vous ?

Le capitaine dit que oui et j'acquiesçai de mon côté, avec un salut de la tête des plus courtois qui suscita l'approbation de l'assistance ; car nul n'apprécie tant la modestie et la bonne éducation chez les jeunes gens que le peuple de la truanderie.

– Il a fort bon maintien, dit le ruffian. Je lui souhaite d'attendre longtemps avant de se voir en l'état où je suis.

– Amen, approuva Alatriste.

Saramago le Portugais intervint pour louer ma présence en ce lieu. Car rien n'est plus édifiant pour la jeunesse, dit-il avec son accent lusitanien en traînant beaucoup les s, que de voir comme les gens de cœur et d'honneur savent prendre congé de ce monde, et plus encore en ces temps d'affliction où tout n'est plus qu'effronterie et mauvaises manières.

Car, hormis la chance de naître au Portugal – ce qui n'était pas, hélas, à la portée de tous –, rien n'était plus instructif que de voir bien mourir, fréquenter des hommes sages, connaître d'autres terres et pratiquer la lecture assidue de bons livres.

– Ainsi, conclut-il poétiquement, ce jeune homme pourra-t-il dire avec Virgile : *« Arma virumque cano »*, et avec Lucain : *« Plus quam civilia campos. »*

Ces paroles furent suivies d'échanges prolixes et d'autant d'emprunts aux pichets. Sur ces entrefaites, Ganzúa eut l'idée d'une dernière partie de lansquenet avec les camarades ; et Guzmán Ramírez, un ruffian silencieux à la mine sombre, tira de son pourpoint un jeu crasseux qu'il posa sur la table. On distribua les cartes, on joua quelques doublons de huit, d'autres regardèrent, et tous burent, moi compris. L'argent changeait de mains et, hasard ou complaisance des camarades, la chance favorisa Ganzúa.

– Je joue six points, sur ma vie.

– Tirez une carte, je vous prie.

– Je donne.

– Je n'ai que des mauvaises cartes.

– Inutile de m'en faire accroire.

Ils en étaient là, quand on entendit des pas dans le couloir et que l'on vit entrer, noirs comme des corbeaux, le greffier de la justice, le gouverneur avec des alguazils, et le chapelain de la prison, pour lire

l'ultime sentence. Et sauf Ginesillo le Mignon qui
cessa de jouer de la guitare, nul ne fit mine de s'en
apercevoir, et pas un trait ne bougea sur le visage du
principal intéressé ; bien au contraire, tous montrèrent un intérêt renouvelé pour la dive bouteille, chacun des joueurs gardant ses trois cartes à la main, les
yeux rivés sur la retourne, qui était le deux de carreau. Le greffier s'éclaircit la gorge et lut que, par
justice du roi, et ceci et cela, et pour telle et telle raison, et le recours ayant été rejeté, le nommé Nicasio
Ganzúa serait exécuté au matin, etc. Impavide, ledit
Ganzúa écoutait cette récitation, attentif à ses cartes,
et ce fut seulement quand la lecture de la sentence
fut achevée qu'il desserra les lèvres pour regarder son
associé au jeu et froncer les sourcils.

— Je double, dit-il.

La partie continua comme si de rien n'était.
Saramago le Portugais abattit le valet de pique.

— La putain de cœur, annonça l'un des joueurs
que l'on appelait Carmona le Rouge, en jetant sa
carte sur la table.

— Malille, dit un autre.

Ganzúa était en veine, cette nuit-là, car il dit
avoir le borrego, carte qui l'emportait sur la malille,
et il le prouva en lançant le dix de cœur sur la table,
d'une seule main, arrondissant le bras, l'autre main
posée sur la hanche avec beaucoup de distinction.
Et alors, seulement, il leva les yeux sur le greffier,

tout en ramassant les pièces pour les ajouter à son tas.

— Auriez-vous l'obligeance, monsieur, de me relire la fin ? Car je n'ai pas bien suivi.

Le greffier se rebiffa, en disant que ces choses-là ne se lisaient qu'une fois, et tant pis pour Ganzúa s'il soufflait sa chandelle sans bien se rendre compte du sérieux de l'affaire.

— Pour un homme de cœur comme moi, répondit le condamné toujours impassible, qui ne s'est jamais incliné que pour communier, et encore quand il était petit, et qui a reçu ensuite cinq cents défis, en a relevé autant et s'est battu mille fois au petit matin, les détails m'importent aussi peu qu'à vous de tricher au jeu… Ce que je veux savoir, c'est s'il y a exécution ou non.

— Il y a exécution. A huit heures précises.

— Et qui a signé cette sentence ?

— Le juge Fonseca.

Le condamné regarda ses compagnons d'un air entendu, et le cercle lui renvoya une série de clins d'œil et d'assentiments muets. Autant qu'il leur serait possible, le mouchard, l'argousin et le bijoutier ne feraient pas le voyage seuls.

— Le juge de ce nom, dit Ganzúa au greffier en adoptant un ton philosophique, peut rendre la sentence que voilà et m'ôter la vie avec elle… Mais, s'il était homme d'honneur, il se montrerait en personne pour m'affronter l'épée à la main, et nous verrions bien lequel des deux ôterait la vie à l'autre.

Le chœur des gueux acquiesça derechef, plus solennel que jamais. C'étaient là propos pertinent et parole d'Évangile. Le greffier haussa les épaules. Le frère, un augustin à l'air doux et aux ongles sales, s'approcha de Ganzúa.

— Veux-tu te confesser ?

Le condamné l'observa tout en battant les cartes.

— Vous ne voudriez pas, mon père, que je vous dégoise dans la dernière épreuve ce que je n'ai pas lâché dans les précédentes ?

— Je voulais parler de ton âme.

Le ruffian tâta le chapelet et les médailles qu'il portait à son cou.

— Mon âme, je m'en occupe moi-même, dit-il avec le plus grand calme. Demain, quand je serai de l'autre côté, je tiendrai colloque avec qui de droit.

Les gueux hochèrent la tête, en signe d'approbation. Certains avaient connu Gonzalo Barba, un fameux traîne-rapière qui, débutant sa confession par huit morts d'un coup et voyant le prêtre, lequel était jeune et novice, scandalisé, s'était levé en disant : « Je n'en étais qu'au menu fretin, et je vous donne déjà la nausée… Si les huit premiers vous épouvantent à ce point, c'est que je ne suis pas fait pour votre révérence ni votre révérence pour moi… »

Et comme le prêtre insistait, il lui avait asséné, en guise de point final : « Restez avec Dieu, mon père, vous n'êtes ordonné que d'avant-hier et vous voulez déjà confesser un homme qui a tué la moitié du monde. »

Toujours est-il qu'ils se remirent à battre les cartes, tandis que l'augustin et les autres se dirigeaient vers la porte. Et ils étaient déjà à mi-chemin, quand Ganzúa se souvint de quelque chose et les rappela.

– Un détail, monsieur le greffier. Le mois passé, quand vous nouâtes la cravate au gosier de mon ami Lucas Ortega, une des marches de l'échafaud était mal fixée, et il faillit tomber en montant… Moi, je m'en moque, mais faites-moi la grâce de la réparer pour ceux qui viendront ensuite, car ils n'ont pas tous mon sang-froid.

– Je prends note, le rassura le greffier.

– Dans ce cas, je n'ai rien à ajouter.

Les gens de la justice et le frère se retirèrent, et l'on poursuivit lansquenet et beuverie, tandis que Ginesillo le Mignon se remettait à gratter sa guitare :

> *Il avait tué père et mère*
> *sans oublier son gentil frère.*
> *Et dans la rue, au dur labeur,*
> *il avait mis deux de ses sœurs.*
> *Or à Séville, à l'arbre sec*

ils lui ont noué col et bec
pour avoir juste, et rien de plus,
occis deux ou trois inconnus.

Les cartes tombaient sur la table, à la lumière grasse des chandelles de suif. Les fiers-à-bras buvaient et jouaient, solennels, veillant leur camarade avec, ma foi, je vous l'assure, beaucoup de dignité.

— Ce ne fut pas une mauvaise vie, dit soudain le ruffian, pensif. Une vie de chien, mais pas mauvaise.

On entendit, par la fenêtre, sonner les cloches voisines de San Salvador. Tous, y compris Ganzúa, se découvrirent, interrompant le jeu pour se signer en silence. C'était l'heure des Défunts.

Le jour se leva sous un ciel tel que l'eût peint Vélasquez et, sur la place San Francisco, Nicasio Ganzúa monta à l'échafaud sans se départir de son impassibilité. J'y allai avec Alatriste et quelques camarades de la nuit, à temps pour choisir un bon endroit, car la place était pleine à craquer. De la rue des Serpents jusqu'aux marches, la foule se pressait autour de l'estrade et sur les balcons, et l'on disait même que les rois en personne se tenaient derrière les jalousies d'une fenêtre de l'Audience. Quoi qu'il en soit, il y avait là autant de personnes de condition que de gens du peuple ; et aux meilleures places, louées, ce n'étaient qu'habits de qualité, mantilles et robes de bonne étoffe pour les dames, et drap fin, chapeaux de feutre à plumes et chaînes dorées pour les messieurs. Dans la multitude d'en bas on comptait le nombre ordinaire d'oisifs, de coquins et de mauvais sujets, et les experts en tours de passe-passe faisaient leur recette de l'année en mettant le deux de carreau dans la poche des badauds pour en ressortir l'as de cœur. Nous fûmes rejoints dans la foule par don Francisco de Quevedo, qui suivait le spectacle avec le plus vif intérêt car, nous dit-il, il était sur le point de publier son *Histoire de la vie du filou nommé don Pablo*, et cette péripétie venait à pic pour certain chapitre dont il avait déjà écrit la moitié.

— On ne peut pas toujours chercher son inspiration dans Sénèque et Tacite, dit-il, en mettant ses lunettes pour mieux voir.

Ganzúa devait avoir été prévenu de la présence des rois car, quand on le tira de la prison, vêtu de la casaque et ligoté sur le dos d'une mule, il caressa sa moustache en portant ses mains à la hauteur de son visage, et il salua même en direction des balcons. Le ruffian était parfaitement coiffé, propre, très gaillard et fort tranquille, et seul le blanc brouillé de ses yeux trahissait la fatigue d'une nuit agitée. Au passage, quand son regard tombait sur une figure de connaissance, il saluait avec beaucoup de retenue, comme si on le menait à la fête patronale sur le pré de Santa Justa. Bref, il allait avec tant de superbe que, à le voir ainsi, l'envie vous prenait de se faire exécuter.

Le bourreau attendait près du garrot. Lorsque Ganzúa gravit, avec beaucoup de fermeté, les marches de l'échafaud – l'une d'elles était toujours branlante, ce qui valut au greffier, qui se trouvait là, un regard sévère du ruffian –, tout le monde se répandit en louanges sur ses bonnes manières et sur sa crânerie. D'un geste, il salua les camarades et Cœur-en-Or, soutenue au premier rang par une douzaine de gueux, et qui pleurait à grosses larmes, certes, mais se félicitait aussi du fier maintien de son homme sur ce chemin d'épines ; après quoi il se laissa un peu sermonner par l'augustin de la veille au soir, acquiesçant de la tête quand le frère disait quelque parole bien tournée ou qui était de son goût. Le bourreau s'impatientait un peu, faisant grise mine, ce qui lui valut cette réprimande de Ganzúa : « Je suis à vous tout de suite, nul besoin de nous hâter, le monde ne va pas s'en aller et nous n'avons pas les Maures aux trousses. » Il récita ensuite son Credo de bout en bout, d'une bonne voix et sans une fausse note, baisa la croix avec beaucoup d'élégance et demanda au bourreau de lui faire la grâce de lui poser le bonnet relevé et bien droit, pour ne pas faire mauvais effet, et d'essuyer, quand tout serait fini, la bave de sa moustache. Et quand l'autre lui dit la

formule rituelle, « pardonne-moi, frère, car je ne fais
que mon office », il lui répondit qu'il était pardonné
d'ici jusqu'à Lima, mais que ça lui faisait une belle
jambe, car, quand ils se reverraient dans l'autre
monde, il se moquerait bien de tout cela. Puis il s'as-
sit sans sourciller ni faire la grimace quand on lui
passa le garrot autour du cou, l'air vaguement
ennuyé ; il lissa une dernière fois sa moustache et, au
second tour de corde, il resta si serein et si digne que
l'on ne pouvait rien demander de plus. On eût dit
seulement qu'il réfléchissait.

VII

«NOUS ALLONS PÊCHER
LA SARDINE...»

La flotte arrivait et Séville, et toute l'Espagne, et l'Europe entière se préparaient à bénéficier du torrent d'or et d'argent qu'elle apportait dans ses cales. Escortée depuis les Açores par l'Armada de la Mer océane, l'immense escadre qui remplissait l'horizon de voiles était parvenue à l'embouchure du Guadalquivir; et les premiers galions, chargés à ras bord de marchandises et de richesses, commençaient à jeter l'ancre devant Sanlúcar ou la baie de Cadix. Pour remercier Dieu d'avoir protégé la flotte des tempêtes, des pirates et des Anglais, les églises célébraient des messes et des Te Deum. Les armateurs et affréteurs faisaient le compte de leurs profits, les

marchands aménageaient leurs boutiques pour installer les nouveaux articles et organisaient leur transport vers d'autres lieux, les banquiers écrivaient à
leurs correspondants en préparant des lettres de
change, les créanciers du roi mettaient de l'ordre
dans les factures qu'ils espéraient se faire rapidement
payer, et les hommes des douanes se frottaient les
mains en pensant à ce qui tomberait dans leurs
poches. Tout Séville pavoisait pour fêter l'événement, le commerce revivait, on vérifiait les creusets
et les coins pour frapper la monnaie, on faisait le
ménage dans les magasins des tours de l'Or et de
l'Argent, et l'Arenal bouillonnait d'activités, avec
chariots, embarcations, curieux, esclaves noirs et
mauresques qui préparaient les quais. On balayait et
arrosait les portes des maisons et des commerces, on
remettait à neuf les auberges, tavernes et bordels, et
du noble orgueilleux jusqu'à l'humble mendiant ou
la plus défraîchie des prostituées, chacun se réjouis-
sait de la fortune dont il espérait bien obtenir sa part.

— Vous avez de la chance, dit le comte de Guadalmedina, en regardant le ciel. Il fera beau temps à
Sanlúcar.

Ce soir-là, avant d'entreprendre notre mission
– nous avions rendez-vous à six heures sonnantes
avec le comptable Olmedilla sur le pont de bateaux –
Guadalmedina et don Francisco de Quevedo avaient
voulu dire au revoir au capitaine Alatriste. Nous

nous étions retrouvés dans un petit estaminet de l'Arenal, un assemblage de planches et de toiles venant de chez le maître calfat voisin, qui s'adossait à un mur des anciennes corderies. Il y avait des tables avec des tabourets dehors, sous le porche rustique. A cette heure le lieu était tranquille et discret, fréquenté seulement par quelques matelots, et parfait pour bavarder. La vue était très agréable, avec l'animation du port et les portefaix, charpentiers et calfats travaillant près des bateaux amarrés sur l'une et l'autre rive. Triana, blanche, vermillon et ocre, brillait de tout son éclat sur l'autre berge du Guadalquivir, avec les caravelles des pêcheurs de sardines et les barques de service faisant la navette d'un bord à l'autre, leurs voiles latines déployées dans la brise du soir.

— Je bois à un bon butin, dit Guadalmedina.

Nous bûmes tous en levant nos pots de terre vernissée, bien que le vin ne fût pas à la hauteur des circonstances. Don Francisco de Quevedo, qui eût probablement souhaité nous accompagner dans notre descente du fleuve, ne pouvait le faire pour des raisons évidentes, et il s'en montrait fort attristé. Le poète restait un homme d'action, et il ne lui eût pas déplu d'ajouter l'abordage du *Niklaasbergen* à ses expériences.

— J'aurais aimé jeter un coup d'œil à vos recrues, dit-il en nettoyant ses lunettes avec un mouchoir qu'il avait sorti de la manche de son pourpoint.

— Moi aussi, affirma Guadalmedina. Sur ma foi, ce doit être une troupe haute en couleur. Mais nous ne pouvons pas nous mêler trop de l'affaire… A partir de maintenant, la responsabilité t'appartient, Alatriste…

Le poète remit ses lunettes. Il tordait sa moustache dans une mimique sarcastique.

— Voilà qui est bien de la manière d'Olivares… Si tout se passe bien, il n'y aura pas d'honneurs publics, mais si cela se passe mal, il y aura des têtes qui rouleront.

Il but quelques longues gorgées et contempla le vin d'un air pensif.

— Parfois, ajouta-t-il, sincère, je m'inquiète de vous avoir embarqué dans cette histoire, capitaine.

— Rien ne m'y oblige, dit Alatriste, inexpressif.

Il tenait le regard rivé sur la rive de Triana.

Le ton stoïque du capitaine arracha un sourire à Álvaro de la Marca.

— On dit, murmura-t-il en détachant bien les mots, que notre Philippe IV a été mis au courant des détails. Il est enchanté de jouer un tour au vieux Medina Sidonia, en imaginant la tête qu'il fera quand il apprendra la nouvelle… Sans oublier que l'or est l'or, et que Sa Majesté catholique en a besoin comme tout le monde…

— Et même plus, soupira Quevedo.

Les coudes sur la table, Guadalmedina baissa encore la voix.

— Ce soir même, en des circonstances qu'il ne m'appartient pas de conter ici, Sa Majesté a demandé qui dirigeait le coup... — Il laissa un instant ses paroles suspendues en l'air, en attendant que nous nous pénétrions bien de leur sens. — Elle l'a demandé à l'un de tes amis, Alatriste. Tu comprends?... Et celui-ci lui a parlé de toi.

— Il en a dit merveille, je suppose, dit Quevedo.

L'aristocrate le regarda, offensé qu'il pût seulement supposer.

— Par Dieu, s'agissant d'un ami, cela va de soi.

— Et qu'a dit le grand Philippe?

— Comme il est jeune et qu'il aime les défis, il a montré le plus vif intérêt. Il a même parlé de venir cette nuit incognito sur le lieu de l'embarquement, pour satisfaire sa curiosité... Mais Olivares a poussé des cris d'orfraie.

Un silence gêné s'installa autour de la table.

— Il ne manquait plus que cela, soupira Quevedo. Avoir l'Autrichien sur le dos.

Guadalmedina faisait tourner son pot dans ses mains.

— En tout cas, dit-il après une pause, le succès serait le bienvenu pour nous tous.

Soudain il se souvint de quelque chose, porta la main à son pourpoint et en tira une feuille pliée en

quatre. Elle portait le sceau de l'Audience royale et
un autre du maître des galères du roi.

– J'oubliais le sauf-conduit, dit-il en la remettant au capitaine. Il vous autorise à descendre le
fleuve jusqu'à Sanlúcar… Je regrette d'avoir à te dire
qu'une fois là-bas tu devras le brûler. A partir de ce
moment, si l'on te pose des questions, tu devras
inventer une fable quelconque… – L'aristocrate
caressait son bouc en souriant. – Tu pourras toujours expliquer, comme dans la vieille chanson, que
tu vas à Sanlúcar pour pêcher la sardine.

– Reste à voir comment se comportera Olmedilla, dit Quevedo.

– Il ne doit sous aucun prétexte aller sur le
bateau. Sa présence n'est nécessaire que pour
prendre livraison de l'or. C'est à toi qu'incombe de
veiller sur sa santé, Alatriste.

Le capitaine regardait la feuille de papier.

– On fera ce qu'on pourra.

– Cela vaut mieux pour nous.

Le capitaine rangea le pli dans la basane de son
chapeau. Il était aussi froid qu'à son habitude, mais
moi, je m'agitai sur mon tabouret. Trop de roi et
trop de comte et duc là-dedans, pour la tranquillité
d'esprit d'un simple apprenti soldat.

– Les armateurs du bateau protesteront, naturellement, dit Álvaro de la Marca. Medina Sidonia sera
furieux, mais aucun de ceux qui sont mêlés à l'intrigue

n'osera piper mot... Avec les Flamands, ce sera différent. Là nous aurons des protestations, des échanges de lettres et une tempête dans les chancelleries. C'est pour cela qu'il faut que tout se présente comme un banal abordage : des bandits, des pirates, des gens de cet acabit... – Il porta le pot à sa bouche avec un sourire malicieux. – De toute manière, personne ne réclamera un or qui, officiellement, n'existe pas.

– Il ne vous a pas échappé, dit Quevedo au capitaine, que, si quelque chose tourne mal, tout le monde s'en lavera les mains.

– Y compris don Francisco et moi, précisa Guadalmedina sans guère s'encombrer de subtilités.

– C'est cela même. *Ignoramus atque ignorabimus.*

Le poète et l'aristocrate regardaient Alatriste. Mais le capitaine, qui continuait de contempler fixement la rive de Triana, se borna à acquiescer brièvement de la tête, sans ajouter de commentaires.

– Si c'est le cas, poursuivit Guadalmedina, je te recommande d'ouvrir l'œil, parce que cela risque de chauffer. Et c'est toi qui paieras les pots cassés.

– A supposer qu'on vienne à votre secours, nuança Quevedo.

– En conclusion, martela Álvaro de la Marca, personne, sous aucun prétexte, ne devra porter secours à personne... – Il m'adressa également un bref coup d'œil. – A personne.

– Ce qui signifie, résuma Quevedo, qui savait mieux que quiconque mettre les points sur les i, que le choix se résume à ces deux perspectives : vaincre, ou se faire tuer sans ouvrir la bouche.

Et ce qu'il disait était si clair que, même énoncé d'une autre façon, je l'aurais compris.

Après avoir pris congé de nos amis, nous descendîmes l'Arenal, le capitaine et moi, jusqu'au pont de bateaux où, ponctuel et rigoureux comme à son habitude, le comptable Olmedilla nous attendait. Il marcha à côté de nous, sec, endeuillé, visage sévère, sans desserrer les lèvres. Le soleil couchant nous éclaira horizontalement tandis que nous traversions le fleuve en direction des murs sinistres du château de l'Inquisition, dont la vue réveillait en moi les pires souvenirs. Nous étions prêts pour l'expédition : Olmedilla avec un long manteau noir, le capitaine portant sa cape, son chapeau, son épée et sa dague, et moi avec un énorme ballot qui contenait, plus discrètement, quelques provisions, deux couvertures de laine, une outre de vin, une paire de pistolets, ma dague – dont j'avais fait réparer la garde dans la rue des Biscayens –, de la poudre et des balles, la rapière de l'alguazil Sánchez, le casaquin en peau de buffle de mon maître, et un autre léger, neuf, en bon daim épais, que nous avions acheté vingt écus chez un fripier de la rue des Francs. Le rendez-vous était à La Cour du Nègre, près de la croix de l'Altozano; c'est ainsi que, laissant derrière nous le pont et la profusion des grands navires, galères et barques qui étaient amarrés tout le long de la rive jusqu'au port des pêcheurs de crevettes, nous arrivâmes au lieu fixé, juste au moment où la nuit tombait. Triana comptait beaucoup d'auberges bon marché, gargotes, tripots et cabarets à soldats, de sorte que la présence en ces lieux de gens d'épée et de tenues guerrières n'attirait pas l'attention. En réalité, La Cour du Nègre était une auberge infecte dont le patio à ciel ouvert avait été transformé en taverne sur laquelle, les jours de pluie, on tendait une vieille bâche. Les gens s'asseyaient là sans quitter chapeaux ni capes, et compte tenu de la fraîcheur de la nuit et de la qualité des habitués, il était des plus commun que tout le monde fût ainsi dissimulé jusqu'aux sourcils, les épées faisant saillie à la taille et la dague pointant sous la cape. Nous nous installâmes, le capitaine, Olmedilla et moi, à une table située dans un coin, nous commandâmes à boire et à souper, et nous inspectâmes tranquillement les alentours. Plusieurs de nos ruffians étaient déjà là. Je reconnus à une table Ginesillo le Mignon, qui n'avait pas sa guitare avec lui mais, en revanche, une épée énorme à la ceinture, et Guzmán Ramírez, tous deux le chapeau

enfoncé jusqu'aux oreilles et la cape rejetée sur
l'épaule leur couvrant la moitié de la figure ; et tout
de suite après je vis entrer Saramago le Portugais,
qui arrivait seul et se mit à lire à la lumière d'une
chandelle un livre qu'il avait sorti de sa poche. Là-
dessus entra Sebastián Copons, petit, dur et silencieux comme à l'ordinaire, qui alla s'asseoir avec un
pichet de vin sans rien regarder, pas même son
ombre. Personne ne faisait mine de reconnaître personne, et peu à peu, seuls ou deux par deux, d'autres
arrivaient, reins cambrés et regards en coin, faisant
résonner tout le fer qu'ils portaient sur eux, prenant
place ici et là sans échanger une parole. Le groupe le
plus nombreux était composé de trois hommes :
Juan Jaqueta aux énormes favoris, son compère Sangonera et le mulâtre Campuzano, que les démarches
appropriées du capitaine, par l'intermédiaire de
Guadalmedina, avaient libéré de sa retraite ecclésias-
tique. Tout habitué qu'il fût, le tavernier observait
cette affluence de fiers-à-bras avec une méfiance que
le capitaine dissipa vite en lui glissant dans les mains
quelques pièces d'argent, procédé idoine pour
rendre muet, aveugle et sourd le plus curieux des
hôteliers, surtout lorsqu'on le complète d'une mise
en garde contre l'éventualité de se retrouver, en cas
de bavardage, avec une jolie entaille à la gorge. Dans
la demi-heure qui suivit, la senne se trouva complètement remplie. A ma grande surprise, car je n'avais

pas entendu Alatriste dire quoi que ce fût à son sujet,
le dernier à entrer fut Bartolo Chie-le-Feu en personne, un bonnet enfoncé sur son épais et unique
sourcil, un large sourire sur sa bouche ébréchée et
noire, lequel adressa un clin d'œil au capitaine et alla
se promener sous les voûtes, près de nous, faisant
semblant de rien avec la même discrétion qu'un ours
brun dans une messe de requiem. Et, bien que mon
maître ne m'ait jamais rien dit à ce propos, je soupçonne que, même en le sachant plus ruffian de car-
ton-pâte que de bon acier, même en étant sûr qu'il
eût pu recruter un meilleur bretteur, le capitaine
s'était arrangé pour faire libérer le galérien, plus pour
des raisons sentimentales – si tant est que nous pouvons attribuer de telles raisons à Alatriste – que pour
autre chose. En tout cas, Chie-le-Feu était là, qui
avait bien du mal à dissimuler sa reconnaissance. Et
reconnaissant, par Dieu, il pouvait l'être ; car le capitaine évitait au truand six jolies années enchaîné à
une rame, à gauler les poissons aux cris de « nagez
plus vite » et « souquez ferme ».

Et c'est ainsi que le groupe se trouva au complet, personne ne manquant au rendez-vous. Je guet-
tais l'expression d'Olmedilla, tandis qu'il constatait
le résultat du recrutement du capitaine ; et même si
le comptable restait toujours aussi antipathique,
impassible et silencieux qu'à son habitude, je crus
percevoir un brin d'approbation. Outre les susmen-

tionnés, et d'après ce que je connus peu après de leurs vrais ou faux noms, se trouvaient là le Murcien Pencho Bullas, les anciens soldats Enríquez le Gaucher et Andresito aux Cinquante, le gros balafré dit le Brave des Galions, un matelot de Triana nommé Suárez, un autre appelé Mascarúa, un personnage à l'allure d'hidalgo sans le sou, pâle et les yeux battus que l'on appelait le Chevalier d'Illescas, et un natif de Jaén rubicond, barbu et souriant, crâne rasé et bras musclés, qui répondait au nom de Juan Eslava, dont il était notoire qu'il protégeait des ribaudes sévillanes – il vivait de quatre ou cinq de ces femmes et s'occupait d'elles comme de ses propres filles, ou presque – ce qui justifiait son surnom, loyalement gagné : le Galant de l'Alameda. Imaginez, amis lecteurs, le tableau formé par tous ces braves gens à demi masqués dans La Cour du Nègre, faisant résonner sous leurs capes, à chaque mouvement, le cliquetis menaçant de leurs dagues, pistolets et épées. Car quiconque se fût trouvé là sans savoir qu'ils étaient tous dans le même camp que lui – du moins pour le moment – eût eu quelque raison de sentir son sang se glacer dans ses veines. Quand cette troupe impressionnante fut enfin au complet, Diego Alatriste laissa quelques pièces sur la table, nous nous levâmes et, au grand soulagement du tavernier, nous sortîmes avec Olmedilla pour nous diriger vers le fleuve, par les ruelles noires comme la gueule d'un

loup. Point ne nous fut besoin de regarder derrière
nous. Au bruit des pas qui résonnaient dans notre
dos nous sûmes que les recrues se glissaient l'une
après l'autre par la porte et suivaient notre trace.

Triana dormait dans l'obscurité, et ceux qui
restaient éveillés s'empressaient de s'écarter prudemment de notre chemin. La lune était à son dernier quartier, mais elle nous apportait encore un peu
de lumière ; suffisamment pour voir se découper sur
la berge une barque dont la voile était ferlée sur le
mât. Un fanal était allumé à la proue et un autre à
terre, et deux formes immobiles, le patron et le matelot, attendaient à bord. C'est là que s'arrêta Alatriste, Olmedilla et moi-même restant près de lui,
tandis que les ombres qui nous avaient suivis se rassemblaient tout autour. Mon maître m'envoya
prendre un des fanaux et je revins avec pour le poser
à ses pieds. Maintenant la lumière ténue de la flamme
donnait un aspect plus lugubre encore à ce rassemblement. On distinguait à peine les visages : juste des
pointes de moustaches et de barbes, des pans de
capes et des chapeaux enfoncés jusqu'aux yeux, et le
faible éclat métallique des armes que tous portaient à
la ceinture. Des murmures et des chuchotements se
firent entendre, tout bas, parmi les camarades qui
s'étaient reconnus mutuellement, et le capitaine y
mit fin en donnant un ordre sec.

— Nous allons descendre le fleuve pour un travail qui vous sera expliqué quand nous serons là où nous devons être… Tous ont déjà reçu une avance, et donc personne ne peut revenir en arrière. Et pardonnez-moi de vous dire que nous sommes tous des muets.

— En douter est nous faire offense, dit quelqu'un. Plus d'un ici a fait ses preuves sur le chevalet et a su se taire comme un homme d'honneur.

— Il est bon que cela soit clair… Des questions ?

— Quand toucherons-nous le reste ? demanda une voix anonyme.

— Quand nous en aurons fini avec nos obligations. En principe, après-demain.

— Également en or ?

— Sonnant et trébuchant. Des doublons pareils à ceux qui ont été versés en acompte à chacun.

— Il faudra expédier beaucoup d'âmes ?

Je regardai du coin de l'œil le comptable Olmedilla, sombre et noir dans son manteau, et je vis qu'il semblait gratter le sol de la pointe du pied, mal à l'aise, comme s'il était ailleurs ou pensait à autre chose. Homme de papiers et d'encriers, sans doute n'était-il pas habitué à certaines manières crues.

— On ne réunit pas des gens de votre qualité, répondit Alatriste, pour danser la chacone.

Il y eut quelques rires, quelques jurons et imprécations. Quand ils s'éteignirent, mon maître désigna la barque.

– Embarquez et installez-vous du mieux que
vous pourrez. Et à partir de maintenant, messieurs,
vous voudrez bien vous considérer comme à l'armée.

– Que signifie cela ? questionna une autre voix.

A la lueur avare du fanal, tous purent voir que
le capitaine posait sa main gauche, comme par distraction, sur le pommeau de son épée. Ses yeux
brillaient dans l'obscurité.

– Cela signifie, dit-il lentement, que celui qui
désobéit à un ordre ou fait la grimace, je le tue.

Olmedilla observait le capitaine avec une attention soutenue. Dans le chœur, on n'entendait pas
bourdonner un moucheron. Chacun ruminait l'aver-
tissement pour son compte, en tâchant d'en faire son
profit. Et soudain, dans le silence qui s'était instauré,
on entendit, tout près des bateaux amarrés à la
berge, un bruit de rames. Tous les ruffians se tournèrent pour regarder : un canot était sorti de l'ombre.
Sa silhouette se découpait sur le scintillement des
lumières de l'autre rive, avec une demi-douzaine de
rameurs à la tâche et trois formes noires dressées à
l'avant. Et en moins de temps qu'il ne m'en faut
pour l'écrire, Sebastián Copons, flairant le danger,
avait déjà bondi en pointant deux énormes pistolets,
apparus dans ses mains comme par magie ; et le capitaine Alatriste empoignait, avec la rapidité de l'éclair,
l'acier de son épée nue.

— Nous allons pêcher la sardine, dit une voix familière dans l'obscurité.

Comme s'il s'agissait d'un mot de passe, ces paroles nous rassurèrent aussitôt, le capitaine et moi, qui étais également sur le point de mettre la main à ma dague.

— Ce sont gens pacifiques, dit Alatriste.

La meute se rassura tandis que mon maître rengainait et que Copons rangeait ses pistolets. Le canot avait touché terre à une encablure de la proue de notre barque, et l'on pouvait maintenant distinguer, à la clarté diffuse du fanal, les trois hommes qui se tenaient debout. Alatriste s'approcha de la rive pour rejoindre Copons. Je le suivis.

— Nous venons dire adieu à un ami, dit la même voix.

J'avais, moi aussi, reconnu le comte de Guadalmedina. Comme ses deux compagnons, sa cape et son chapeau le dissimulaient. Derrière eux, parmi les rameurs, je vis luire, à demi cachées, les mèches allumées de plusieurs arquebuses. Ceux qui accompagnaient Álvaro de la Marca étaient gens habitués à prendre leurs précautions.

— Nous ne disposons pas de beaucoup de temps, dit le capitaine d'un ton sec.

— Nul ne souhaite vous gêner, répondit Guadalmedina qui restait sur la barque avec les autres, sans mettre pied à terre. Faites comme si de rien n'était.

Alatriste regardait les hommes emmitouflés. L'un d'eux était corpulent, la cape bien serrée autour des épaules et du torse puissants. L'autre était plus svelte, avec un chapeau sans plumes et une cape brune qui le couvrait de la tête aux pieds. Le capitaine resta encore un moment à les observer. Lui-même était éclairé par le fanal de l'avant de notre barque, son profil de faucon rougeoyant au-dessus de la moustache, les yeux scrutateurs sous le bord noir du chapeau, la main frôlant la garde luisante de son épée. Il semblait sombre et dangereux dans l'obscurité, et je me dis que, vu du bateau, son aspect devait être identique. Finalement, il se tourna vers Copons qui était toujours à mi-chemin et vers les hommes du groupe qui regardaient, un peu plus loin, dissimulés dans l'ombre.

– A bord, dit-il.

Un à un, Copons en tête, les ruffians passèrent près d'Alatriste, et le fanal de la proue les éclaira à mesure qu'ils montaient dans la barque dans un grand fracas de toute la ferraille qu'ils portaient sur eux. La plupart masquaient leur figure en passant devant la lumière, mais d'autres la laissaient découverte par indifférence ou défi. Quelques-uns, même, s'arrêtèrent pour lancer un regard curieux aux trois

hommes emmitouflés qui assistaient à l'étrange défilé
sans souffler mot. Le comptable Olmedilla s'arrêta
un instant près du capitaine, en contemplant les gens
du bateau, l'air préoccupé, comme s'il hésitait à leur
adresser la parole. Il choisit de ne pas le faire, passa
une jambe au-dessus de la lisse de notre barque et,
entravé par son manteau, il fût tombé à l'eau si de
fortes poignes n'étaient venues le secourir pour le
basculer à l'intérieur. Le dernier fut Bartolo Chie-le-
Feu, qui portait l'autre fanal et me le passa avant
d'embarquer en faisant autant de vacarme que s'il
eût porté la moitié de la Biscaye dans sa ceinture et
ses poches. Mon maître restait toujours immobile,
observant les hommes de l'autre bateau.

— Voilà, dit-il, sans se départir de son ton sec.

— Ce ne me semble pas mauvaise troupe, dit
l'emmitouflé grand et gros.

Alatriste le regarda en tentant de percer l'obscurité. Il avait déjà entendu cette voix. Le troisième
emmitouflé, celui qui était plus mince et de moindre
taille, se tenait entre le gros et Guadalmedina, il avait
assisté en silence à l'embarquement des hommes
et étudiait maintenant le capitaine avec beaucoup
d'attention.

— Sur ma vie, dit-il enfin, ces gens me font
peur.

Il avait une voix neutre et distinguée. Une voix
habituée à ne jamais être contredite. En l'entendant,

Alatriste se figea comme une statue de pierre. Pendant quelques instants, j'entendis sa respiration, calme et très mesurée. Puis il posa une main sur mon épaule.

– Monte à bord ! ordonna-t-il.

J'obéis, en emportant notre bagage et le fanal. Je sautai sur le pont et allai m'installer à l'avant, parmi les hommes enveloppés dans leurs capes qui sentaient la sueur, le fer et le cuir. Copons me ménagea une place, et je m'assis sur mon ballot. De là, je vis Alatriste debout sur la rive, qui regardait toujours les emmitouflés du bateau. Puis il leva une main comme pour ôter son chapeau, mais il n'acheva pas son geste – se bornant à en toucher le bord en manière de salut –, rejeta sa cape sur ses épaules et embarqua à son tour.

– Bonne chasse, dit Guadalmedina.

Personne ne répondit. Le patron avait largué les amarres, et le matelot, après nous avoir écartés de la berge en s'arc-boutant sur une rame, hissait la voile. Et ainsi, aidée par le courant et la faible brise qui soufflait de terre, fendant le faible reflet des rares lumières de Séville et de Triana dans l'eau noire, notre barque glissa lentement sur le fleuve.

Tandis que nous descendions le Guadalquivir, d'innombrables étoiles scintillaient au ciel, et les arbres et les taillis défilaient à droite et à gauche comme des ombres noires et serrées. Séville était très loin derrière nous, de l'autre côté des méandres du fleuve, et la fraîcheur nocturne imprégnait d'humidité les planches de la barque et nos capes. Couché près de moi, le comptable Olmedilla grelottait de froid. Je contemplais la nuit, la couverture jusqu'au menton et la tête posée sur le ballot, observant de temps en temps la silhouette immobile d'Alatriste, assis à l'arrière, à côté du patron. Au-dessus de ma tête, la tache claire de la voile oscillait avec le courant, couvrant et découvrant les petits points lumineux qui parsemaient la voûte céleste.

Presque tous les hommes gardaient le silence. Les formes noires de la troupe se serraient dans l'espace étroit de la barque. Se mêlant au bruit de l'eau, on entendait des respirations somnolentes et des ronflements rauques, et parfois un chuchotement venant de ceux qui restaient éveillés. Quelqu'un chantait une romance en sourdine. A côté de moi, le chapeau rabattu sur le visage, bien emmailloté dans sa cape, Sebastián Copons dormait comme une souche.

La dague s'enfonçait dans mes reins, et je finis par l'enlever. Pendant un moment, admirant les

étoiles, les yeux bien ouverts, je voulus penser à
Angélica d'Alquézar ; mais son image s'effaçait tout
le temps, disparaissant devant l'incertitude du sort
qui nous attendait plus bas sur le fleuve. J'avais
entendu les instructions d'Álvaro de la Marca au
capitaine, de même que les conversations de celui-ci
avec Olmedilla, et je connaissais les grands traits du
plan d'attaque du galion flamand. Le principe
consistait à l'aborder pendant qu'il était mouillé sur
la barre de Sanlúcar, à couper ses amarres et à profiter du courant et de la marée, qui étaient favorables
cette nuit-là, pour le conduire à la côte et, une fois là,
transporter le butin sur la plage où l'attendrait une
escorte officielle prévue à cet effet : un détachement
de la garde espagnole, qui, à cette heure, devait
être en train d'arriver à Sanlúcar par voie de terre,
et qui guetterait discrètement le moment d'interve-
nir. Quant à l'équipage du *Niklaasbergen*, il était
composé de marins et non de soldats, qui, de plus,
seraient pris par surprise. En ce qui concernait
leur sort, les instructions étaient sans équivoque :
quoi qu'il arrive, ce serait mis sur le compte d'une
audacieuse incursion de pirates. Et s'il est quelque
chose de sûr dans la vie, c'est que les morts ne parlent pas.

Le froid se fit plus fort avec l'aube, quand la première clarté découpa les cimes des peupliers qui bordaient la rive orientale. Cela réveilla quelques hommes, qui s'agitèrent en se serrant les uns contre les autres pour trouver un peu de chaleur. Les moins somnolents parlaient à voix basse pour tuer le temps, en faisant circuler une gourde de vin. Il y en avait trois ou quatre qui chuchotaient près de moi, me croyant endormi : Juan Jaqueta, son compère Sangonera, et d'autres. Et ils parlaient du capitaine Alatriste.

— Il est resté le même... disait Jaqueta. Muet et calme comme la mère qui l'a mis au monde.

— On peut lui faire confiance ? demanda un ruffian.

— Comme à une bulle papale. Il a passé un bout de temps à Séville, vivant de son épée et sans faire de manières. Nous avons partagé le même air et les mêmes orangers pendant une saison... Une mauvaise affaire à Naples, m'a-t-on dit. Une mort à la clé.

— On dit que c'est un ancien soldat et qu'il a été dans les Flandres.

— Oui. – Jaqueta baissa la voix. – Comme cet Aragonais qui dort là-bas, et le garçon... Mais avant, il a fait l'autre guerre, Nieuport et Ostende.

— La main est bonne ?

— Et comment. Et il est aussi fort vicieux, et de méchant caractère... – Jaqueta s'arrêta un instant pour faire un emprunt à la gourde ; j'entendis le vin couler dans son gosier. – Quand il te regarde avec ces yeux qui ressemblent à des glaçons, il ne te reste plus qu'à débarrasser le plancher. Je l'ai vu, d'un coup de lame, faire dans un casaquin des dégâts que ne ferait pas une balle.

Il y eut une pause et d'autres visites au vin. Je supposai que les ruffians observaient mon maître, toujours immobile à l'arrière, près du patron qui tenait la barre.

– Il est réellement capitaine ? demanda Sangonera.

– Je ne crois pas, répondit son compère. Mais tout le monde l'appelle le capitaine Alatriste.

– C'est vrai qu'il ne semble pas causant.

– Non. Il est de ceux qui parlent plus avec leur épée qu'avec leur langue. Et, sur ma foi, il sait encore mieux se battre que se taire... Une de mes connaissances était avec lui sur les galères de Naples, voici dix ou quinze ans, lors d'une incursion dans le détroit de Constantinople. Il m'a conté que les Turcs les ont abordés après avoir tué presque tout le monde à bord, et qu'Alatriste et une douzaine de survivants ont battu en retraite dans la coursie en continuant de se battre pied à pied ; ils se sont retranchés sur la conille, faisant un grand carnage de Turcs, jusqu'à ce qu'ils soient eux-mêmes tous morts ou blessés... Et les Turcs les emmenaient déjà

pour passer le détroit, quand ils ont eu la bonne fortune de tomber sur deux galères de Malte qui leur
ont épargné de se voir ramer pour le reste de leurs
jours.

— C'est donc un homme qui a des tripes, dit
l'un.

— Ça, je peux vous le jurer, camarade.

— Et de la chance, ajouta un autre.

— Sur ce point, je ne sais. Pour l'heure, en tout
cas, les choses ne semblent pas aller mal pour lui...
S'il peut nous épargner la chiourme en nous donnant le *noli me tangere* comme il l'a fait si gracieusement, c'est qu'il doit avoir de l'influence.

— Qui étaient les emmitouflés du bateau?

— Je n'en ai pas la moindre idée. Mais ça puait
le beau monde. Du genre qui a les poches pleines
d'espèces sonnantes et trébuchantes.

— Et le quidam en noir?... Je veux dire l'abruti
qui est presque tombé à l'eau?

— Sur celui-là, je n'en sais pas plus que vous.
Mais s'il est de la confrérie, moi je veux bien être
Luther.

J'entendis de nouveau le vin couler, puis
quelques rots satisfaits.

— Bonne besogne que celle qui nous attend, dit
quelqu'un au bout d'un moment. Il y a des camarades et de l'aubert.

Jaqueta rit tout bas.

– Oui. Mais vous avez entendu notre chef tout
à l'heure. Il faudra d'abord le gagner... Et on ne
nous le donne pas pour faire les jolis cœurs.

– En tout cas, dit l'un, ça me va, vive Dieu !
Moi, pour mille deux cents réaux, je serais capable
d'aller éteindre l'étoile du Berger.

– Moi aussi, approuva un autre.

– Et puis leurs dés ne sont pas pipés ; francs
comme l'or que j'ai dans ma poche.

Je les entendis chuchoter. Ceux qui savaient
compter le faisaient tout bas.

– La part de chacun est-elle fixe ? demanda
Sangonera. Ou bien répartira-t-on le total entre les
survivants ?

Le rire étouffé de Jaqueta se fit de nouveau
entendre.

– Ça, je ne crois pas qu'on le saura avant le des-
sert... C'est une façon comme une autre d'éviter
que, en pleine mêlée et à la faveur du désordre, on se
trucide mutuellement dans le dos.

L'horizon rougissait déjà derrière les arbres,
laissant entrevoir les buissons et les aimables vergers
qui allaient parfois jusqu'aux rives du fleuve. Je finis
par me lever et, passant entre les formes endormies,
je rejoignis le capitaine à l'arrière. Le patron, un

individu vêtu d'une casaque de serge, un bonnet de couleur sur la tête, refusa le vin de l'outre que j'apportais pour mon maître. Un coude sur la barre, il était attentif à se maintenir à égale distance des deux rives, à surveiller la brise qui gonflait la voile, et à éviter les troncs d'arbre charriés çà et là par le courant. Il avait la face tannée par le soleil, je ne l'avais pas encore entendu prononcer un mot et ne devais pas l'entendre davantage par la suite. Alatriste but une gorgée de vin et mastiqua le morceau de pain et la viande séchée que je lui avais apportés. Je restai près de lui, à contempler la lumière grandir sur l'horizon et gagner le ciel vide de nuages ; sur le fleuve, elle était encore imprécise, et les hommes allongés dans le fond de la barque étaient toujours enveloppés d'ombre.

– Que fait Olmedilla ? demanda le capitaine, tourné vers l'endroit où se trouvait le comptable.

– Il dort. Il a passé la nuit à crever de froid.

Mon maître ébaucha un sourire.

– Il n'a pas l'habitude, dit-il.

Je souris à mon tour. Nous, nous l'avions. Lui et moi.

– Il montera à l'abordage avec nous ?

Alatriste eut un léger haussement d'épaules.

– Qui sait ? dit-il.

– Il faudra veiller sur lui, murmurai-je, préoccupé.

– Chacun devra veiller sur soi seul. Quand viendra le moment, ne t'occupe que de toi.

Nous restâmes sans parler, en nous passant l'outre de vin. Mon maître continua de manger un moment.

– Te voilà grand, dit-il entre deux bouchées.

Il m'observait, pensif. Je sentis une douce onde de satisfaction me réchauffer le sang.

– Je veux être soldat, dis-je à brûle-pourpoint.

– J'aurais cru que, avec Breda, tu en avais eu ton content.

– Je veux l'être. Comme mon père.

Il cessa de mastiquer, me regarda encore attentivement un moment puis indiqua du menton les hommes couchés dans la barque.

– Ce n'est pas un grand avenir, fit-il remarquer.

Nous nous tûmes, bercés par le balancement de l'embarcation. Maintenant le paysage commençait à se colorer de rouge à travers les arbres, et l'ombre était moins grise.

– De toute façon, dit soudain Alatriste, il te manque quelques années pour qu'on te laisse t'enrôler. Et nous avons négligé ton éducation. C'est pourquoi, dès après-demain...

Je l'interrompis :

– Je lis des livres. J'écris convenablement, je sais les déclinaisons latines et les quatre opérations.

– Ce n'est pas suffisant. Le révérend père Pérez,

le magister, est un brave homme et, à Madrid, il pourra s'occuper de toi.

Il se tut de nouveau, pour adresser un autre coup d'œil aux hommes endormis. La lumière croissante accentuait les cicatrices de leurs visages.

– En ce monde, dit-il enfin, la plume arrive parfois là où l'épée ne parvient pas.

– Alors c'est injuste, répondis-je.

– Peut-être.

Il avait un peu tardé à prononcer ce dernier mot, et je crus percevoir une grande amertume dans ce peut-être. Pour ma part, je haussai les épaules sous ma couverture. A seize ans, j'étais sûr que j'arriverais facilement là où j'avais besoin d'arriver. Et maudits soient le magister Pérez et le rôle qu'il était censé jouer là-dedans.

– Mais nous ne sommes pas encore après-demain, capitaine.

Je le dis presque avec soulagement, sur le ton du défi, en regardant obstinément le fleuve devant nous. Sans me retourner, je sus qu'Alatriste me scrutait intensément ; et quand, finalement, je lui fis face, je vis que le soleil levant teignait de rouge l'iris de ses yeux glauques.

– Tu as raison, dit-il en me tendant l'outre. Il reste encore beaucoup de chemin à parcourir.

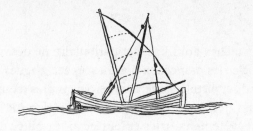

VIII

LA BARRE
DE SANLÚCAR

Le soleil, maintenant, nous frappait à la verticale : nous avions dépassé l'auberge de Tarfia, là où le Guadalquivir oblique vers l'ouest, quand on commence à deviner sur la rive droite les marais de Doña Ana. Les champs fertiles de l'Aljarafe et les rivages ombragés de Coria et de Puebla firent place à des dunes, des pinèdes et des taillis où l'on apercevait parfois des daims ou des sangliers. La chaleur devint plus forte et plus humide, et dans la barque les hommes plièrent leurs couvertures, dégrafèrent leurs capes, casaquins et pourpoints. Serrés comme harengs en caque, la lumière du jour laissait voir maintenant leurs faces mal rasées, les balafres, les barbes et les moustaches dont l'aspect patibulaire ne détonnait pas avec les monceaux d'armes, épées, dagues, poignards et pistolets que tous gardaient près d'eux, de même que leurs ceinturons et baudriers de cuir. Leurs vêtements sales et leur peau travaillée par le grand air, le manque de sommeil et la navigation, répandaient une odeur crue, âcre, que je connaissais bien depuis les Flandres. Une odeur d'hommes en campagne. Une odeur de guerre.

Je fis bande à part dans un coin avec Sebastián Copons et le comptable Olmedilla sur qui je me croyais obligé moralement de veiller un peu au milieu de semblable compagnie et malgré l'antipathie qu'il continuait de m'inspirer. Nous partageâmes le vin de l'outre et les provisions, et, même si ni le vétéran de Huesca ni l'agent du trésor royal n'étaient hommes à prononcer beaucoup – ou même peu – de mots, je demeurais près d'eux mû par un sentiment de loyauté. Envers Copons, pour ce que nous avions vécu ensemble dans les Flandres ; et envers Olmedilla, à cause des circonstances. Quant au capitaine Alatriste, il resta, tout au long des douze lieues de notre navigation, constamment occupé de son affaire, toujours assis à l'arrière à côté du patron, ne dormant que par brefs intervalles – quand il le faisait, il rabattait son chapeau sur son visage pour qu'on ne le vît fermer les yeux – et sans presque jamais quitter les hommes du regard. Il les étudiait

posément un par un, comme si, de la sorte, il se
pénétrait de leurs qualités et de leurs vices pour les
connaître mieux. Il était attentif à leur manière de
manger, de bâiller, de dormir ; aux éclats de voix
quand ils manipulaient les cartes, en cercle, jouant
avec le jeu de Guzmán Ramírez ce qu'ils ne possé-
daient pas encore. Il repérait celui qui buvait beaucoup et celui qui buvait peu ; le loquace, le hâbleur et
le taciturne ; les jurons d'Enríquez le Gaucher, le rire
tonitruant du mulâtre Campuzano ou l'immobilité
de Saramago le Portugais, qui lut durant tout le
voyage, allongé sur sa cape, avec le plus grand détachement du monde. Il y en avait qui étaient silencieux et discrets, comme le Chevalier d'Illescas, le
matelot Suárez ou le Biscayen Mascarúa, et d'autres
empruntés et mal à l'aise, comme Bartolo Chie-le-
Feu qui ne connaissait personne et dont les tentatives de conversation échouaient l'une après l'autre.
Certains s'exprimaient de façon spirituelle et agréable,
comme Pencho Bullas, ou le maquereau Juan Eslava
qui, toujours d'excellente humeur, détaillait à ses
camarades avec un grand luxe de précisions les pro-
priétés – expérimentées par lui-même, affirmait-il –
de la poudre de corne de rhinocéros, propices à la
virilité. D'autres se montraient ombrageux, comme
Ginesillo le Mignon avec son air sage, son sourire
équivoque et son regard dangereux, Andresito aux
Cinquante et ses airs supérieurs, ou sournois, comme

le Brave des Galions, le visage parcouru d'estafilades qu'il ne devait certainement pas à un barbier. Et ainsi, tandis que notre barque descendait le fleuve, l'un parlait d'affaires de femmes ou d'argent, l'autre blasphémait à la ronde en jetant les dés pour tuer le temps, un autre encore évoquait des anecdotes vraies ou imaginaires d'une hypothétique vie de soldat qui, bientôt, incluait Roncevaux et pourquoi pas quelques campagnes avec Viriato contre les Romains. Tout cela, naturellement, avec les habituelles invocations au ciel, serments, rodomontades et hyperboles.

— Car, par le Christ, je suis chrétien de vieille souche, aussi pur de sang et hidalgo que le roi en personne, entendis-je dire à l'un.

— Dans ce cas, je le suis plus que toi, rétorqua un autre. Car, en fin de compte, le roi est à demi flamand.

Et ainsi, à les écouter, ont eût dit que la barque était occupée par une légion recrutée parmi ce que les royaumes d'Aragon, de Navarre et des deux Castilles comptaient de meilleur et de plus illustre. C'est le lot commun de toute confrérie. Et même dans un espace aussi réduit et dans une troupe aussi dépenaillée que la nôtre, ils faisaient les fiers et émettaient des distinguos entre telle et telle terre, formant des camps pour s'opposer les uns aux autres, ceux d'Estrémadure, d'Andalousie, de Biscaye ou de Valence

s'accablant de reproches, faisant valoir chacun pour
son compte les vices et les disgrâces de telle province, et ne se retrouvant tous que pour s'unir dans
la haine commune des Castillans, avec des quolibets
et de lourdes plaisanteries, aucun n'étant en reste
pour se figurer qu'il valait cent fois plus que ce qu'il
était. Car cette confrérie ainsi rassemblée constituait
finalement une Espagne en miniature ; toute la gravité, l'honneur et l'orgueil de la nation, que Lope,
Tirso et les autres mettaient en scène dans les cours
de comédie, étaient partis en fumée avec le siècle
passé pour ne plus exister qu'au théâtre. Seules nous
restaient l'arrogance et la cruauté ; si bien qu'il suffisait de considérer l'estime en laquelle chacun de
nous tenait sa propre personne, la violence et le
mépris envers les autres provinces et nations, pour
comprendre combien était justifiée la haine que
l'Europe entière et la moitié du monde nous portaient.

Quant à notre expédition, elle participait naturellement de tous ces vices, et la vertu lui allait aussi
bien qu'au diable une harpe, une auréole et des ailes
blanches. Mais au moins, si mesquins, cruels et fan-
farons qu'ils fussent, les hommes qui voyageaient
dans notre barque avaient quelque chose en commun : ils étaient liés par la soif de l'or promis, et leurs
baudriers, ceinturons et fourreaux étaient graissés
avec un soin méticuleux, leurs armes luisaient, bien

fourbies, quand ils les sortaient pour les aiguiser ou les nettoyer sous les rayons du soleil. Et sans doute le capitaine Alatriste, qui gardait toujours la tête froide, habitué qu'il était à ce genre d'hommes et de vie, comparait-il tous ces gens avec ceux qu'il avait connus en d'autres contrées ; et il pouvait ainsi deviner, ou prévoir, la part que chacun donnerait de lui-même, la nuit venue. Ou, en d'autres termes, à qui il pouvait faire confiance, et à qui il ne le pouvait pas.

Il restait encore une bonne lumière quand nous passâmes le dernier grand méandre du fleuve, sur les rives duquel se dressaient les montagnes blanches des salines. Entre les nombreuses plages de sable et les pinèdes, nous vîmes le port de Bonanza, avec son anse où se trouvaient déjà de nombreuses galères et autres navires ; et plus loin, bien dessinée dans la clarté du soir, la tour de l'église Majeure et les maisons plus hautes de Sanlúcar de Barrameda. Alors le matelot affala la voile, et le patron dirigea la barque vers la rive d'en face, en cherchant la limite droite du courant très large qui se déversait une lieue et demie plus loin dans l'océan.

Nous débarquâmes en nous mouillant les pieds, à l'abri d'une grande dune dont la langue de sable se prolongeait dans le fleuve. Trois hommes

– Qui d'entre vous, messieurs, a servi le roi ?

Presque tous levèrent la main. Les pouces passés dans son ceinturon, très sérieux, Alatriste les étudia un à un. Sa voix était aussi glacée que ses yeux.

– Je parle de ceux qui ont été soldats pour de bon.

Beaucoup hésitèrent, mal à l'aise, en se regardant en dessous. Plusieurs baissèrent la main, et d'autres la laissèrent levée, mais le regard d'Alatriste finit par la leur faire baisser à leur tour. Outre Copons, ceux qui la gardaient en l'air étaient Juan Jaqueta, Sangonera, Enríquez le Gaucher et Andresito aux Cinquante. Alatriste désigna également Eslava, Saramago le Portugais, Ginesillo le Mignon et le matelot Suárez.

– Ces neuf hommes formeront le groupe de proue. Ils ne monteront que quand le groupe de poupe sera déjà en train de se battre sur le château, pour prendre par surprise l'équipage à revers. Ils devront monter à bord très discrètement par la chaîne de l'ancre, avancer sur le pont, et nous nous rejoindrons tous à la poupe.

– Il y a des chefs pour chaque groupe ? demanda Pencho Bullas.

– Oui. Sebastián Copons à la proue, et moi-même à la poupe avec vous, et messieurs Chie-le-Feu, Campuzano, Guzmán Ramírez, Mascarúa, le Chevalier d'Illescas et le Brave des Galions.

Je les regardai tous, d'abord déconcerté. Une
telle disproportion dans la qualité des hommes, entre
les deux groupes, semblait relever d'un manque de
perspicacité. Puis je compris qu'Alatriste mettait les
meilleurs sous le commandement de Copons, se
réservant les plus indisciplinés ou les plus douteux, à
l'exception du mulâtre Campuzano et peut-être de
Bartolo Chie-le-Feu, qui, même s'il était plus bravache que brave, se comporterait bien, par pure vergogne, afin de ne pas démériter aux yeux du capitaine. Cela signifiait que ce serait le groupe de proue
qui déciderait de la partie ; tandis que celui de
poupe, viande de boucherie, supporterait le pire du
combat. Et que si quelque chose tournait mal, ou si
le groupe de proue prenait trop de retard, celui de
poupe aurait aussi le plus grand nombre de pertes.

— Le plan, poursuivit Alatriste, consiste à couper la chaîne de l'ancre pour que le bateau dérive jusqu'à la côte et s'échoue sur une des langues de sable
qui font face à la pointe de San Jacinto. A cette fin, le
groupe de proue emportera deux haches… Tout le
monde restera à bord jusqu'à ce que le bateau touche
le fond sur la barre… Alors nous irons à terre : de cet
endroit, on peut la rejoindre en ayant de l'eau jusqu'à
la poitrine ; et nous laisserons l'affaire entre les mains
d'autres gens, qui sont prévenus.

Les hommes se regardèrent. Du bosquet de
pins venait le crissement monotone des cigales. Avec

le bourdonnement des mouches qui nous assaillaient par essaims, ce fut le seul son que l'on entendit pendant que chacun s'enfermait dans ses méditations.

– Y aura-t-il une forte résistance ? demanda Juan Jaqueta, qui mordillait ses favoris d'un air pensif.

– Je ne sais pas. Pour le moins, on peut s'attendre à une résistance raisonnable.

– Combien y a-t-il d'hérétiques à bord ?

– Ce ne sont pas des hérétiques, ce sont des Flamands catholiques, mais cela revient au même. Disons entre vingt et trente, encore que beaucoup sauteront par-dessus bord… Ah ! Un point important : tant qu'il restera un homme vivant dans l'équipage, aucun de nous ne prononcera un mot d'espagnol. – Alatriste regarda Saramago le Portugais, qui écoutait attentivement, avec son allure grave d'hidalgo maigre, le livre habituel dépassant de la poche de son pourpoint. – Ce serait bien venu que ce gentilhomme crie quelque chose dans sa langue, et que ceux qui connaissent des mots d'anglais ou de flamand en laissent aussi tomber quelques-uns… – Le capitaine se permit un léger sourire sous la moustache. – L'idée est que nous sommes des pirates.

Cela détendit l'atmosphère. Il y eut des rires, et les hommes échangèrent des regards amusés. Avec pareille compagnie, la chose n'était pas si éloignée de la réalité.

— Et que fera-t-on de ceux qui ne se jetteront pas à l'eau ? voulut savoir Mascarúa.

— Aucun membre de l'équipage n'arrivera vivant sur le banc de sable… Plus nous en effrayerons au début, moins nous aurons à en tuer.

— Et les blessés, ou ceux qui demanderont quartier ?

— Cette nuit, il n'y aura pas de quartier.

Certains sifflèrent entre leurs dents. Il y eut des battements de paumes moqueurs et des rires étouffés.

— Et nos blessés à nous ? demanda Ginesillo le Mignon.

— Ils descendront à terre avec nous et ils seront soignés. Là nous recevrons tous notre dû, et chacun rentrera chez lui.

— Et s'il y a des morts…? – Le Brave des Galions souriait de toute sa face balafrée. – Toucherons-nous la somme fixée, ou partagerons-nous leur part à la fin ?

— On verra.

Le ruffian observa ses camarades puis accentua son sourire.

— Ce serait bien de voir dès maintenant, dit-il, d'un air hypocrite.

Alatriste ôta très lentement son chapeau et passa une main dans ses cheveux. Puis il le remit. La façon dont il regardait l'autre ne permettait pas la moindre équivoque.

— Bien, pour qui ?

Il avait parlé en faisant traîner les mots, et à voix très basse ; avec une considération à laquelle même un enfant à la mamelle n'eût pas accordé la moindre confiance. Le Brave des Galions non plus, car il saisit le message, détourna les yeux et ne dit plus rien. Le comptable Olmedilla s'était un peu rapproché du capitaine et lui glissa quelques mots à l'oreille. Mon maître acquiesça.

— Il reste un point important que vient de me rappeler ce gentilhomme... Personne, sous aucun prétexte — Alatriste promenait son regard de braise sur l'assistance —, absolument personne, ne descendra dans les cales du navire ; il n'y aura ni butin personnel, ni rien de rien.

Sangonera leva la main, curieux.

— Et si un membre de l'équipage va s'y fourrer ?

— En ce cas, je dirai qui doit descendre le chercher.

Le Brave des Galions caressait pensivement ses cheveux graisseux réunis en queue-de-rat. Puis il finit par lâcher ce que tous les autres n'osaient dire.

— Et qu'y a-t-il dans ce tabernacle, que l'on ne peut voir ?

— Ce n'est pas votre affaire. D'ailleurs, ce n'est même pas la mienne. J'espère n'avoir à le rappeler à personne.

L'autre éclata d'un rire grossier.

— Comme s'il y allait de la vie.

Alatriste le regarda fixement.

— C'est bien cela.

— Tudieu, c'est aller trop loin… — Le ruffian se
campait sur une jambe puis sur l'autre, en fanfaron-
nant. — Sur ma foi, souvenez-vous que les hommes
avec qui vous traitez ne sont pas des agneaux disposés à supporter pareille menace. Chez moi et chez les
camarades, ce genre de propos…

— Ce que vous pouvez supporter ou non, monsieur, je m'en moque éperdument, l'interrompit
sèchement Alatriste. C'est ainsi, tout le monde a été
prévenu, et personne ne peut revenir en arrière.

— Et si cela nous déplaît, maintenant?

— Voilà des paroles bien scélérates… — Le capitaine passa lentement ses doigts sur sa moustache,
puis il fit un geste pour indiquer la pinède. — Quant à
votre cas, monsieur, ce sera pour moi un plaisir d'en
discuter en tête à tête avec vous dans ce bosquet.

Le bravache lança un appel silencieux à ses
camarades. Certains l'observaient avec une discrète
solidarité, et d'autres non. Pour sa part, son épais
sourcil froncé, Bartolo Chie-le-Feu s'était levé pour
s'approcher, l'air menaçant, et protéger le capitaine;
moi-même, je portai la main à mon dos pour tâter
ma dague. La plupart des hommes détournaient les
yeux, souriaient à demi ou regardaient Alatriste
caresser froidement la coquille de son épée. L'idée

d'assister à une bonne querelle où le capitaine joue-
rait le rôle du maître d'escrime ne semblait déranger
personne. Beaucoup étaient au courant de ses états
de service et avaient eu l'occasion de les narrer aux
autres ; et le Brave des Galions, avec son arrogance
grossière et ses grands airs de rodomont, du genre
qui se vantent d'en avoir tué sept d'un coup – ce qui,
même dans cette confrérie, passe pour exagéré –,
n'attirait pas les sympathies.

— Nous en reparlerons plus tard, dit enfin le
ruffian.

Il avait eu le temps de réfléchir, mais il ne voulait pas perdre la face. Plusieurs compères eurent
une moue de déception, ou se donnèrent des coups
de coude. Dommage. Pas de bosquet pour ce soir.

— Nous en reparlerons, dit suavement Alatriste,
quand vous voudrez.

Personne ne discuta davantage, ni ne répondit
à l'invite, ni ne fit mine d'y prétendre. Tout resta
calme, Chie-le-Feu défronça le sourcil, et chacun
alla vaquer à ses occupations. C'est alors que je
remarquai que Sebastián Copons retirait sa main de
la crosse de son pistolet.

Les mouches bourdonnaient en se posant sur
nos visages quand nous passâmes avec précaution la

tête au-dessus de la crête de la grande dune. Devant
nous, la barre de Sanlúcar était très bien éclairée par
la lumière du soir. Entre l'anse de Bonanza et la
pointe de Chipiona où, sur une largeur d'environ
une lieue, le Guadalquivir débouchait sur la mer,
l'estuaire du fleuve était une forêt de mâts pavoisés
et de voiles de bateaux, hourques, galéasses, caravelles, navires petits et grands, embarcations côtières
ou océanes mouillées entre les bancs de sable ou en
mouvement dans tous les sens, et cela se prolongeait
le long de la côte du levant, en direction de Rota et
de la baie de Cadix. Certains attendaient la marée
montante pour gagner Séville, d'autres déchargeaient
leur cargaison dans des barges, ou encore appareillaient pour se rendre à Cadix après avoir reçu la
visite des agents royaux venus vérifier ce qu'ils trans-
portaient. Au loin, sur l'autre rive, nous pouvions
voir Sanlúcar qui prospérait sur le côté gauche, avec
ses maisons neuves descendant jusqu'au bord de
l'eau et la ville ancienne fortifiée sur la colline, où se
détachaient les tours du château, le palais des ducs,
l'église Majeure et le bâtiment de la vieille douane
qui enrichissait tant de gens par des journées comme
celle-ci. La ville basse, dorée par la lumière du soleil,
le sable de sa marine parsemé de petites barques
de pêche échouées, grouillait de gens, et des petits
canots à voile faisaient la navette entre elle et les
navires.

– Voilà le *Virgen de Regla*, dit le comptable Olmedilla.

Il parlait à voix basse, comme si l'on pouvait nous entendre sur l'autre rive du fleuve, et essuyait son visage avec un mouchoir trempé de sueur. Il était plus pâle que jamais. Marcher et ramper sur les dunes et dans les fourrés n'entrait pas dans ses habitudes ; il fondait sous l'effet de l'effort et de la chaleur. Son index taché d'encre désignait un gros galion, mouillé entre Bonanza et Sanlúcar, à l'abri d'une langue de sable que la marée descendante commençait à découvrir. Il avait l'avant tourné dans la direction de la brise du sud qui ridait la surface de l'eau.

– Et celui-là, ajouta-t-il en indiquant un autre plus proche, c'est le *Niklaasbergen*.

Je suivis le regard d'Alatriste. Le capitaine, le bord de son chapeau rabattu sur les yeux pour les protéger du soleil, observa avec soin le galion hollandais. Il était mouillé à l'écart, près de notre rive, vers la pointe de San Jacinto et la tour de vigie qui s'élevait là pour prévenir les incursions des pirates barbaresques, hollandais et anglais. Le *Niklaasbergen* était une hourque noire de goudron, avec trois mâts dont les voiles étaient carguées sur les vergues. Il était trapu et laid, semblait peu manœuvrant, avec une poupe très haute peinte, sous la lanterne, en blanc, rouge et jaune ; un bateau des plus communs, fait pour le transport, et qui n'attirait pas l'attention.

Il pointait également sa proue vers le sud, et ses
sabords étaient ouverts pour ventiler les ponts inférieurs. On ne voyait guère de mouvement à bord.

— Il était mouillé à côté du *Virgen de Regla* jusqu'au lever du jour, expliqua Olmedilla. Ensuite, il
est venu s'ancrer ici.

Le capitaine étudiait chaque détail du paysage,
comme un rapace avant de se lancer aveuglément
sur sa proie.

— Ont-ils déjà embarqué tout l'or ? demanda-
t-il.

— Il en manque une partie. Ils n'ont pas voulu
rester bord à bord pour ne pas éveiller les soup-
çons… Ils transborderont le reste quand la nuit sera
tombée, dans des canots.

— De combien de temps disposons-nous ?

— Il ne lèvera pas l'ancre avant demain, avec la
marée haute.

Olmedilla indiqua les pierres d'un ancien abri
de madrague en ruine qui se trouvait sur le rivage.
Plus loin, on pouvait voir un banc de sable que la
marée basse laissait à découvert.

— Voilà l'endroit, dit-il. De là, même à marée
haute, on peut gagner le rivage à pied.

Alatriste plissa davantage les yeux. Il observait
d'un air méfiant des rochers noirs tapis sous l'eau un
peu plus au large.

— Ce sont les hauts-fonds que l'on appelle les

rochers du Cap, dit-il. Je m'en souviens fort bien…
Les galères avaient toujours soin de les éviter.

— Je ne crois pas que nous ayons à nous en préoccuper, répondit Olmedilla. A cette heure-là, nous
aurons la marée, la brise et le courant du fleuve pour
nous.

— Cela vaut mieux. Parce que si, au lieu
d'échouer la quille sur le sable, nous donnions sur
ces rochers, nous irions par le fond… Et l'or aussi.

En rampant et en essayant de ne pas laisser voir
nos têtes, nous battîmes en retraite pour rejoindre les
hommes. Ils étaient allongés par terre, sur leurs
capes et leurs manteaux, en attendant dans cet état
d'hébétude propre à leur métier ; et sans que personne ne leur eût rien demandé, par instinct, ils
s'étaient rassemblés dans l'ordre qui serait le leur au
moment de l'abordage.

Le soleil disparaissait derrière le bosquet de
pins. Alatriste alla s'asseoir sur sa cape, prit l'outre
de vin et but une gorgée. J'étendis ma couverture par
terre, à côté de Sebastián Copons ; l'Aragonais som-
nolait sur le dos, un mouchoir sur la figure pour se
protéger des mouches, les mains jointes sur la poignée de sa dague. Olmedilla rejoignit le capitaine. Il
avait croisé les doigts et se tournait les pouces.

— J'irai avec vous, dit-il à voix basse.

Je vis Alatriste s'arrêter de boire et le regarder
attentivement.

– Ce n'est pas une bonne idée, répondit-il au bout d'un instant.

Le teint blême du comptable, sa petite moustache, sa barbiche dépeignée par le voyage, lui donnaient un aspect fragile ; mais il serrait les lèvres, obstiné.

– Cela relève de mes obligations, insista-t-il. Je suis agent du roi.

Le capitaine resta un moment pensif, en essuyant du dos de la main le vin de sa moustache. Finalement, il posa l'outre et s'allongea sur le sable.

– Comme il vous plaira, dit-il soudain. Moi, je ne me mêle jamais des questions d'obligations.

Il resta encore un peu sans parler, réfléchissant. Puis il haussa les épaules.

– Vous irez avec le groupe de proue, dit-il enfin.

– Pourquoi pas avec vous ?

– Ne mettons pas tous les œufs dans le même panier.

Olmedilla me lança un regard, que je soutins sans sourciller.

– Et le garçon ?

Alatriste me regarda d'un air faussement distrait, puis il défit la boucle de son ceinturon qu'il ôta avec l'épée et la dague pour l'enrouler ensuite autour des armes. Il mit le tout sous la couverture pliée qui lui servait d'oreiller et défit son pourpoint.

— Iñigo viendra avec moi.

Il s'allongea, le chapeau sur la figure, bien décidé à se reposer. Olmedilla gardait les doigts croisés, observait le capitaine et se tournait de nouveau les pouces. Son impassibilité semblait un peu moins affirmée qu'à l'habitude ; comme si une idée qu'il ne parvenait pas à exprimer s'agitait dans sa tête.

— Et que se passera-t-il, capitaine, dit-il enfin, si le groupe de proue est en retard, ou s'il ne parvient pas à nettoyer le pont à temps ?... Je veux dire, si... enfin... s'il vous arrive quelque chose ?

Alatriste ne bougea pas sous le chapeau qui cachait ses traits.

— Dans ce cas, dit-il, le *Niklaasbergen* ne sera plus mon affaire.

Je m'endormis. Comme bien souvent dans les Flandres avant une marche ou un combat, je fermai les paupières et profitai du temps qui était devant moi pour reprendre des forces. Ce fut d'abord une somnolence indécise, où j'ouvrais par instants les yeux pour percevoir les dernières lueurs du jour, les corps étendus alentour, leurs respirations et leurs ronflements, les conversations à voix basse et la forme immobile du capitaine, le chapeau rabattu. Puis le sommeil se fit plus profond, et je me laissai flotter sur des eaux noires et calmes, à la dérive dans une mer immense sillonnée de voiles innombrables qui la couvraient jusqu'à l'horizon. Finalement, Angélica d'Alquézar apparut, comme tant d'autres fois. Et cette fois je me noyai dans ses yeux et sentis de nouveau sur mes lèvres la douce pression des siennes. Je cherchai autour de moi, pour trouver quelqu'un à qui crier mon bonheur ; et là-bas, immobiles dans la brume d'un canal flamand, se tenaient les ombres de mon père et du capitaine Alatriste. Je les rejoignis en barbotant dans la boue, juste à temps pour dégainer mon épée face à une immense armée de spectres qui sortaient de leurs tombes, soldats morts, avec leurs plastrons et leurs morions rouillés, qui brandissaient des armes dans leurs mains décharnées en nous regardant du fond de l'abîme de leurs orbites vides. J'ouvris la bouche pour hurler en silence des paroles anciennes qui avaient perdu leur sens, car le temps les avait emportées une par une.

Quand je m'éveillai, la main du capitaine Alatriste était posée sur mon épaule. « C'est l'heure », murmura-t-il tout bas, en frôlant presque mon oreille de sa moustache. J'ouvris les yeux sur la nuit. Personne n'avait allumé de feu, on ne voyait aucune lumière. Le mince croissant de lune n'éclairait presque plus ; mais c'était suffisant pour apercevoir de vagues profils, les silhouettes noires qui s'agitaient autour de moi. J'entendis des épées glisser hors des fourreaux, des boucles de ceinturons et de baudriers se fermer, des phrases brèves chuchotées. Les hommes ajustaient leurs vêtements, échangeaient leurs chapeaux contre des foulards ou des mouchoirs noués autour de la tête et enveloppaient leurs armes dans des chiffons pour ne pas être trahis par le bruit des fers entrechoqués. Comme l'avait ordonné le capitaine, les pistolets étaient laissés sur place, avec le reste des bagages. L'abordage du *Niklaasbergen* se ferait à l'arme blanche.

Je défis à tâtons le ballot de nos affaires et passai mon casaquin de daim neuf, encore assez raide et épais pour protéger mon torse des coups d'épée. Puis j'attachai solidement mes savates, assurai la dague à ma ceinture, pour ne pas risquer de la perdre, avec un cordon noué à la garde, et accrochai l'épée de l'alguazil à un baudrier de cuir. Autour de moi les hommes buvaient un dernier coup à leurs gourdes de vin, urinaient pour s'alléger avant l'action, chuchotaient. Alatriste et Copons étaient presque tête contre tête pendant que l'Aragonais recevait les dernières instructions. En reculant d'un pas, je me heurtai au comptable Olmedilla, qui me reconnut et me donna une courte et sèche tape dans le dos ; ce qui, chez un personnage aussi revêche, pouvait être considéré comme une raisonnable expression d'affection. Je remarquai qu'il portait, lui aussi, une épée à la ceinture.

— Partons, dit Alatriste.

Nous nous mîmes en route, enfonçant les pieds dans le sable. Je reconnus certaines ombres qui passaient près de moi ; la haute et mince forme de Saramago le Portugais, la grande carcasse de Bartolo Chie-le-Feu, le silhouette trapue de Sebastián Copons. Quelqu'un fit une saillie à voix basse, et j'entendis le rire étouffé du mulâtre Campuzano. Aussitôt intervint la voix du capitaine ordonnant le silence, et personne ne dit plus un mot.

En passant près du bosquet de pins, nous entendîmes le hennissement d'une mule, et je regardai dans cette direction, intrigué. Il y avait des montures cachées sous les arbres et, près d'elles, des formes humaines confuses. Il devait s'agir des gens qui, plus tard, quand le galion se serait échoué sur la barre, se chargeraient de transborder l'or. Comme pour confirmer mes suppositions, trois silhouettes noires se détachèrent de la pinède ; Olmedilla et le capitaine s'arrêtèrent pour avoir un conciliabule avec elles. Je crus reconnaître les faux chasseurs que nous avions vus l'après-midi. Puis elles disparurent, Alatriste donna un ordre, et nous reprîmes notre marche. Nous gravissions maintenant la pente d'une dune en nous enfonçant jusqu'aux chevilles, et nos formes se découpaient avec netteté sur le sable clair. Arrivés au sommet, le bruit de la mer parvint à nos oreilles et la brise nous caressa le visage. On voyait une vaste tache sombre, sur laquelle brillaient jusqu'à l'horizon aussi noir que le ciel les petits points lumineux des feux des bateaux au mouillage : on eût dit que les étoiles se reflétaient dans la mer. Au loin, sur l'autre rive, on apercevait les lumières de Sanlúcar.

Nous descendîmes sur la plage, le sable amortissant le bruit de nos pas. J'entendis derrière moi la voix de Saramago le Portugais qui récitait tout bas :

> Porem eu cos pilotos na arenosa
> praia, por vermos em que parte estou,
> me detenho em tomar do sol a altura
> e compassar a universal pintura...

Quelqu'un demanda ce que diable c'était, et le Portugais, sans s'émouvoir, répondit de son ton distingué et en faisant traîner les s que c'était de Camoens, que ces maudits Lope de Vega et Cervantès n'étaient pas tout en ce monde, qu'il avait l'habitude de réciter ce qui lui sortait des tripes avant de se battre, et que si *Os Lusíadas* incommodaient quelqu'un, il se ferait un plaisir de tirer l'épée contre lui et contre sa sainte mère.

– Qu'il aille se faire voir, cet enfant de putain du Tage, murmura quelqu'un.

Il n'y eut pas d'autres commentaires, le Portugais continua de réciter ses vers entre ses dents et nous poursuivîmes notre chemin. Devant les pieux d'une bordigue de pêcheurs, nous vîmes deux canots qui attendaient, un homme dans chaque. Nous nous rassemblâmes sur le rivage, dans l'expectative.

– Les miens, avec moi, dit Alatriste.

Il était tête nue, avec son casaquin en peau de buffle, l'épée et la biscayenne à la ceinture. A son ordre, les hommes formèrent les deux groupes prévus. On entendait des au revoir et des vœux de bonne chance, quelques plaisanteries et les habituelles fanfaronnades à propos des âmes que chacun pensait expédier dans l'autre monde. Les nerfs étaient à vif, il y eut des bousculades dans l'obscurité et des jurons. Sebastián Copons passa près de nous, suivi de ses hommes.

– Laisse-moi un moment, dit le capitaine à voix basse. Mais pas trop long.

L'autre acquiesça en silence et resta sur place pendant que ses hommes embarquaient. Le dernier était le comptable Olmedilla. Son vêtement noir le faisait paraître plus sombre encore. Il barbota dans l'eau, pataud et héroïque, tandis qu'on l'aidait à monter dans le canot, car il s'était pris les jambes dans son épée.

– Veille aussi sur lui, si tu le peux, dit Alatriste
à Copons.

– Que le diable me conchie, répondit l'Aragonais, qui nouait son foulard sur sa tête. Cela fait trop
de choses pour une seule nuit !

Alatriste eut un petit rire, dents serrées.

– Qui l'eût dit, n'est-ce pas ?... Égorger des
Flamands à Sanlúcar.

Copons émit un grognement.

– Bah... Pour égorger, tous les lieux se valent.

Le groupe de poupe embarquait aussi. J'allai le
rejoindre, me mouillai les pieds, passai la jambe par-
dessus la lisse et m'installai sur un banc. Un moment
plus tard, le capitaine arriva.

– Aux rames, dit-il.

Nous engageâmes les estropes des avirons sur
les tolets et commençâmes à nager en nous éloignant
du rivage, tandis que le matelot du canot mettait la
barre vers une lumière lointaine qui scintillait sur
l'eau ridée par la brise. L'autre canot restait à peu de
distance, silencieux, plongeant les rames dans l'eau
et les retirant avec beaucoup de précautions.

– Doucement, dit Alatriste. Doucement.

Les pieds calés contre le banc de devant, assis à
côté de Bartolo Chie-le-Feu, je ployais l'échine à
chaque coup de nage, avant de redresser le corps en
arrière en tirant fort sur l'aviron. A la fin de chaque
mouvement je me retrouvais la face vers le ciel, et je

regardais les étoiles qui se dessinaient avec une grande netteté sur la voûte. Quand je me penchais en avant, je me retournais parfois pour observer la mer au-delà des têtes de mes camarades. Le galion se rapprochait rapidement.

— Et moi qui croyais, murmurait Chie-le-Feu en rognonnant sur sa rame, qu'on m'avait libéré des galères.

L'autre canot commença de s'éloigner du nôtre, la petite silhouette de Copons dressée sur la proue. Il disparut rapidement dans l'obscurité et l'on entendit plus que le clapotis sourd de ses rames. Puis plus rien. Maintenant la brise avait un peu forci, et l'eau était agitée d'une légère houle qui balançait l'embarcation en nous obligeant à être plus attentifs au rythme de la nage. A mi-chemin, le capitaine ordonna une relève, afin que tout le monde fût en bonne forme au moment de monter à bord. Pencho Bullas prit ma place et Mascarúa celle de Chie-le-Feu.

— Silence et prudence, dit Alatriste.

Nous étions tout près du galion. Je pouvais observer plus en détail sa silhouette sombre et massive, les mâts qui se découpaient sur le ciel nocturne. La lanterne allumée au château nous indiquait la poupe avec une exactitude parfaite. Il y avait un autre feu sur le pont, éclairant les haubans, les cordages et la base du grand mât, et une lumière filtrait

de deux sabords ouverts sur le côté. On ne voyait
personne.

– Levez les rames ! chuchota Alatriste.

Les hommes cessèrent de nager et le canot se
balança immobile dans la houle. Nous étions à
moins de vingt toises de l'énorme poupe. La lumière
de la lanterne se reflétait dans l'eau, presque sous
notre nez. Sur le flanc du galion, près du château,
était amarrée une chaloupe au-dessus de laquelle
pendait une échelle.

– Préparez les grappins.

Les hommes sortirent de sous les bancs quatre
crocs d'abordage auxquels étaient attachées des
cordes à nœuds.

– Aux rames, maintenant… En silence et très
lentement.

Nous avançâmes de nouveau, tandis que le
matelot nous dirigeait vers la chaloupe et l'échelle.
Nous passâmes ainsi sous la haute poupe noire, en
cherchant les endroits que n'atteignait pas la lumière
de la lanterne. Nous regardions tous vers le haut
en retenant notre souffle, avec la crainte de voir à
tout moment y apparaître un visage, suivi d'un cri
d'alerte et d'une grêle de balles ou d'une volée de
mitraille. Enfin les rames furent rangées au fond du
canot, et celui-ci glissa pour aller choquer contre le
bordé du galion, à la hauteur de la chaloupe et exactement sous l'échelle. Je crus que le bruit allait

réveiller tout l'estuaire. Mais, en fait, nul ne cria à l'intérieur et il n'y eut aucune alarme. Un frisson de fièvre parcourut le canot tandis que les hommes dégageaient les armes des chiffons et se préparaient à monter. J'ajustai bien les aiguillettes de mon casaquin. Un instant, le visage du capitaine Alatriste fut très près du mien. Je ne pouvais voir ses yeux, mais ie sus qu'il m'observait.

– Chacun pour soi, mon gars, me dit-il à voix basse.

J'acquiesçai, tout en sachant qu'il ne pouvait me voir. Puis je sentis sa main se poser brièvement sur mon épaule, très ferme. Je levai les yeux et avalai ma salive. Le pont était à cinq ou six brasses au-dessus de nos têtes.

– En avant! chuchota le capitaine.

A ce moment, je pus voir son visage à la lumière distante de la lanterne, le profil de faucon au-dessus de la moustache, quand il commença à grimper à l'échelle, le regard tourné vers le haut, l'épée et la dague cliquetant à la ceinture. Je montai derrière lui sans même réfléchir pendant que j'entendais les hommes, qui ne prenaient plus désormais de précautions, lancer les crocs d'abordage qui résonnèrent en tombant sur le plancher du pont et en se plantant dans la lisse. Maintenant, j'étais entièrement pris par l'effort de grimper, de me cramponner, et une tension presque douloureuse me lacérait les muscles et

le ventre tandis que je m'accrochais aux cordes de
l'échelle et me hissais, échelon par échelon, en glissant contre le bordé humide.

— Foutredieu! dit quelqu'un en bas.

Alors, au-dessus de nos têtes, un cri d'alarme
retentit, et, en regardant, je vis apparaître une tête à
demi éclairée par la lanterne. L'homme avait une
expression épouvantée et nous regardait monter
comme s'il n'accordait pas crédit à ce qu'il voyait. Et
peut-être mourut-il sans être parvenu à y croire vraiment, car le capitaine Alatriste, qui arrivait déjà à sa
hauteur, lui enfonça sa dague dans la gorge jusqu'à la
garde, et l'autre disparut de notre vue. Maintenant,
on entendait d'autres appels en haut et des pas préci-
pités dans les entrailles du navire. Plusieurs têtes se
montrèrent prudemment aux sabords et se retirèrent
aussitôt en criant en flamand. Les bottes du capitaine vinrent m'écraser la figure au moment où il
arrivait au faîte, avant de sauter sur le pont. A ce
moment, une autre tête se montra au-dessus de la
lisse, un peu plus haut, sur le château; nous vîmes
une mèche allumée, un coup d'arquebuse retentit,
accompagné d'un éclair, et quelque chose passa très
vite entre nous en bourdonnant, suivi d'un craquement de chairs et d'os brisés. Près de moi, quelqu'un
qui montait du canot tomba à la renverse dans la
mer, qui l'engloutit sans qu'il ait eu le temps d'ouvrir
la bouche.

– En avant !… En avant ! criaient les hommes derrière moi, en se bousculant pour monter.

Dents serrées, tête baissée comme si j'avais pu la cacher entre mes épaules, je franchis aussi vite que je pus la distance qui me restait à parcourir, passai de l'autre côté de la lisse, posai le pied sur le pont et, à peine l'avais-je fait que je glissai sur une énorme flaque de sang. Je me relevai, étourdi et poisseux, en prenant appui sur le corps inerte du matelot égorgé, et derrière moi apparut la face barbue de Bartolo Chie-le-Feu, les yeux exorbités par la fièvre du combat, grimaçant, avec une machette entre les dents qui lui donnait l'air encore plus féroce. Nous étions juste au pied du mât d'artimon, près de l'échelle qui menait au château. Les nôtres arrivaient maintenant par les cordes des grappins, et c'était un miracle que tout le galion ne fût pas encore réveillé pour nous recevoir dignement en entendant ce coup d'arquebuse et tout le tapage que faisaient les piétinements, les cavalcades et le froissement des fers sortant de leurs fourreaux.

De la main droite je tirai mon épée, et je portai la gauche à ma dague, regardant autour de moi, indécis, en quête d'un ennemi. Et je vis alors qu'une troupe d'hommes armés jaillissait de l'intérieur du bateau sur le pont, et qu'ils étaient grands et blonds comme ceux que nous avions rencontrés dans les Flandres, qu'il y en avait d'autres à la poupe et sur le

tillac, qu'ils étaient trop nombreux, et que le capitaine Alatriste était déjà en train de s'escrimer
comme un démon pour se frayer un passage vers
l'échelle du château. Je courus au secours de mon
maître, sans prendre le temps de voir si Chie-le-Feu
et les autres me suivaient. Je le fis en murmurant le
nom d'Angélica en guise d'oraison dernière ; et mon
ultime pensée, tandis que je me lançais à l'assaut en
hurlant comme un possédé, fut pour comprendre
que si Sebastián Copons n'arrivait pas à temps
l'abordage du *Niklaasbergen* serait notre dernière
aventure.

IX

VIEUX AMIS
ET VIEUX ENNEMIS

Le bras et la main, eux aussi, se fatiguent de
tuer. Diego Alatriste eût donné ce qui lui restait de
vie – et qui, à ce moment, pouvait bien ne plus valoir
grand-chose – pour baisser les armes et s'étendre
quelques instants dans un coin. A ce moment du
combat, il continuait de lutter par fatalisme et par
devoir, en soldat de métier qu'il était ; et c'était probablement cette indifférence quant à l'issue probable
qui, paradoxalement, le maintenait en vie dans cette
mêlée confuse. Il se battait avec autant de sérénité
que d'habitude, en s'en remettant à son coup d'œil
et aux réponses de ses muscles, sans réfléchir. Chez
des hommes comme lui, et en de telles épreuves, la

façon la plus efficace de tenir le destin en respect était de laisser l'imagination de côté et de confier sa peau à l'instinct.

Il extirpa son épée de l'homme qu'elle venait de transpercer en repoussant le corps du pied pour libérer plus aisément la lame. Autour de lui, tout n'était que cris, malédictions et gémissements ; et de temps en temps un coup de pistolet ou un tir d'arquebuse flamands éclairaient l'obscurité en laissant entrevoir les groupes d'hommes qui se battaient dans le plus grand désordre, et les flaques rouges que les oscillations du pont envoyaient dégouliner dans les dalots.

Maître d'une singulière lucidité, il para un coup de sabre, se fendit et répondit par un coup d'épée qui ne rencontra que le vide, mais il n'y attacha guère d'importance. L'autre se déroba et alla se mesurer avec quelqu'un qui l'attaquait par-derrière. Alatriste profita du répit pour s'adosser à une cloison et reprendre son souffle. L'échelle du château était devant lui, éclairée d'en haut par la lanterne, apparemment libre. Il avait dû tuer trois hommes pour arriver jusque-là, et personne ne l'avait prévenu qu'ils seraient si nombreux. Le haut château de poupe était un bon retranchement pour résister jusqu'à l'arrivée de Copons et des siens ; mais quand Alatriste regarda autour de lui, il vit que la moitié de ses hommes étaient acculés aux frontières de la mort et que presque tous se battaient et mouraient à l'endroit même où ils avaient pris pied sur le pont.

Résigné, il oublia le château et revint sur ses pas. Il y avait quelqu'un de dos, peut-être celui qui lui avait échappé un instant plus tôt ; il plongea sa dague dans les reins de l'homme et, d'une rotation du poignet, fit en sorte que la lame décrive un cercle pendant que l'autre s'écroulait en hurlant comme un damné. Un coup de feu tiré presque à brûle-pourpoint l'éblouit ; et sachant qu'aucun des siens ne portait de pistolet il se précipita vers l'endroit d'où était parti l'éclair, en tâtonnant. Il buta sur quelqu'un, des bras l'étreignirent, et il tomba sur le pont ensanglanté en donnant des coups de tête sur le visage de son adversaire et en les répétant jusqu'à ce qu'il puisse libérer sa dague et la glisser entre eux. Le Flamand hurla en se sentant blessé et s'échappa en rampant ; Alatriste se retourna, et un corps lui tomba dessus en murmurant en espagnol : « Sainte Marie Mère de Dieu, Jésus, Sainte Marie Mère de Dieu. » Il ne sut pas qui c'était et n'eut pas le loisir de s'en enquérir. Il se débarrassa de ce poids, se releva, l'épée dans une main et la dague dans l'autre, en sentant que l'obscurité, autour de lui, devenait rouge. Les hommes poussaient des cris épouvantables, et il était impossible de faire trois pas sur le pont sans glisser dans le sang.

Cling, clang. Tout semblait se passer si lentement qu'il fut surpris qu'entre chacun de ses coups d'épée les autres ne lui en assènent pas dix ou douze. Il reçut un coup violent à la figure et sa bouche se remplit du goût métallique et familier du sang. Il leva son épée, la garde à la hauteur du front, pour frapper du revers un visage proche : une tache très blême, brouillée, qui s'effaça avec un hurlement. Le flux et le reflux de la lutte portaient de nouveau Alatriste vers l'échelle du château, où la lumière était plus forte. Il se rendit compte alors que, coincée entre l'aisselle et le coude du bras gauche, il gardait l'épée arrachée à quelqu'un, des siècles plus tôt. Il la laissa tomber, se retourna, dague en arrêt, parce qu'il croyait avoir des ennemis derrière lui ; et à cet instant, au moment où il allait contre-attaquer avec sa rapière, il reconnut la face barbue et féroce de Bartolo Chie-le-Feu qui se démenait sans reconnaître personne, la bouche écumante. Alatriste se tourna dans une autre direction, cherchant des adversaires, juste à temps pour faire face à une pique d'abordage dont la pointe menaçait sa tête. Il esquiva, para, frappa, enfonça et eut soudain mal aux doigts quand, poussant jusqu'au fond, la pointe de la rapière s'arrêta net sur un os, avec un craquement. Il fit jouer son coude pour dégager l'arme et, en faisant un pas en arrière, il buta sur un rouleau de cordages, contre l'échelle. Clang. Ah. Il crut qu'il s'était brisé l'échine. Quelqu'un lui assénait maintenant des coups avec la crosse d'une arquebuse, et il se baissa pour protéger sa tête. Il se retrouva face à un autre et, incapable de reconnaître s'il s'agissait d'un ami ou d'un ennemi, il hésita, donna des coups d'épée, puis cessa d'en donner, au cas où il ferait erreur. Son dos le faisait terriblement souffrir ; il voulut gémir, pour se soulager – gémir longtemps, dents serrées, était une bonne manière de tromper la douleur, en la laissant s'échapper –, mais aucun son ne sortit de sa gorge. Sa tête bourdonnait, il sentait qu'il avait du sang dans la bouche, et ses doigts étaient tuméfiés à force de tenir l'épée et la dague. Un moment, l'envie l'envahit de sauter par-dessus bord. Je suis devenu trop vieux, pensa-t-il, désolé, pour supporter ça.

Il se reposa juste le temps nécessaire pour reprendre son souffle et revint, résigné, au combat. C'est maintenant que tu meurs, songea-t-il. Et à cet instant, alors qu'il se trouvait au pied de l'échelle et dans le cercle de lumière de la lanterne, quelqu'un cria son nom. C'était à la fois une exclamation de haine et de surprise. Déconcerté, Alatriste se tourna dans la direction de cette voix, l'épée en arrêt. Et alors, incrédule, il fit un effort pour avaler salive et sang. Que je sois crucifié sur le Golgotha, se dit-il, si je n'ai pas devant moi Gualterio Malatesta.

Pencho Bullas mourut à mon côté. Le Murcien se battait à l'épée avec un Flamand, et soudain celui-ci lui tira un coup de pistolet à la tête, de si près qu'il lui fit voler la mâchoire, plaf, dont des fragments me frôlèrent. De toute manière, avant même que le Flamand ait eu le temps de baisser son pistolet, je lui avais passé le fil de mon épée dans la gorge, d'un coup rapide et sec, en serrant la poignée de toutes mes forces, et l'adversaire tomba sur Bullas en gargouillant dans son langage. Je fis des moulinets autour de moi pour maintenir à distance quiconque prétendait approcher. L'échelle du château était trop loin pour espérer l'atteindre, et, comme les autres, je tentai de rester en vie le temps nécessaire pour que Sebastián Copons nous tire de là. Je n'avais plus assez de souffle pour prononcer le nom d'Angélica ni celui du Christ béni : je le consacrais tout entier à défendre ma peau. Pendant un bon moment, j'esquivai des coups de toutes sortes, en en rendant le plus que je pouvais. Parfois, dans la confusion de l'assaut, je croyais voir de loin le capitaine Alatriste ; mais mes tentatives pour le rejoindre furent inutiles. Entre lui et moi, il y avait trop de gens en train de s'entretuer.

Les nôtres tenaient bon en gens de métier, en se battant avec la résolution d'hommes qui savent tout miser sur une seule carte ; mais ceux du galion étaient plus nombreux que nous le pensions, et ils nous repoussaient peu à peu vers le bord par lequel nous étions montés. Encore une chance, me dis-je, que je sache nager. Le pont était couvert de corps qui gisaient immobiles ou se traînaient en gémissant, sur lesquels on trébuchait à chaque pas. Et je commençai à avoir peur. Une peur qui n'était pas exactement celle de la mort – mourir est une formalité, avait dit Nicasio Ganzúa –, mais celle de la honte. De la mutilation, de la défaite et de l'échec.

Quelqu'un attaqua. Il ne semblait pas grand et blond comme la plupart des Flamands, mais brun et barbu. Il m'expédia plusieurs coups du tranchant de son épée qu'il tenait à deux mains, mais sans succès ; je ne perdis pas la tête, je me concentrai bien, je me piétai fermement et, au troisième ou quatrième voyage que fit son bras, je lui perçai la poitrine, aussi rapide qu'un daim, en m'y enfonçant jusqu'à la garde. Ce faisant, mon visage vint presque heurter le sien – je sentis son haleine –, j'allai au plancher avec lui sans lâcher prise et j'entendis, derrière lui, la lame de mon épée se briser contre le plancher du pont. Une fois là, je lui portai cinq ou six bons coups de dague dans le ventre. Aux premiers, je fus surpris de l'entendre crier en espagnol, et je pensai un instant que je m'étais trompé, que je venais de tuer un camarade. Mais la lumière du tillac éclaira à demi un visage inconnu. Je compris qu'il y avait des Espagnols à bord. Et, à l'aspect et au casaquin de cet oiseau, des gens d'armes.

Je me relevai, étourdi. Parbleu, cela changeait la situation, et pas pour l'améliorer. Je voulus réfléchir à ce que cela signifiait ; mais la mêlée était trop ardente pour me laisser le temps de me creuser les méninges. Je cherchai une arme meilleure que ma dague et trouvai un sabre d'abordage : lame large, courte, et énorme coquille. Son poids dans ma main me consola tout à fait. A la différence de l'épée, dont le fil était plus fin et fait pour blesser de la pointe, il permettait de s'ouvrir un chemin en frappant de taille. C'est ce que je fis, chaf, chaf, impressionné moi-même par le craquement que produisait chaque coup. Je parvins près d'un petit groupe formé du mulâtre Campuzano, qui se battait le front ouvert par une entaille sanglante, et du Chevalier d'Illescas, qui ne luttait plus que sans conviction, épuisé, cherchant des yeux une ouverture pour se jeter à la mer.

Je vis une épée ennemie luire devant moi. Je levai le sabre pour dévier le coup, et je n'avais pas achevé ce mouvement que, avec un soudain sentiment de panique, je compris mon erreur. Mais il était trop tard : au même instant, d'en bas et de côté, quelque chose de perçant et de métallique perfora mon casaquin et pénétra dans ma chair ; et je frémis jusqu'à la moelle quand je sentis l'acier glisser, en grinçant, entre mes côtes.

Tout s'ajustait, pensa fugacement Diego Alatriste en se mettant en garde. L'or, Luis d'Alquézar, la présence de Gualterio Malatesta à Séville puis ici, à bord du galion flamand. L'Italien escortait la cargaison, et c'était pour cela qu'ils avaient rencontré sur le *Niklaasbergen* une résistance aussi inattendue : la plupart de ceux qui leur faisaient face n'étaient pas des matelots mais des mercenaires espagnols, comme eux. En réalité, cette tuerie se déroulait entre chiens du même chenil.

Il n'eut pas le temps de méditer davantage car, après la surprise initiale – Malatesta semblait aussi interloqué que lui –, l'Italien lui arrivait déjà dessus, noir et menaçant, l'épée pointée. Aussitôt la fatigue du capitaine s'évanouit comme par enchantement. Rien ne tonifie mieux les humeurs du sang qu'une haine recuite ; et la sienne s'enflamma en conséquence, bien ravivée et incandescente. De sorte que le désir de tuer s'avéra plus puissant que l'instinct de survie. Alatriste fut même plus rapide que son adversaire, car, lorsque vint la première botte, il était déjà en position ; il la détourna d'un mouvement sec du poignet, et la pointe de son épée arriva à un pouce du visage de l'autre, qui trébucha pour l'éviter. Cette fois, remarqua le capitaine en avançant vers lui, cet infâme enfant de putain avait perdu le goût de siffler *tiruti-ta-ta,* ou quelque autre maudite chanson.

Sans attendre que l'Italien se ressaisisse, il fit un pas en le pressant de près, le prenant entre son épée et sa dague, de sorte que Malatesta fut obligé de battre en retraite, en cherchant une ouverture pour riposter. Ils s'affrontèrent de nouveau impétueusement, sous l'échelle même du château, et continuèrent ensuite de près avec les dagues et en entrechoquant les gardes de leurs rapières, jusqu'aux haubans de l'autre bord. Là, l'Italien alla donner contre le bouton d'un canon de bronze, ce qui lui fit perdre l'équilibre, et Alatriste eut plaisir à lire la peur dans ses yeux quand lui-même se tourna à demi, sa main gauche pointant sa dague et sa gauche menaçant du tranchant de l'épée, pour frapper ainsi à la fois d'estoc et de taille, mais le capitaine eut la malchance, au moment d'exécuter ce dernier coup, que la lame de son épée tourne et frappe à plat. Cela suffit pour que l'autre lance un cri de joie féroce ; et, avec l'efficacité d'un serpent, il porta une botte d'une telle force qu'Alatriste, totalement pris de court, eût rendu incontinent son âme à Dieu s'il n'avait pas réussi à faire un bond en arrière.

– Comme le monde est petit, murmura Malatesta, en haletant.

Lui aussi semblait surpris de retrouver là son vieil ennemi. Pour sa part, le capitaine ne dit rien, se bornant à affermir ses pieds et à se remettre en garde. Ils restèrent ainsi à s'étudier, épées et dagues à la main, penchés en avant et prêts à reprendre leurs assauts. Tout autour la bataille continuait de faire rage et les hommes d'Alatriste d'avoir le dessous. Malatesta jeta un coup d'œil.

– Cette fois, c'est toi le perdant, capitaine... Le gâteau était trop gros pour toi.

L'Italien souriait avec beaucoup d'aplomb, noir comme la Parque, tandis que la lumière trouble de la lanterne accentuait les cicatrices et les marques de petite vérole sur sa figure.

– J'espère, ajouta-t-il, que tu n'as pas amené le marmouset dans cette boucherie.

C'était un des points faibles de Malatesta, pensa Alatriste, tout en lui portant une botte haute : il parlait trop, et cela ouvrait des trous dans sa défense. La pointe de l'épée toucha l'Italien au bras gauche et lui fit lâcher la dague avec un juron. Le capitaine profita de cette ouverture pour employer la sienne et lui en porter un coup si violent que, manquant son but, la lame alla frapper le canon, sur lequel elle se brisa. Un instant Malatesta et lui se regardèrent de très près, presque embrassés. Puis chacun dégagea prestement son épée pour prendre du recul et être le premier à s'en servir ; à la différence que le capitaine, prenant appui de sa main libre – et douloureuse – sur le canon, donna à l'Italien un formidable coup de pied qui l'expédia contre la lisse et les haubans. A ce moment, des grands cris

se firent entendre sur le tillac, derrière lui, et le cliquetis de nouvelles lames se répandit sur le pont du
navire. Alatriste ne se retourna pas, surveillant son
ennemi ; mais à son expression soudain mortelle-
ment désespérée, il comprit que Sebastián Copons
venait d'aborder le *Niklaasbergen* par la proue. Et en
manière de confirmation, l'Italien ouvrit la bouche
pour lâcher un effroyable blasphème dans sa langue
maternelle. Quelque chose où il était question de
cazzo di Cristo et de *sporca Madonna*.

Je me traînai en comprimant la blessure avec les
mains, pour aller m'adosser à des cordages lovés sur
le pont, près de la lisse. Là, je défis mes vêtements en
cherchant la plaie, qui se trouvait sur le côté droit ;
mais je ne pus la voir dans l'obscurité. Elle ne me faisait pas vraiment souffrir, sauf aux côtes que la lame
avait atteintes. Je sentis le sang couler doucement
entre mes doigts, filant sous la ceinture, sur mes
cuisses, pour aller se mélanger à celui qui imbibait le
plancher du pont. Je dois faire quelque chose, pensai-je, sinon je vais me retrouver saigné comme un
verrat. L'idée me fit défaillir, et j'aspirai l'air à
grandes goulées en luttant pour rester conscient ; un
évanouissement était le moyen le plus sûr de me
vider par ma blessure. Autour de moi le combat

continuait, et tout le monde était beaucoup trop occupé pour que je demande de l'aide ; sans compter cette circonstance aggravante que je pouvais tomber sur un ennemi qui m'eût coupé proprement la gorge. C'est pourquoi je décidai de serrer les dents et de me débrouiller seul. En me laissant choir lentement sur le flanc sain, je mis un doigt dans la blessure pour avoir une idée de sa profondeur. J'estimai qu'elle ne dépassait pas deux pouces : le casaquin de daim méritait largement les vingt écus qu'il avait coûté. Je pouvais respirer sans gêne et le poumon semblait indemne ; mais le sang continuait de couler et je m'affaiblissais de plus en plus. Je dois l'arrêter, me dis-je, ou il n'y aura plus qu'à commander des messes. Partout ailleurs il eût suffi d'une poignée de terre pour former le caillot, mais ici c'était impensable. Je n'avais même pas un mouchoir propre. Toutefois, sans m'en rendre compte, j'avais gardé ma dague, puisqu'elle était là, entre mes jambes. Je taillai un morceau du pan de ma chemise que j'enfonçai dans la plaie. Cette fois, j'eus vraiment mal. La douleur fut telle que je dus serrer les dents pour ne pas crier.

J'étais sur le point de perdre connaissance. J'ai fait ce que j'ai pu, me dis-je en guise de consolation, avant de sombrer dans le gouffre noir qui s'ouvrait sous moi. Je ne pensais pas à Angélica, je ne pensais à rien. De plus en plus faible, j'appuyai ma tête contre la lisse et, soudain, il ne sembla que celle-ci bougeait. C'est sans doute ma tête qui tourne, en déduisis-je. Mais je me rendis compte alors que le bruit du combat avait diminué autour de moi, et qu'il s'était déplacé plus loin sur le pont, du côté du tillac et de la proue, où j'entendais beaucoup de cris et un grand tapage. Des hommes passèrent au-dessus de moi, me piétinant presque dans leur hâte, et se jetèrent à l'eau. Je levai la tête, stupéfait, et il me sembla que quelqu'un était monté à la vergue de la grande voile et coupait les garcettes, car celle-ci se déploya d'un coup, pour se gonfler à demi sous la brise. Alors j'esquissai un sourire stupide et heureux, car j'avais compris que nous avions gagné, que le groupe de proue avait réussi à couper la chaîne de l'ancre, et que le galion dérivait dans la nuit, en direction des bancs de sable de San Jacinto.

J'espère qu'il saura tenir bon jusqu'au bout et ne se rendra pas, pensa Diego Alatriste en se mettant de nouveau en garde. J'espère que ce chien de Sicilien aura la décence de ne pas demander quartier, parce que je vais le tuer quoi qu'il arrive, et je ne veux pas qu'il soit désarmé quand je le ferai. Éperonné par l'urgence de porter le coup final et de ne pas commettre, ce faisant, d'erreur de dernière minute, il rassembla toutes les forces qui lui restaient pour expédier à Gualterio Malatesta une série de bottes furieuses, si rapides et si brutales que le meilleur escrimeur du monde n'eût rien pu faire pour y riposter. L'autre recula en se protégeant à grand-peine ; mais il eut assez de sang-froid, lorsque le capitaine se fendit pour la dernière, pour lui envoyer un coup d'épée oblique, en haut, qui ne manqua son visage que d'un cheveu. Le répit suffit à Malatesta pour lancer un bref coup d'œil autour de lui, constater l'état des choses sur le pont et se rendre compte que le galion dérivait vers la côte.

– Je rectifie, Alatriste. Cette fois, c'est toi le gagnant.

Il n'avait pas fini de parler quand le capitaine lui toucha l'œil de la pointe de son épée. L'Italien serra les dents et poussa un gémissement, en portant le dos de sa main libre à son visage inondé de sang. Mais même ainsi, sans rien perdre de sa maîtrise de soi, il trouva encore la force de porter, en aveugle, un furieux coup de la pointe de son épée qui transperça presque le casaquin d'Alatriste, en le faisant reculer de trois pas.

– Allez en enfer ! articula Malatesta. Toi et l'or.

Puis il poussa son épée en essayant de l'atteindre au visage, bondit dans les haubans et sauta comme une ombre dans l'obscurité. Alatriste courut à la lisse, plus rapide que le vent, mais il put seulement entendre le bruit du plongeon dans l'eau noire. Et il resta là, immobile, à regarder stupidement la mer dans les ténèbres.

– Excuse-moi pour le retard, Diego, dit une voix derrière lui.

Sebastián Copons était là, ahanant de fatigue, le foulard noué sur le front et l'épée à la main, le sang couvrant sa face comme un masque. Alatriste fit un signe de tête affirmatif, l'air encore absent.

– Beaucoup de pertes ?...

– La moitié.

– Iñigo ?

– Ça va. Une boutonnière à la poitrine... Mais l'air ne sort pas.

Alatriste acquiesça de nouveau et continua de regarder la sinistre étendue noire de la mer. Derrière lui résonnaient les cris de victoire de ses hommes et les hurlements des derniers défenseurs du *Niklaasbergen* égorgés à mesure qu'ils se rendaient.

Dès que le sang s'arrêta de couler, je me sentis mieux, et mes jambes recouvrèrent leur force. Sebastián Copons m'avait fait un pansement de fortune et, avec l'aide de Bartolo Chie-le-Feu, j'allai rejoindre les autres au pied de l'échelle du château. Nos hommes dégageaient le pont en balançant des cadavres par-dessus bord, après les avoir dépouillés de tous les objets de valeur qu'ils trouvaient sur eux. Le bruit que faisaient les corps en plongeant était sinistre, et je n'ai jamais pu savoir le nombre d'Espagnols et de Flamands qui moururent cette nuit-là sur le galion : quinze, vingt, ou plus. Le reste s'était jeté à la mer pendant le combat ; maintenant ils nageaient ou se noyaient dans le sillage que le galion, favorisé par la brise de nord-est, laissait derrière lui dans sa dérive vers les bancs de sable.

Sur le pont, encore glissant de sang, les corps de nos morts gisaient sous la lumière de la lanterne. Les hommes du groupe de poupe avaient eu la plus mauvaise part. Ils étaient là, immobiles, les cheveux en désordre, les yeux fermés ou ouverts, dans l'attitude où la Parque les avait surpris : Sangonera, Mascarúa, le Chevalier d'Illescas et le Murcien Pencho Bullas. Guzmán Ramírez avait disparu dans la mer, et Andresito aux Cinquante agonisait en gémissant à voix basse, recroquevillé contre l'affût d'un canon, couvert du pourpoint que quelqu'un avait jeté sur lui pour masquer ses tripes qui se répandaient jusqu'aux chevilles. Enríquez le Gaucher, le mulâtre Campuzano et Saramago le Portugais s'en sortaient avec des blessures moins graves. Un autre cadavre gisait sur le pont, et je le regardai un moment, frappé de stupeur, car une telle éventualité ne m'était jamais venue à l'esprit : le comptable Olmedilla gardait les paupières

entrouvertes, comme s'il avait veillé jusqu'au dernier
instant à remplir ses obligations envers ceux qui lui
payaient son salaire d'agent du trésor royal. Il était
un peu plus pâle qu'à l'ordinaire, avec son rictus de
mauvaise humeur imprimé sous la petite moustache
de rat comme s'il se désolait de ne pas avoir eu le
temps de tout consigner, avec encre, papier et bonne
écriture, sur le document officiel habituel. Le masque
de la mort rendait son aspect plus insignifiant, il était
très tranquille et semblait très seul. Et l'on me rap-
porta qu'il était monté à l'abordage dans le groupe
de proue, en grimpant aux cordages avec son atten-
drissante maladresse, donnant ensuite à l'aveuglette
des coups de son épée qu'il tenait à deux mains
et qu'il savait à peine manier, et qu'il était tombé
immédiatement, sans crier ni se plaindre, pour un or
qui n'était pas le sien. Pour un roi qu'il avait à peine
vu de loin, qui ignorait son nom, et qui, s'il l'avait
croisé sans un quelconque cabinet, ne lui eût même
pas adressé la parole.

Dès qu'il me vit, Alatriste vint à moi, palpa déli-
catement ma blessure puis posa une main sur mon
épaule. A la lumière de la lanterne, je pus voir que
ses yeux étaient encore pleins du combat récent,
bien loin de tout ce qui nous entourait.

— Je me réjouis de te voir, mon gars, dit-il.

Mais je sus que ce n'était pas vrai. Il s'en réjoui-
rait peut-être plus tard, lorsque les battements de

son cœur reprendraient leur rythme habituel et que tout serait de nouveau à sa place ; mais pour le moment ses paroles n'étaient que des paroles. Ses pensées étaient encore occupées par Gualterio Malatesta, et aussi par la dérive du galion vers les bancs de San Jacinto. C'est à peine s'il regarda les cadavres des nôtres, et même Olmedilla n'eut droit qu'à un bref coup d'œil. Rien ne semblait le surprendre, pas même que je fusse encore vivant, et il lui restait beaucoup à faire. Il envoya le Galant Eslava au bord sous le vent pour qu'il prévienne si nous donnions sur le banc de sable ou sur les hauts-fonds du cap, ordonna à Juan Jaqueta de rester vigilant, au cas où il resterait encore quelque ennemi caché, et rappela que personne, sous aucun prétexte, ne devait descendre aux ponts inférieurs. Qui le ferait le paierait de sa vie, dit-il d'un air sombre ; et Juan Jaqueta, après l'avoir regardé fixement, acquiesça en hochant la tête. Puis, accompagné de Sebastián Copons, Alatriste descendit dans les profondeurs du navire. Pour rien au monde je n'eusse manqué cela, aussi profitai-je des privilèges que me donnait mon état pour leur emboîter le pas, malgré la douleur que me causait ma blessure, en essayant de ne pas faire de mouvements brusques qui la feraient saigner davantage.

Copons portait une lanterne et un pistolet qu'il avait ramassé sur le pont ; et Alatriste, son épée nue. Nous parcourûmes ainsi les cabines et l'entrepont sans rencontrer personne – nous vîmes une table mise avec les mets intacts sur une douzaine d'assiettes –, et nous finîmes par arriver devant un escalier qui plongeait dans l'obscurité. Au bout, il y avait une porte fermée avec une grosse barre de fer et deux cadenas. Copons me donna la lanterne, alla chercher une hache d'abordage et, après quelques coups, la porte fut enfoncée. J'éclairai l'intérieur.

Foutredieu, murmura l'Aragonais.

L'or et l'argent pour lesquels nous nous étions entretués sur le pont étaient là. Arrimé en guise de lest, le trésor s'entassait dans des barils et des caisses bien attachés les uns aux autres. Les lingots et les barres luisaient, pavant la cale comme un incroyable rêve doré. Dans les mines lointaines du Mexique et du Pérou, là où ne pénétrait jamais la lumière du soleil, sous le fouet des contremaîtres, des milliers d'esclaves indiens avaient laissé leur santé et leur vie pour que ce métal précieux arrive jusqu'ici et aille payer les dettes de l'empire, les armées et les guerres que l'Espagne livrait contre la moitié de l'Europe, ou accroître la fortune de banquiers, d'agents royaux, de nobles sans scrupules et, dans le cas présent, la bourse du roi lui-même. L'éclat des barres d'or se reflétait dans les yeux du capitaine Alatriste et dans ceux, écarquillés, de Copons. Et moi, j'assistais au spectacle, fasciné.

– Nous sommes idiots, Diego, dit l'Aragonais.

Nous l'étions, sans nul doute. Et je vis que le capitaine acquiesçait lentement aux paroles de son camarade. Nous l'étions de ne pas hisser toutes les voiles, si nous avions su comment le faire, non en direction des bancs de sable, mais vers la haute mer, vers les eaux qui baignaient des terres habitées par des hommes libres, sans maître, sans dieu et sans roi.

– Sainte Vierge, dit une voix derrière nous.

Nous nous retournâmes. Le Brave des Galions et le matelot Suárez se tenaient sur l'escalier et contemplaient le trésor avec des yeux exorbités. Les armes à la main et portant sur le dos des sacs où ils avaient enfourné toutes les choses de valeur trouvées sur leur chemin.

– Que faites-vous ici ? demanda Alatriste.

Au ton de sa voix, quiconque l'eût mieux connu eût été immédiatement sur ses gardes. Mais ils ne le connaissaient guère.

– On se promène, répliqua le Brave des Galions avec la plus grande insolence.

Le capitaine passa deux doigts sur sa moustache. Ses yeux étaient immobiles comme des billes de verre.

– J'ai donné l'ordre que personne ne descende.

– Bah. – Le Brave fit claquer sa langue, avec une expression féroce sur son visage couvert de marques et de pustules. – Et nous voyons maintenant pourquoi.

Il continuait de contempler le trésor qui luisait dans la cale, et l'on pouvait lire de la démence dans ses yeux. Puis il échangea un regard avec Suárez, qui avait posé son sac sur une marche de l'escalier et se grattait la tête, incrédule, abasourdi par la découverte.

— Qu'en dis-tu, camarade ? lui lança le Brave des Galions. Il faut parler de ça avec les autres… La bonne blague ce serait de…

Les mots moururent dans sa gorge car, sans autre préambule, Alatriste lui avait transpercé la poitrine de son épée, et si prestement que le ruffian regarda soudain, stupéfait, la lame qui ressortait déjà de la blessure. Il tomba la bouche ouverte avec un soupir désespéré, d'abord sur le capitaine qui s'écarta, puis en roulant de marche en marche jusqu'au pied d'un baril plein d'argent. En voyant cela, Suárez lança un « Mon Dieu ! » terrifié et leva le sabre qu'il tenait à la main ; mais il eut sans doute un éclair de lucidité car, brusquement, il tourna les talons et se mit à grimper l'escalier à toute allure en étouffant un hurlement de peur. Et il continua de hurler jusqu'au moment où Sebastián Copons, qui avait dégainé sa dague avant de grimper derrière lui à sa suite pour l'attraper par le pied, le faire tomber et le saisir par les cheveux, lui renversa violemment la tête en arrière pour l'égorger en moins de temps qu'il n'en faut pour dire amen.

J'assistai à la scène, stupéfait, pétrifié. Sans oser bouger le petit doigt, je vis Alatriste essuyer son épée sur le corps du Brave des Galions, dont le sang qui se répandait sur le sol allait tacher les lingots d'or empilés. Puis il fit une chose étrange : il cracha, comme s'il avait une cochonnerie dans la bouche. Il cracha comme pour lui seul, ou comme quelqu'un qui lance un juron silencieux ; et je frissonnai quand mes yeux rencontrèrent les siens, car il me regardait comme s'il ne me connaissait pas et, un instant, j'eus presque peur qu'il ne me plante aussi son épée dans le corps.

– Surveille l'escalier, dit-il à Copons.

L'Aragonais qui, lui aussi, essuyait sa dague, agenouillé près du corps inerte de Suárez, acquiesça. Puis Alatriste passa à côté de lui sans presque regarder le cadavre du matelot et remonta sur le pont. Je le suivis, soulagé de laisser derrière moi le spectacle atroce de la cale, et, une fois en haut, je vis qu'Alatriste s'arrêtait pour respirer profondément, comme s'il cherchait l'air qui lui avait manqué en bas. A ce moment, le Galant Eslava posté à la lisse cria et, presque en même temps, nous sentîmes le froissement du sable sous la quille du galion. Celui-ci s'immobilisa, le pont penché, et les hommes désignèrent les lumières qui bougeaient sur la terre ferme et venaient à notre rencontre. Le *Niklaasbergen* venait de s'échouer sur les bancs de San Jacinto.

Nous allâmes à la lisse. On entendait un bruit

de rames dans l'obscurité, une file de lumières s'avançait vers l'extrémité de la langue de sable, et les lanternes faisaient pâlir l'eau sous le galion. Alatriste jeta un coup d'œil sur le pont.

— On part, dit-il à Juan Jaqueta.

Celui-ci eut un moment d'hésitation.

— Où sont Suárez et le Brave des Galions ? questionna-t-il, inquiet. Pardonnez-moi, capitaine, mais je n'ai pu éviter... – Il s'interrompit tout de suite, en observant avec beaucoup d'attention mon maître sous la lumière du tillac. – Excusez-moi... J'aurais dû les tuer, pour les empêcher de descendre.

Il se tut un instant.

— Les tuer, répéta-t-il tout bas, d'une voix mal assurée.

C'était plus une interrogation qu'autre chose. Mais elle resta sans réponse. Alatriste continuait de regarder autour de lui.

— Nous quittons le navire, dit-il en s'adressant aux hommes du pont. Occupez-vous des blessés.

Jaqueta l'observait toujours. Il semblait attendre une réponse.

— Que s'est-il passé ? demanda-t-il, la mine sombre.

— Ils ne viendront pas.

Il s'était retourné pour lui faire face, très froid et très calme. L'autre ouvrit la bouche, mais finalement il ne dit rien. Il resta ainsi un moment puis se tourna vers les hommes en les pressant d'obéir. Les barques et les lumières se rapprochaient, et les nôtres commencèrent à descendre par l'échelle vers la langue de sable que la marée basse laissait à découvert sous le galion. Bartolo Chie-le-Feu et le mulâtre Campuzano, dont le pansement au front ressemblait à un turban, descendirent en soutenant Enríquez le Gaucher dont le nez cassé saignait beaucoup et qui avait plusieurs mauvaises entailles aux bras. Pour sa part, Ginesillo le Mignon aidait Saramago qui avait reçu un pouce et demi de fer dans une cuisse et boitait.

— Ils ont failli me faire sauter les génitoires, se plaignait le Portugais.

Les derniers furent Jaqueta, qui, auparavant, ferma les yeux de son compère Sangonera, et le Galant Eslava. Quant à Andresito aux Cinquante, personne n'eut à s'occuper de lui, car cela faisait un moment qu'il était mort. Copons apparut en haut de l'escalier de la cale et se dirigea vers la lisse sans regarder personne. Au même instant, on vit apparaître au-dessus de celle-ci la tête d'un homme en qui je reconnus le propriétaire de la moustache rousse que j'avais vu la veille en conférence avec le comptable Olmedilla. Armé jusqu'aux dents, il portait toujours ses habits de chasseur ; d'autres arrivaient derrière lui. Malgré leur déguisement, tous avaient l'allure de soldats. Avec une froide curiosité d'hommes aguerris, ils passèrent en revue les corps gisants des nôtres, le pont maculé de sang, et l'homme à la moustache rousse resta planté un moment devant le cadavre d'Olmedilla. Puis il se dirigea vers le capitaine.

– Comment est-ce arrivé ? s'enquit-il en désignant le corps du comptable.

– C'est arrivé, dit laconiquement Alatriste.

L'autre le regarda longuement et avec beaucoup d'attention.

– Bon travail, reconnut-il enfin d'un ton neutre.

Alatriste ne répondit pas. D'autres hommes surgissaient encore de derrière la lisse, fortement armés. Certains portaient des arquebuses, mèches allumées.

– Je prends possession du navire, dit l'homme à la moustache rousse. Au nom du roi.

Je vis que mon maître acquiesçait et le suivis en direction de la lisse derrière laquelle, déjà, Sebastián Copons disparaissait. Alors Alatriste se tourna vers moi, l'air encore absent, et me passa un bras sous les aisselles pour m'aider. Je m'appuyai sur lui, en sentant sur ses vêtements l'odeur de cuir et de fer mêlée à celle du sang des hommes qu'il venait de tuer. Il descendit ainsi l'échelle en me soutenant avec beaucoup de sollicitude, jusqu'à ce que nous eussions pris pied sur le sable. L'eau nous arrivait aux chevilles. En continuant de marcher vers la plage, nous eûmes bientôt de l'eau jusqu'à la taille, ce qui enflamma douloureusement ma blessure. Et bientôt, le capitaine me soutenant toujours, nous arrivâmes sur la terre ferme où les nôtres se rassemblaient dans l'obscurité. Tout autour, il y avait d'autres hommes en armes, et aussi les formes confuses de beaucoup de mules et de chariots prêts à charger le contenu des cales du navire.

— Sur ma foi, dit quelqu'un, nous avons bien gagné notre salaire.

Ces mots, prononcés d'un ton joyeux, brisèrent le silence et la tension du combat qui n'était pas encore retombée. Comme toujours après l'action – je l'avais vu maintes et maintes fois dans les Flandres –, les hommes se mirent peu à peu à parler, d'abord isolément, par phrases brèves, plaintes et soupirs. Puis plus librement. Vinrent enfin les jurons, les rires et les fanfaronnades, les « Par la mort Dieu et le sang du Christ, j'ai fait ceci ou Untel a fait cela ». Certains reconstituaient les épisodes de l'abordage ou s'intéressaient à la manière dont était mort tel ou tel compagnon. Je n'entendis pas regretter la mort du comptable Olmedilla : ce personnage sec et vêtu de noir ne leur avait jamais été sympathique, et puis cela sautait aux yeux qu'il n'était pas de la confrérie. Aucun des hommes présents ne l'eût convié à porter un cierge à son propre enterrement.

— Et le Brave des Galions ? s'enquit un homme. Je ne l'ai pas vu crever.

— Il était vivant à la fin, dit un autre.

— Le matelot n'est pas non plus descendu du bateau, ajouta un troisième.

Personne ne sut donner d'explications, ou alors ceux qui pouvaient en donner se turent. Il y eut quelques commentaires à mi-voix ; mais en fin de compte le matelot Suárez ne comptait pas d'amis dans cette bruyante compagnie, et le Brave était haï de la plupart. En réalité, personne ne regrettait leur absence.

— On touchera davantage, je suppose, fit remarquer un homme.

Quelqu'un partit d'un rire grossier, considérant la question comme réglée. Et je me demandai – sans grandes hésitations quant à la réponse – si, à supposer que je fusse resté sur le pont, froid et raide comme un thon salé, j'eusse reçu la même épitaphe. Je voyais, tout près, l'ombre muette de Juan Jaqueta ; et bien qu'il fût impossible de distinguer son visage, je sus qu'il regardait le capitaine Alatriste.

Nous poursuivîmes notre chemin jusqu'à une auberge voisine, où tout avait été préparé pour que nous y passions la nuit. Il suffit à l'aubergiste – gent fort friponne en tout lieu – de voir nos têtes, les pansements et les armes, pour devenir aussi empressé et

obséquieux que si nous eussions été grands d'Espagne. De sorte qu'il y eut du vin de Xérès et de
Sanlúcar pour tout le monde, du feu pour sécher les
vêtements et des mets abondants dont nous ne lais-
sâmes pas une miette, car tout ce carnage nous avait
creusé l'estomac. Les pichets et le cabri rôti se rendi-
rent sans conditions au bras séculier, et nous termi-
nâmes en rendant hommage aux camarades morts et
aux étincelantes pièces d'or que chacun vit empiler
devant lui sur la table, apportées avant l'aube par
l'homme aux moustaches rousses qu'accompagnait
un chirurgien qui soigna nos blessés, nettoya ma
côte cassée en me faisant deux coutures sur la plaie,
avant d'y appliquer un onguent et un pansement
neuf et propre. Peu à peu, les hommes s'endormi-
rent dans les vapeurs du vin. De temps à autre, le
Gaucher ou le Portugais se plaignaient de leurs blessures, ou l'on entendait les ronflements de Copons,
qui dormait sur une natte avec la même sérénité que
celle que je lui avais vue dans la boue des tranchées
des Flandres.

Quant à moi, la douleur de ma blessure m'em-
pêcha de trouver le sommeil. C'était la première de
ma vie, et ce serait mensonge de nier que cette douleur me procurait un orgueil inconnu et inexpri-
mable. Aujourd'hui, avec le passage des ans, j'ai
d'autres marques dans le corps et dans la mémoire ;
celle-là n'est juste qu'un trait presque imperceptible

sur ma peau, minuscule en comparaison de celle de
Rocroi, ou de celle que me fit la dague d'Angélica
d'Alquézar ; mais je passe parfois les doigts dessus et
je me souviens, comme si c'était hier, de la nuit sur la
barre de Sanlúcar, de la mêlée sur le pont du *Niklaasbergen* et du sang du Brave des Galions tachant
de rouge l'or du roi.

Je n'oublie pas non plus le capitaine Alatriste,
tel que je le vis ce matin-là où la douleur m'empê-
chait de dormir : assis sur un tabouret, dos au mur,
regardant l'aube grise pénétrer par la fenêtre, buvant
du vin lentement et méthodiquement, comme je l'ai
vu faire si souvent, jusqu'au moment où ses yeux
semblèrent devenir de verre opaque, son profil aquilin s'inclina doucement sur sa poitrine et où le sommeil, une léthargie semblable à la mort, s'empara de
son corps et de sa conscience. Et j'avais vécu assez
longtemps avec lui pour deviner que, même dans ses
rêves, Diego Alatriste continuait de se déplacer dans
ce désert personnel qu'était sa vie, taciturne, solitaire
et égoïste, fermé à tout ce qui n'était pas l'indifférence lucide de l'homme qui sait combien est étroite
la distance qui sépare la vie de la mort. De l'homme
qui tue par métier pour conserver sa peau, pour
manger à sa faim. Pour suivre, résigné, les règles de
l'étrange jeu : le vieux rituel auquel les êtres comme
lui se voient condamnés depuis que le monde existe.
Le reste, haine, passions, drapeaux, n'avait rien à

voir avec cela. Il eût été plus supportable, sans doute, qu'au lieu de l'amère lucidité qui imprégnait chacun de ses gestes, chacune de ses pensées, le capitaine Alatriste eût joui des dons magnifiques de la stupidité, du fanatisme ou de la méchanceté. Parce que seuls les stupides, les fanatiques et les canailles vivent libres de rêves, ou de remords.

ÉPILOGUE

Imposant dans son uniforme jaune et rouge, le sergent de la garde espagnole me lança un regard assassin en me reconnaissant, quand je franchis la porte des Alcazars royaux avec don Francisco de Quevedo et le capitaine Alatriste. C'était le personnage ventru et moustachu avec qui j'avais eu des mots, quelques jours plus tôt devant les remparts ; et il était sûrement surpris de me voir maintenant avec un pourpoint neuf, bien coiffé et plus élégant que Narcisse, tandis que don Francisco lui montrait le sauf-conduit qui nous autorisait à assister à la réception que Leurs Majestés les rois offraient aux autorités et aux consuls de Séville pour fêter l'arrivée de la flotte des Indes. D'autres invités entraient en même temps : riches commerçants avec leurs épouses bien pourvues de bijoux, mantilles et éventails, gentils-hommes de moindre noblesse qui avaient probablement engagé leurs derniers biens pour étrenner les habits qu'ils portaient ce soir, ecclésiastiques en soutane et manteau, et représentants des corporations locales. La plupart regardaient de tous côtés en s'extasiant, bouche bée et mal à l'aise, impressionnés par la superbe tenue des soldats des gardes espagnole, bourguignonne et allemande qui surveillaient l'entrée, comme s'ils craignaient que, d'un moment à l'autre, quelqu'un ne vînt leur demander ce qu'ils faisaient là, avant de les jeter à la rue. Tous, jusqu'au dernier des invités, savaient qu'ils ne verraient le roi qu'un instant et de loin, et que cela se bornerait à se découvrir, s'incliner sur le passage de Leurs Augustes Majestés, et guère plus ; mais fouler les parterres des jardins de l'ancien palais arabe, assister à une journée comme celle-là, en adoptant les manières d'un hidalgo et les atours d'un grand d'Espagne, et pouvoir le raconter le lendemain, comblait la vanité que tout Espagnol de ce siècle, même le plus plébéien, cultivait de par soi. Et ainsi, dans quelques jours, Philippe IV pourrait bien taxer la ville d'un impôt nouveau ou extraordinaire sur le trésor récemment arrivé, Séville aurait dans la bouche assez de miel pour adoucir l'amertume de la potion – les coups les

plus mortels sont ceux qui percent le porte-monnaie –
et mettre la main à la poche sans trop faire de sima-
grées.

– Voilà Guadalmedina, dit don Francisco.

Álvaro de la Marca, qui était en conversation
avec des dames, nous vit de loin, s'excusa avec une
exquise courtoisie, et vint à notre rencontre d'un air
fort amène, son plus beau sourire aux lèvres.

– Par Dieu, Alatriste. Je me réjouis de te voir.

Avec sa désinvolture coutumière, il salua Quevedo, me félicita de mon pourpoint neuf et donna
une petite tape affectueuse sur un bras du capitaine.

– Il en est un autre qui se réjouit tout autant,
ajouta-t-il.

Il était aussi élégant que d'habitude, vêtu de
bleu pâle avec des passements d'argent et une
superbe plume de faisan au chapeau ; et sa toilette de
courtisan contrastait avec la mise sobre de Quevedo,
noire, la croix de Saint-Jacques sur la poitrine,
comme avec celle de mon maître qui portait son
vieux pourpoint, mais propre et brossé, des grègues
de toile, des bottes, et l'épée étincelante au ceinturon
fraîchement astiqué. Ses seuls effets neufs étaient le
chapeau – un feutre à large bord avec une plume
rouge à la toque –, le col blanc à la wallonne ami-
donné qu'il portait ouvert, à la militaire, et la dague
qui remplaçait celle qu'il avait brisée dans sa rencontre avec Gualterio Malatesta : une lame magni-

fique longue de presque deux empans, portant la marque de l'armurier Juan de Orta, et qui lui avait coûté dix écus.

— Il ne voulait pas venir, dit don Francisco en faisant un geste en direction du capitaine.

— Je n'en doute pas, répondit Guadalmedina. Mais il y a des ordres qui ne peuvent être discutés… — Il cligna familièrement de l'œil. — Encore moins pour un vétéran comme toi, Alatriste. Et c'était bien un ordre.

Le capitaine ne disait rien. Il regardait autour de lui, gêné, et tâtait parfois ses vêtements comme s'il ne savait que faire de ses mains. A côté de lui, Guadalmedina souriait au passage de tel ou tel, saluait d'un geste une connaissance, ou d'une inclinaison de la tête la femme d'un marchand ou d'un avocaillon, qui protégeait sa pudeur à coups d'éventail.

— Sache, capitaine, que le colis est arrivé à son destinataire, et que tout le monde s'en félicite grandement… — Il s'interrompit, pris de fou rire, et baissa la voix. — A dire vrai, certains s'en félicitent moins que d'autres… Le duc de Medina Sidonia en a eu une attaque qui a failli le faire mourir de contrariété. Et quand Olivares reviendra à Madrid, ton ami le secrétaire royal, Luis d'Alquézar, devra lui fournir quelques explications.

Guadalmedina continuait de rire tout bas, heureux de la bonne plaisanterie, sans cesser de saluer, gardant l'apparence d'un parfait courtisan.

— Le comte et duc est aux anges, poursuivit-il. Plus heureux que si Dieu avait foudroyé Richelieu... C'est pourquoi il voulait que tu viennes ; pour te saluer, même de loin, quand il passera avec les rois... Ne me dis pas que ce n'est pas un honneur. Une invitation personnelle du favori...

— Notre capitaine, dit Quevedo, pense que le plus grand honneur qu'on puisse lui faire serait d'oublier complètement cette affaire.

— Il n'a pas tort, reconnut l'aristocrate. Car souvent la faveur des grands est plus dangereuse et plus mesquine que leur défaveur... En tout cas, tu as de la chance d'être soldat, Alatriste, car comme courtisan tu serais un désastre... Je me demande parfois si ma place n'est pas plus aventureuse que la tienne.

— Chacun s'arrange comme il peut, dit le capitaine.

— A qui le dis-tu ! Mais revenons à nos moutons : sache que le roi lui-même a demandé hier à Olivares de lui conter toute l'affaire. J'étais présent, et le favori en a fait un tableau assez vif... Et bien que, comme tu le sais, Notre Majesté catholique ne soit pas homme à manifester ouvertement ses sentiments, je veux bien être pendu comme un manant si je ne l'ai pas vue lever les sourcils six ou sept fois au cours du récit ; ce qui, chez elle, est le comble de l'émotion.

— Et cela va se traduire par quelque chose ? demanda Quevedo, pratique.

— Si tu veux parler de quelque chose qui tinte et qui comporte un côté pile et un côté face, je ne pense pas. Tu sais qu'en matière de pingrerie, si Olivares est passé maître, Sa Majesté n'est pas en reste... Ils considèrent que l'affaire a été payée à son heure, et bien payée, en plus.

— Ce qui est la vérité, admit Alatriste.

— Si c'est toi qui le dis... – Álvaro de la Marca haussait les épaules. – Aujourd'hui, il s'agit, disons, d'une reconnaissance honorifique... On a piqué la curiosité du roi en lui rappelant que c'était toi l'homme des coups d'épée du prince de Galles au théâtre du Prince, voici quelques années. Aussi a-t-il le désir de connaître ta tête... – L'aristocrate marqua une pause chargée d'intentions. – L'autre nuit, sur le rivage de Triana, il faisait trop sombre.

Là-dessus, il se tut de nouveau, épiant le visage impassible d'Alatriste.

— Tu as entendu ce que je viens de dire ?

Mon maître soutint son regard sans répondre, comme si ce dont parlait Álvaro de la Marca lui importait peu, ou comme s'il n'avait pas envie d'évoquer ce souvenir. Quelque chose dont il préférait rester à l'écart. Au bout d'un instant, l'aristocrate parut se résigner ; car, sans cesser de l'observer, il hocha lentement la tête avec un demi-sourire, d'un air compréhensif et amical. Puis il jeta un coup d'œil à la ronde et s'arrêta sur moi.

— On m'a dit que le garçon s'est bien conduit, dit-il en changeant de sujet. Et qu'il a même gagné une jolie boutonnière.

— Il s'est très bien conduit, confirma Alatriste en me faisant rougir de fierté.

— Quant à cet après-midi, vous connaissez le protocole... — Guadalmedina indiqua les grandes portes qui faisaient communiquer le palais avec les jardins. — Leurs Majestés apparaîtront de ce côté, tous ces rustres s'inclineront, et les rois disparaîtront par cet autre. Vu et pas vu. Toi, Alatriste, tu n'auras rien d'autre à faire que te découvrir et incliner, pour une fois, ta f... caboche de soldat... Le roi, qui passera les yeux au ciel, comme à son habitude, les baissera pour te regarder un moment. Olivares fera de même. Tu salueras, et ce sera tout.

— Grand honneur, dit Quevedo, ironique.

Puis il récita à voix basse, en nous faisant rapprocher nos têtes :

> *Les vois-tu de pourpre habillés,*
> *et leurs doigts de diamants chargés ?*
> *Or en eux ce n'est que dégoût,*
> *vers grouillants et fange dessous.*

Guadalmedina, qui, cet après-midi-là, était tout à son rôle de courtisan, eut un haut-le-corps. Il se retournait, inquiet, en faisant comprendre par gestes au poète qu'il garde davantage de retenue.

— Sur ma foi, don Francisco, calmez-vous, ce n'est guère le lieu ni le moment… D'ailleurs, il en est qui se laisseraient arracher une main pour un simple regard du roi… — Il regardait de nouveau le capitaine, d'un air persuasif. — De toute manière, c'est une bonne chose qu'Olivares se souvienne de toi, et qu'il désire te voir ici. A Madrid, tu as pas mal d'ennemis, et compter le favori parmi ses amis n'est pas un mince avantage… Il est temps que la misère cesse de se coller à toi comme l'ombre est collée au corps. Et ainsi que tu l'as dit un jour à don Gaspar lui-même en ma présence, on ne sait jamais.

— C'est vrai. On ne sait jamais, répéta Alatriste.

Un roulement de tambour retentit à l'autre bout de la cour, suivi d'une brève sonnerie de trompette, et les conversations s'éteignirent tandis que les éventails cessaient de voleter, que des chapeaux se soulevaient et que tout le monde regardait au-delà des fontaines, des haies taillées et des charmantes roseraies. Sous les grandes tentures et les tapisseries, les rois et leur suite venaient d'apparaître.

— Je dois les rejoindre, dit Guadalmedina en prenant congé. A tout à l'heure, Alatriste. Et pour autant que ce te soit possible, tâche de sourire un peu quand le favori te verra… Quoique, tout bien pesé, mieux vaut que tu restes sérieux… Un sourire de toi, et l'on craint tout de suite un coup d'épée !

Il s'éloigna et nous demeurâmes là où il nous avait placés, au bord de l'allée sablée qui traversait le jardin, tandis que les gens se bousculaient pour former une haie, tous pressés de voir le cortège qui s'avançait lentement. Deux officiers et quatre archers de la garde marchaient devant, suivis d'un élégant échantillon de la suite royale : gentilshommes et dames d'honneur des rois, elles avec des chapeaux et des mantilles, plumes, bijoux, dentelles et riches tissus ; et eux vêtus de bonnes étoffes avec diamants, chaînes en or et épées de cour à pommeaux dorés.

— Elle est là, mon garçon, murmura Quevedo.

Il n'avait pas besoin de me le dire, j'étais déjà fasciné, muet et figé sur place. C'était, bien entendu Angélica d'Alquézar qui venait avec les menines de la reine, coiffée d'une mantille blanche très fine, presque translucide, tombant sur ses épaules que frôlaient ses longues boucles blondes. Elle était toujours aussi belle, avec, détail imprévu, un gracieux pistolet d'argent incrusté de pierres précieuses fixé à la ceinture, qui semblait réellement capable de tirer une balle et qu'elle portait en guise de bijou ou de parure sur son ample robe de satin aux reflets rouges. Un éventail napolitain pendait à son poignet, mais ses cheveux ne portaient rien d'autre qu'un délicat petit peigne de nacre.

Elle me vit, enfin. Ses yeux bleus qui regardaient avec indifférence devant eux se tournèrent soudain, comme s'ils devinaient ma présence ou comme si, par quelque étrange sorcellerie, ils s'attendaient à me trouver en cet endroit précis. Angélica m'observa ainsi très longuement et très fixement, sans bouger la tête ni rien changer de son attitude. Et tout à coup, alors qu'elle était déjà sur le point de me dépasser et qu'elle ne pouvait plus continuer à me regarder sans tourner la tête, elle sourit. Ce fut un sourire splendide, lumineux comme le soleil qui dorait les créneaux des Alcazars. Puis elle poursuivit son chemin en s'éloignant dans l'allée, et je restai bouche bée, comme un parfait idiot : mes trois facultés, mémoire, entendement et volonté, soumises sans merci à son amour. Me disant que, rien que pour la revoir ainsi, ne fût-ce qu'une fois, je serais retourné à l'Alameda d'Hercule ou à bord du *Niklaasbergen* plutôt mille fois qu'une, prêt à me faire tuer sur-le-champ. Et le battement de mon cœur et de mes artères fut si fort que je sentis un doux élancement et une chaude humidité sur le côté, sous le pansement, là où la blessure venait de se rouvrir.

– Ah, mon garçon… dit don Francisco de Quevedo en posant une main affectueuse sur mon épaule. C'est et ce sera toujours ainsi : mille fois tu mourras, et vivras tourmenté jusqu'au jour du trépas.

Je soupirai, incapable d'articuler un mot. Et j'entendis le poète réciter tout doucement :

> *Elle me fit, la charmante tigresse,*
> *de m'attendre au loin la promesse...*

Leurs Majestés les rois arrivaient à notre hauteur avec une lenteur toute protocolaire : Philippe IV, jeune, blond et bien fait, très droit et regardant en haut comme toujours, vêtu de velours bleu brodé de noir et d'argent, la Toison attachée à un cordon noir et une chaîne d'or sur la poitrine. La reine, doña Isabelle de Bourbon, était vêtue d'argent avec des revers de taffetas orangé, un chapeau à plumes et des bijoux qui accentuaient l'aspect juvénile, affable, de son visage. Elle, en revanche, à la différence de son mari, souriait gracieusement à tout le monde ; et c'était un heureux spectacle que celui du passage de cette reine espagnole de nation française, fille, sœur et épouse de rois, dont la nature enjouée a réchauffé la Cour pendant vingt ans, qui a suscité des soupirs et des passions que je vous conterai, amis lecteurs, dans un autre épisode, et qui a toujours refusé de vivre à l'Escorial, l'impressionnant, sombre et austère palais construit par l'aïeul de son époux, jusqu'au jour où – paradoxes de la vie qui n'épargnent personne – la pauvre, après sa mort, a dû se résigner à y résider à perpétuité avec les autres reines d'Espagne.

Mais tout cela était encore bien loin, en cet heureux après-midi sévillan. Les rois étaient jeunes et vifs, et, à leur passage, les têtes se découvraient en s'inclinant devant la majesté de leur règne. Ils étaient accompagnés du comte et duc d'Olivares, corpulent et imposant, image vivante du pouvoir en habit de taffetas noir, avec cette robuste épée qui, à la manière d'Atlante, soutenait le lourd poids de l'immense monarchie des Espagnes, tâche impossible que don Francisco de Quevedo a pu, des années plus tard, résumer en trois vers seulement :

> *Et il est plus aisé, ô Espagne meurtrie,*
> *à tous de te ravir ce que tu leur pris seule,*
> *qu'à toi seule ravir ce que tous ils t'ont pris.*

Don Gaspar de Guzmán, comte et duc d'Olivares et ministre du roi notre maître, portait un riche col à la wallonne de Bruxelles, avec la croix de Calatrava cousue sur la poitrine ; et au-dessus de l'énorme moustache qui montait fièrement presque jusqu'aux yeux, ceux-ci, pénétrants et prudents, allaient de l'un à l'autre, toujours identifiant, établissant, connaissant sans trêve. Leurs Majestés s'arrêtaient rarement, et c'était chaque fois sur une indica-

tion du comte et duc ; alors la reine ou les deux en
même temps regardaient quelque malheureux qui
pour des raisons inconnues, des services rendus ou
des relations, avait mérité cet honneur. En pareil cas,
les femmes faisaient des révérences jusqu'à terre, et
les hommes, déjà tête nue comme il se devait, se
pliaient en deux ; et ensuite, après leur avoir accordé
le privilège de cette contemplation et un instant de
silence, les rois poursuivaient leur marche solennelle.
Derrière eux se pressaient des nobles de haut rang et
des grands d'Espagne, parmi lesquels figurait le
comte de Guadalmedina ; et en arrivant devant
nous, tandis qu'Alatriste et Quevedo ôtaient leurs
chapeaux comme tout le monde, Álvaro de la Marca
dit quelques mots à l'oreille d'Olivares qui nous
adressa un de ses regards féroces, implacables comme
des sentences. Nous vîmes alors le favori glisser à son
tour quelques mots à l'oreille du roi, et Philippe IV,
descendant de ses hauteurs, s'arrêter et nous fixer.
Le comte et duc continuait de lui parler tout bas, et
pendant que l'Autrichien, avançant sa lèvre saillante,
écoutait impassible, le regard de ses yeux d'un bleu
délavé se posa sur Alatriste.

— Ils parlent de vous, seigneur capitaine, murmura Quevedo.

J'observai le capitaine. Il se tenait bien droit,
son chapeau dans la main gauche, la droite sur le
pommeau de son épée, avec son dur profil mousta-

chu et sa tête sereine de soldat, regardant le visage de
son roi ; de ce monarque dont il avait acclamé le nom
sur les champs de bataille et pour l'or de qui il s'était
battu à mort trois jours plus tôt. Je vis que le capitaine n'était ni impressionné, ni intimidé. Toute sa
gêne devant le protocole avait disparu, et seul lui restait ce regard digne et franc qui soutenait celui de
Philippe IV avec l'indifférence d'un homme qui ne
doit rien et n'attend rien. Je me souvins à cet instant
de la mutinerie de l'ancien régiment de Carthagène
devant Breda, quand j'avais été sur le point de me
joindre aux rebelles, que les drapeaux sortaient des
rangs pour ne pas se voir déshonorés, et qu'Alatriste
m'avait donné une calotte pour m'obliger à les
suivre, en disant : « Ton roi est ton roi. » Et ici, dans
cette cour des Alcazars royaux de Séville, je com-
mençais enfin à comprendre la force de ce dogme
singulier que je n'avais pas su saisir alors : la loyauté
que professait le capitaine Alatriste n'allait pas au
jeune homme blond qui était en ce moment devant
lui, ni à Sa Majesté catholique, ni à la vraie religion,
ni à l'idée que tout cela représentait sur terre ; non, il
s'agissait d'une simple norme personnelle, librement
choisie par faute d'une autre meilleure, reste du nau-
frage d'idées plus générales et enthousiastes, éva-
nouies avec l'innocence et la jeunesse. La règle dont,
envers et contre tout, vraie ou erronée, logique ou
non, juste ou injuste, avec raison ou sans, les hommes

comme Diego Alatriste avaient toujours eu besoin
pour ordonner – et supporter – le chaos de la vie. Et
c'est ainsi que, paradoxalement, mon maître se
découvrait avec un scrupuleux respect devant son
roi, non par résignation ou discipline, mais par
désespoir. En fin de compte, faute de dieux en qui se
fier et de grands mots à crier dans les batailles, il était
toujours bon, ou du moins mieux que rien, pour
l'honneur de chacun, d'avoir sous la main un roi
pour qui lutter et devant qui se découvrir, même si
l'on ne croyait pas en lui. De sorte que le capitaine
Alatriste s'en tenait consciencieusement à ce principe ; de la même manière peut-être que, s'il avait
professé une loyauté différente, il eût été capable de
se frayer un passage dans la foule et de poignarder ce
même roi, en se souciant comme d'une guigne des
conséquences.

A ce moment, il se passa quelque chose d'insolite qui interrompit mes réflexions. Le comte et duc
d'Olivares conclut son bref récit, et les yeux ordinairement impassibles du monarque, qui avaient pris
maintenant une expression de curiosité, restèrent
fixés sur le capitaine tandis qu'il faisait un léger signe
d'approbation de la tête. Et alors, portant lentement
la main à son auguste poitrine, Philippe IV décrocha
la chaîne d'or qui y brillait et la remit au comte et
duc. Le favori la soupesa, avec un sourire pensif ;
puis, à la stupéfaction générale, il marcha vers nous.

— Il plaît à Sa Majesté que vous ayez cette chaîne, dit-il.

Il avait parlé sur ce ton rude et arrogant qui était le sien, plantant sur lui, comme des pointes de flèche, son regard noir et dur, le sourire encore visible sous la féroce moustache.

— De l'or des Indes, ajouta le favori avec une ironie manifeste.

Alatriste avait pâli. Il était immobile comme une statue de pierre et regardait le comte et duc comme s'il n'entendait pas ses paroles. Olivares continuait de montrer la chaîne dans la paume de sa main.

— Vous n'allez pas me tenir ainsi toute la soirée, s'impatienta-t-il.

Le capitaine parut enfin se réveiller. Retrouvant sa sérénité et sa contenance, il prit le bijou et, tout en murmurant quelques mots de remerciement inintelligibles, il regarda de nouveau le roi. Le monarque continuait de l'observer avec la même curiosité, tandis qu'Olivares revenait près de lui, que Guadalmedina souriait au milieu des courtisans sidérés, et que le cortège s'apprêtait à poursuivre son chemin. Alors le capitaine Alatriste courba la tête avec respect, le roi fit de nouveau un signe d'approbation, presque imperceptible, et tous reprirent leur marche.

Je promenai autour de moi un regard de défi, fier de mon maître, et je vis les visages curieux qui contemplaient le capitaine avec étonnement, en se demandant qui diable était l'heureux homme à qui le comte et duc en personne remettait un présent du roi. Don Francisco de Quevedo riait tout bas, enchanté de l'aventure, jouant des castagnettes avec ses doigts, et il parlait d'aller sans plus attendre nous rafraîchir le gosier et la glotte à l'auberge de Becerra, où il était impatient de coucher sur le papier certains vers qui lui étaient justement venus, vive Dieu, ici même.

> *Si jamais je ne crains de perdre ce que j'ai,*
> *ni ne désire avoir ce que je n'eus jamais,*
> *dame Fortune en moi fera peu de ravages,*
> *qu'elle me favorise ou me désavantage...*

récita-t-il en notre honneur, heureux comme chaque fois qu'il rencontrait une bonne rime, une bonne bagarre ou un bon pichet de vin.

> *Pour toi seul, Alatriste, vis tant que tu pourras,*
> *car ainsi pour toi seul, si tu meurs, tu mourras.*

Quant au capitaine, il demeurait immobile à sa place, dans la foule, le chapeau encore à la main, regardant le cortège s'éloigner dans les jardins de l'Alcazar. Et, surpris, je vis son visage s'assombrir, comme si ce qui venait de lui arriver l'attachait soudain, symboliquement, plus qu'il ne l'eût lui-même souhaité. L'homme est d'autant plus libre qu'il ne doit rien ; et dans la nature de mon maître, capable de tuer pour un doublon ou un mot, il y avait des choses jamais écrites, jamais dites, qui liaient autant qu'une amitié, une discipline ou un serment. Et, tandis qu'à côté de moi don Francisco de Quevedo continuait d'improviser les vers de son nouveau sonnet, je sus, ou j'eus l'intuition, que cette chaîne du roi pesait autant au capitaine Alatriste que si elle eût été de fer.

Madrid, octobre 2000

EXTRAITS DU

FLORILÈGE DE POÉSIE
DE DIVERS ESPRITS
DE CETTE COURS

Imprimé en ce XVIIᵉ siècle, sans lieu ni date,
conservé dans la section « Comté de Guadalmedina »
des Archives et Bibliothèque des Ducs del Nuevo
Extremo à Séville

ULTIME VEILLÉE
DU RUFFIAN NICASION GANZÚA
MORT À SÉVILLE
D'UNE ANGINE DE CORDE

∽ **Romance première** ∽

ans la geôle de Séville
Se sont rassemblés
les bons drilles.
Tous sont braves
de qualité,
Fleurons de la belle cité.
Ce cénacle de la vaillance
Est venu pour faire bombance.
Car Nicaso Ganzúa va
Partir matin pour l'au-delà.
Solennelles festivités
Et aux frais de Sa Majesté,
Car point il ne faut lanterner
Quand ordre du Roi est donné.
Les membres de la confrérie,
Tous maîtres en écorcheries
(Et le sous-alcade étant
Bien lesté de pièces d'argent),

En grand deuil, et jusqu'à l'âme
Tous équipés de bonnes lames
Chantent de profanes
antiennes
Pour qui n'aura terre chrétienne.
Autour de la table fait chœur
La fleur de ces hommes
d'honneur.
Car à veillée d'un tel éclat
Nul gueux loyal ne faillira.
Fiers compagnons vous y verrez
(Mais aux compagnes, point
d'entrée)
Chapeaux sur la tête scellés
En grands d'Espagne patentés,
Faisant un sort à leurs chopines,
A saint Gosier chantant
matines,

Car il n'est meilleure prière
Pour qui sait tenir la rapière.
Tous honorent leur camarade
Aussi brave qu'à la parade
Et l'on voit bien qu'ils ont
raison
Quand on entend leurs
oraisons.
Là se tient Ginès le Mignon
Gaucher habile et fier luron,
Du cœur au ventre et cul
profond,
Jouant guitare à sa façon.
Saramago le Portugais,
Philosophe quand il lui plaît,
Puisque docteur utriusque
Aussi fort de plume et d'épée.
Voici le Brave des Galions,
Il mérite bien son surnom
Le fin bravache que voilà
Qui est natif de Chipiona.
A l'autre bout, cartes en main,
Distribuant d'un air contraint,
Guzmán Ramírez, roi des
gueux,
Est du genre qui parle peu.
Carmona le Rouge à côté
Lui fait escorte avec doigté,

Car dans les tripots ce
goliard
A fait un métier de son art.
Certes ne manquent point ici
Les sires au blason fleuri
Et les chevaliers d'industrie
Amateurs des poches d'autrui.
Également cette nuit-là
Diego Alatriste était là.
Car chez ces bannis de la terre
Il désirait lever bannière,
Suivi d'Iñigo Balboa,
Lui dont jamais il ne douta,
Garçon courageux qui déjà
Montra au siège de Breda
Qu'il était brave et bon
soldat.
Ainsi séguedilles braillant,
Et aux cartes se gaudissant
Tout en buvant du vin de
choix,
Ils veillaient le bon
Ganzúa.
Car c'est le fait de gens
d'honneur
Que d'être là dans le malheur,
Et quiconque console autrui
Un jour est consolé par lui.

⬗ Romance deuxième ⬗

ls étaient donc
en ces travaux
Quand Justice
fit son entrée
Lut la sentence au condamné,
   Afin qu'il pût se préparer.
Mais celui-ci plus occupé
   De ses cartes et de la mise
   Lui montra qu'il s'en
   moquait
   Comme de sa prime chemise.
Et les sergents et le greffier
   Déjà en hâte repartaient
   Quand sa révérence augustine
   De le confesser fit la mine,
A quoi Nicaso Ganzúa
   Fort poliment se refusa,
   Car à vêpres ne chantera
   Ce qu'à matines il céla.
Le frère et les sergents partis
   Le ruffian au jeu se remit,
   Il tira le bon borrego
   Et puis la malille aussitôt.
De cette victoire éjoui,
   Ses gains entiers il répartit.
   L'air à la fois grave et bravache,

Tout en caressant sa
   moustache,
   Il harangua la confrérie.
Oyez, oyez ce qu'il a dit:
   « Foin des pleurs et de la
   tristesse
   Que m'ont infligés leurs
   altesses.
« Ce demain sans miséricorde
   Viendra me caresser la
   corde,
   Or son amour est de ceux
   qui
   Donnent la mort et sans
   merci.
« Mais je veux avant,
messeigneurs,
   Prendre congé avec honneur
   Et ici même, en ce lieu saint,
   Je fais donc de vous les
   témoins
« De mes dernières volontés
   Qu'honnêtement accomplirez,
   Je vous le mande sur ma
   vie,
   Qui si tôt me sera ravie.

« S'il n'y avait eu ce cafard
  Qui dégoisa, triste mouchard,
  Vous ne me verriez en ce
  lieu
  Préparant mon voyage aux
  cieux.
« Administrez à ce quidam
  Un bon quart de bonne
  lame,
  Bien enfoncée dans son
  gosier:
  Bonne saignée est indiquée.
« C'est que laisser aller sa
  glotte
  Est fort malfaisante marotte.
  Inutile je crois d'en dire
  Plus que je ne viens de
  prescrire.
« Item, ferez mes amitiés
  A messire le bijoutier,
  Pour saluer comme il se
  doit,
  De sa bassesse les exploits.
« Que votre salut soit bien fort
  Car ce serait me faire tort
  S'il ne gardait bon souvenir
  D'un brave que chacun
  admire.
« Item, cinq coups de navaja

A l'argousin Morajilla,
  Car de bien méchante façon
  M'a traité ce mauvais
  garçon.
« Au seigneur juge mêmement
  Réserverez ce traitement,
  Qui tout Fonseca qu'il se
  nomme
  N'a pas su se conduire en
  homme.
« Item, vous recommande
  enfin,
  Saine de corps et dure au
  gain,
  Cœur-en-Or, Maripizca.
  Car plus fidèle il n'en est
  pas,
Protégez-la bien mes amis,
  Car même connaissant la
  vie,
  Une nymphe allant par les
  rues
  Souventes fois s'est vue
  perdue.
« Fait en tel jour et de tel mois
  Dans cette prison de
  Séville,
  Signé, valant ce que de
  droit,

D'un des plus braves de la
ville. »
Ainsi acheva Ganzúa
Son honorable testament
Et chaque compère présent
Eut en son âme grand émoi.

Tous les ruffians à l'unisson
Louant de si belles façons
Firent à grands cris le
serment
Qu'il n'en serait pas
autrement.

⮞ Romance troisième ⮜

De ses plus beaux
atours vêtu
Ganzúa montra
sa vertu.
Jamais il n'eut mine plus fière
Que lors de son heure
dernière.
Avec pourpoint de drap violet
Et belles manches à crevés,
Culottes vertes à coutures,
De quatre pouces sa ceinture,
Beaux escarpins et ceinturon
Ciré et teint de vermillon.
Et sur le cuir noir scintillait
Une boucle d'argent épais.
Mais au matin du lendemain

Vers la place faisant chemin
Il vêtit la toge de bure
Qui donne plus superbe
allure
Dès lors qu'il faut monter
les marches
Mieux que ne le font les
ganaches
Qui à peine franchie la
porte
Se font si faibles qu'on les
porte.
A dos de mule chemin fit.
Avec verges et crucifix
Devant lui marchait
l'aboyeur,

Clamant les méfaits du
voleur.
Mais lui gaillard et calme va,
Et sans nulle marque
d'effroi,
En saluant ses connaissances,
Avec distinction et aisance.
On ne l'eût point vu plus tran-
quille
Pour aller cueillir la
jonquille:
Et de le voir marcher ainsi,
Du garrot vous prenait
l'envie.
Devant l'échafaud arrivé,
Grave il en monta les
degrés,
Sans trébucher, et ce malgré
Une des marches qui
branlait.
Étant parvenu à leur faîte
Vers la foule tourna la tête
Et sans colère à l'assemblée
Il adressa ces mots ailés:
« C'est formalité de mourir,
Mais quand c'est du roi le
désir,
Nul n'osera me démentir,

On doit son honneur
soutenir.»
Chacun trouva des plus civiles
Ces vraies paroles
d'Évangile,
Maripizca comme les frères,
Du testament dépositaires.
On trouva aussi bien tourné
Que Cœur-en-Or déjà
nommée
Eût travaillé plus que son dû
Afin d'assurer son salut.
Il eut ce qu'il faut de sermon
Et dit son Credo sans
façons,
Car un ruffian ne serait aise
De s'en aller à la française.
Du chanvre enfin le bourreau
Au col lui passa le cordeau,
Et ayant dit « Pardonne,
frère »,
Donna deux tours et le fit
taire.
Ganzúa ne fit ni grimaces
Ni mines de mauvaise
grâce,
Mais à le voir chacun cuidait
Que, pensif, il réfléchissait.

RECOMMANDATION MORALE
AU CAPITAINE DIEGO ALATRISTE

i jamais je ne crains de perdre ce que j'ai,
Si ne désire avoir ce que je n'eus jamais,
Dame Fortune en moi fera peu de ravages,
Qu'elle me favorise ou me désavantage.

Si du malheur d'autrui n'aime me réjouir
      Et ne prends point de joie à de mondains plaisirs,
      La mort pourra venir et sans déguisement:
      Je ne la fuirai point, si je la vois avant.

Toi qui, pas plus que moi, des chaînes n'es chargé
      Dont ce siècle cruel tient les cœurs accablés,
      Garde-toi, Alatriste, éloigné des passions.

Et des jouissances loin comme de l'affliction
      Pour toi seul, Alatriste, vis tant que tu pourras,
      Car ainsi pour toi seul, si tu meurs, tu mourras.

TABLE

I.   LES PENDUS DE CADIX   11

II.   UNE AFFAIRE D'ÉPÉE   39

III.   ALGUAZILS ET ARGOUSINS   71

IV.   LA MENINE DE LA REINE   105

V.   LE DÉFI   137

VI.   LA PRISON ROYALE   171

VII.   « NOUS ALLONS PÊCHER
LA SARDINE... »   205

VIII.   LA BARRE DE SANLÚCAR   233

IX.   VIEUX AMIS ET VIEUX ENNEMIS   267

ÉPILOGUE   299

EXTRAITS DU *FLORILÈGE DE POÉSIE*
DE DIVERS ESPRITS DE CETTE COUR   317

Le Soleil de Breda
Éditions du Seuil, 1999
et « Points », n° P753

La Reine du Sud
Éditions du Seuil, 2003

RÉALISATION : PAO ÉDITIONS DU SEUIL
IMPRESSION : S.N. FIRMIN-DIDOT AU MESNIL-SUR-L'ESTRÉE
DÉPÔT LÉGAL : JUIN 2003. N° 60655 (64051)
IMPRIMÉ EN FRANCE